# EN HERTIG FÖR DIANA

## EN LÄTTSAM REGENCYROMAN OM EN BLYG DEBUTANT OCH EN OVÄNTAT CHARMIG HERTIG

### CATHERINE BILSON

SHENANIGANS PRESS

# INNEHÅLLSFÖRTECKNING

# KAPITEL ETT

Under alla sina arton år hade Diana Creighton aldrig kunnat föreställa sig något ens hälften så glamoröst som hertiginnans av Balford bal. Hon stod bredvid sin mor i en aning skräckslagen vördnad och försökte låta bli att stirra storögt på damerna runt omkring henne, den ena mer överdådigt klädd än den andra i siden och satäng i regnbågens alla färger och med juveler av oskattbart värde.

För ett år sedan levde Diana ett stillsamt, respektabelt liv som dotter till en förnäm advokat i staden Durham, med förväntningar som begränsade sig till att kanske finna en friare i sin fars bekantskapskrets. Sedan dog hennes gammelfarbror innan han hann få en arvinge, hennes far ärvde ett förmöget och inflytelserikt grevskap, och Diana var plötsligt en adelsdam, med en hemgift på tio tusen pund och en helt ny uppsättning förväntningar – och begränsningar – på sina axlar.

"Försök att inte gapa, Diana", sa hennes mor med låg röst, och Diana pressade ihop läpparna hårt innan hon insåg att hennes mun inte ens hade varit öppen.

Det var dock ingen idé att protestera sin oskuld; Lavinia, Lady Creighton, hade redan gått vidare.

”Räta på ryggen och le, för Guds skull. Du ser ju ut som sju svåra år. Vad är det som är på tok?”

”Ingenting”, började Diana och ville förklara att hon bara var en aning överväldigad av den glittrande folksamlingen.

De hade inte ens kommit in i själva balsalen än, utan stod och väntade i mottagningskön. Dianas ingifta faster – nåja, på sätt och vis – Marianne stod precis framför dem och hälsade ganska varmt på deras värdinna.

Att få återse Marianne var det absolut bästa med detta besök i London hittills, tänkte Diana och höll ryggen rak och huvudet högt med ett påklistrat leende på läpparna. Änkegrevinnan av Creighton var inte bara den vackraste kvinna Diana någonsin hade sett, hon var också en av de vänligaste. Diana skämdes innerligt över hur hennes föräldrar hade behandlat Marianne, till den grad att Marianne faktiskt hade flytt till sin väninna Lady Havers med inget mer än kläderna hon bar och den lilla summa pengar som Diana och hennes syster Clarissa hade lyckats skrapa ihop i hennes ficka.

”Lady Creighton”, presenterade Marianne dem för hertiginnan, ”och hennes dotter Lady Diana.”

Hertiginnan, en lång kvinna med en befallande uppsyn, mönstrade dem med sina klara, mörka ögon. Hon tycktes betrakta Diana en lång stund innan hon gav henne en liten nick. ”Ni måste tillåta mig att presentera er för min styvson, Lady Diana.”

”Åh, ers nåd”, sprudlade Lavinia. ”Det skulle vara en stor ära!”

"Jag söker upp er lite senare. William kommer att dansa med Lady Diana." Hertiginnan gav dem en avfärdande nick, och Lavinia drog i Dianas arm och drog med henne in i balsalen.

"En riktig hertig!" började Lavinia genast pladdra. "Det vore en riktig kupp för dig, om hon nu verkligen presenterar er! Men Balford är med lätthet det bästa partiet på äktenskapsmarknaden i år, så du ska inte ha för höga förhoppningar ..."

Diana hade inga förhoppningar över huvud taget. Visst, hennes far var kanske greve nu, men hertigar gifte sig med prinsessor och andra hertigars döttrar. En grevedotter skulle behöva vara bländande välbeställd, eller en absolut juvel, eller förmodligen både och, för att ens komma i fråga, och hon var ingetdera. Tio tusen pund var en droppe i havet i jämförelse med Balfords enorma förmögenhet, och Diana var ärlig nog mot sig själv för att inse att hennes egen skönhet bara var en sorts intetsägande täckhet. Jämfört med till exempel Marianne, en lång, rödhårig skönhet som drog blickarna till sig vart hon än gick, var Diana medellång, med mellanbrunt hår, alldagliga bruna ögon, en aning uppnäsa och föga märkvärdiga talanger i musik, konst, språk och alla andra färdigheter som unga damer förväntades visa prov på.

Lavinia var dock fast besluten att kasta Diana i vägen för varje lämplig, titulerad gentleman hon kunde, med början hos markisen av Glenkellie. Vilket inte alls hade varit oacceptabelt, med tanke på att Alexander Rutherford var lång, stilig trots ett ärr i ansiktet, rik och inte ens alltför många år äldre än Diana. Han skulle ha varit en utmärkt friare, om han inte hade varit fullständigt och hopplöst förälskad i Marianne.

Glenkellie var dock både vänlig och väluppfostrad och bjöd upp Diana till en dans då det hade varit pinsamt att tacka nej. Han sa till och med att han hoppades att hon skulle vända sig till honom om hon någonsin behövde hjälp, en artighet hon tackade honom för med uppriktig uppskattning, eftersom hon trodde att han verkligen menade det. Hon hoppades bara att Marianne kunde förmå sig att acceptera honom; hennes första äktenskap, med Dianas gammelfarbror, var rena mardrömmen.

Alex förde tillbaka Diana till hennes mor efter dansen, och Diana ryggade till när hon såg Lavinia vänta med en lång, ljushårig man i medelåldern, en man med en smal näsa och genomträngande blå ögon som mönstrade henne från topp till tå med en föraktfull min.

”Är detta er dotter, Lady Creighton?” sa han med en tydlig tysk brytning.

”Ja, ers höghet. Diana, detta är prins Stefan Mondenbosch.”

Diana neg, överväldigad av en känsla av overklighet. En prins? Skulle hon bli presenterad för en riktig, livs levande prins?

Prinsen rentav suckade och bugade sedan stelt. ”Ni kommer att hedra mig med en dans, Lady Diana.”

Hon uppfattade det inte som en fråga, vilket var ganska ohyfsat av honom, men det var ändå helt otänkbart för henne att tacka nej, så hon accepterade hans framsträckta hand. Han sa ingenting under de första minuterna av dansen och såg knappt på henne, och Dianas vördnad försvann tills den helt undertrycktes av en våg av indignation över hans ohyfsade beteende. Prins eller inte, att ignorera henne medan han faktiskt dansade med henne var höjden av dåligt uppförande.

"Har ni varit i England länge?" frågade hon och undrade om hon kanske åtminstone kunde få honom att prata om sig själv. De unga män hon hade umgåtts med vid sociala tillställningar i Durham var alltid som gladast när de pratade om sina egna intressen, hade hon lagt märke till.

"Några månader."

"Och trivs ni?" försökte hon igen när han omedelbart tystnade efter det korta svaret.

"Inte särskilt." Han såg henne rakt i ansiktet. "Damerna är inte lika attraktiva, eller lika goda dansare, som de där hemma i Tyskland."

Diana rodnade av chocken över förolämpningen. En vass replik låg på tungspetsen, men hon svalde den, med vetskapen om att en scen här på en av societens främsta baler skulle vara dödsstöten för varje chans hon hade att göra ett framgångsrikt parti. I stället bet hon sig i tungan och koncentrerade sig på att utföra varje steg i den komplicerade dansen med fullständig precision.

Prinsen förde henne inte ens tillbaka till hennes mor efter dansen, utan eskorterade henne bara till kanten av dansgolvet och gick sin väg, lämnade henne rasande, nästan yr av ilska.

"Jag ser att ni har träffat den gnällige prinsen", sa en road röst, och Diana vände sig om och såg Lady Jersey, en av de inflytelserika beskyddarna av Almacks, betrakta henne. De hade bara träffats en enda gång, när Marianne tagit med Lavinia och Diana för att träffa Lady Jersey och be om inträdesbiljetter, och Diana hade en förhoppningsfull känsla av att den formidabla grevinnan kanske hade fattat visst tycke för henne.

Hon neg djupt och vördnadsfullt. "God afton, Lady Jersey."

"God afton, Lady Diana. Jag ska inte fråga om ni roar er, för att döma av er min så skulle ni hellre vara nästan var som helst annars."

"Trots min senaste partner så roar jag mig alldeles utmärkt, det lovar jag." Med en blick mot prinsens retirerande rygg frågade Diana lågt: "Varför *är* han så gnällig?"

"Vill inte vara här", svarade Lady Jersey snabbt. "Han är en fjärde son och till ingen särskild nytta för sin far. Något av en pinsamhet, om skvallret jag har hört stämmer, och jag kan inte förstå varför det inte skulle stämma. Skickad hit för att göra sig nyttig för ambassadören och kanske hitta en rik, välansluten engelsk familj att gifta in sig i."

"Uppenbarligen är familjen Creighton varken rik eller välansluten nog för hans smak", sa Diana torrt, men Lady Jersey skakade på huvudet.

"Ta det inte personligt, min kära. Prins Stefan har sina order, men han tycker inte om dem. Som många unga män i hans ålder skulle han hellre spela och hora ... äh, roa sig, än att stadga sig och gifta sig."

"Jag förstår."

"Misströsta inte. Det finns några bra karlar. Jag hörde Julianne säga att hon ville att ni skulle träffa William, och jag ser honom där borta nu. Kom, låt mig presentera er."

"Vilka är Julianne och William?" frågade Diana, hjälplöst meddragen i grevinnans befallande kölvatten.

"Åh ... hertiginnan och hennes styvson. Balford." Sista ordet var inte riktat till Diana, utan till ryggen på en lång man, som vände sig om och log snett när han såg Lady Jersey.

"Mylady." Han bugade artigt, innan hans blick svepte förbi henne till Diana. Axlarna sjönk i en synlig suck, och Diana övervägde att fly innan hon ens hann bli presenterad. Lady Jerseys hand låste sig runt hennes handled som en boja.

"Balford, ni borde träffa Lady Diana Creighton, den nye grevens dotter."

Hertigen kunde inte vara många år äldre än hon själv, och han var verkligen väldigt stilig, tänkte Diana. Eller skulle vara, utan den irriterade min han uppenbarligen inte ansträngde sig särskilt mycket för att dölja.

"Lady Diana." Han bugade, inte en tum djupare än vad som var passande för en hertig gentemot en greves dotter. Hon neg det minsta möjliga tillbaka, irriterad på hans ohyfsade sätt. Om han inte ville vara här, varför hade han då kommit över huvud taget? Men så var ju festen i hans eget hus, tänkte hon; det skulle se lite underligt ut om han inte närvarade på sin egen styvmors bal.

"Ers nåd", mumlade hon.

"Lady Diana har min tillåtelse att dansa vals", sa Lady Jersey med skärpa.

"Självklart har hon det. Nåväl, Lady Diana, är ni upptagen för nästa dans?"

Hon övervägde verkligen att säga nej. Dansen med den gnällige prinsen hade förstört hennes danslust för kvällen, men tanken på att behöva sitta resten av kvällen för att hon hade tackat nej till en arrogant hertig i ett anfall av irritation var ännu mer oangenäm. Så hon log, lutade huvudet nådigt, lade sin hand på hans erbjudna arm och låtsades inte se Lady Jerseys självbelåtna leende.

Alla gästerna hade nu anlänt till balen, den skulle utan tvekan hyllas som en underbar "trängsel" men för Diana kändes det bara för fullt och för varmt. Hertigen gick med långa kliv, utan att ta hänsyn till hennes kortare ben eller den smala kjolen på hennes klänning som tvingade henne att ta små, trippande steg. Hon var tvungen att nästan springa för att hinna med honom, och svettades på ett högst odamligt sätt när de nådde slutet av raderna på dansgolvet och han snurrade runt henne för att möta honom med en bister min.

Rummet svajade runt henne, allt blev grumligt och dunkelt. Förbryllad över vad som hände rynkade Diana pannan.

Hertigen rynkade pannan tillbaka mot henne.

Och sedan försvann allt och hon kollapsade i en medvetslös hög vid hans fötter.

# KAPITEL TVÅ

"Så han bara *gick sin väg*?" Dianas yngre syster, lady Clarissa Creighton, satt med benen i kors vid fotänden av Dianas säng och stirrade på henne med stora ögon.

"Tja, jag såg det inte." Diana suckade och lutade sig tillbaka mot kuddarna. "Men ja, tydligen gjorde han det, efter att ha himlat med ögonen och sagt 'Inte en till!' högt nog för att halva rummet skulle höra honom."

"Vilken fullkomlig åsneröv!" sa Clarissa.

Diana lyckades få fram ett litet fniss, även om förödmjukelsen från kvällen fortfarande brände hett i bröstet. "Han är hertig, Clarry. Du kan inte kalla honom för åsneröv eller något annat."

"Jag kallar honom vad jag vill, eftersom han lämnade min medvetslösa syster mitt på dansgolvet! Om jag någonsin får träffa honom ska jag minsann säga honom ett sanningens ord!" Clarissa svepte med händerna framför sig, nästan som om hon låtsades ge den stötande aristokraten ifråga en örfil.

"Jag hoppas att du aldrig gör det. Han skulle utan tvekan vara otrevlig och avvisande mot dig också." Diana drog upp knäna mot bröstet, slog armarna om dem och kramade sig själv hårt. Hon hade ingen aning om vad kvällens händelser skulle innebära för hennes säsong, men hon hade en smygande misstanke om att svaret inte var något gott. När hon hade kvicknat till från sin svimning hade hon befunnit sig i ett vilorum, där hennes mor och hertiginnan av Balford pysslade om henne. Andra damer var närvarande, kikade på dem och viskade bakom sina handskbeklädda händer, och Diana hörde Mariannes namn viskas. Något hade hänt med hennes faster, något tillräckligt chockerande för att distrahera dem från att Diana hade svimmat vid hertigens fötter. Lavinia blev alldeles vit om läpparna när Diana försökte fråga och tystade henne skarpt.

Hertiginnan var mycket vänlig, men Diana hade en känsla av att den andra kvinnan tyst skrattade åt henne. Hon försökte förklara att hon bara hade blivit överväldigad av värmen, men det var uppenbart att ingen lyssnade, inte ens hennes mor. Med heta tårar av frustration som sved i ögonen sa hon tyst att hon ville åka hem.

"Jag tror att det nog vore bäst, kära ni", sa hertiginnan vänligt. "Jag ska se till att er vagn körs fram omedelbart. Tror ni att ni kommer att kunna gå, eller ska jag kalla på en betjänt som kan bära er?"

"Hon kommer att gå, tack så mycket", sa Lavinia skyndsamt. "Det var bara en tillfällig svimning. Diana är i allmänhet kärnfrisk."

”Jag har aldrig svimmat i hela mitt liv.” Diana kunde fortfarande inte riktigt tro att det hade hänt. ”Jag visste inte vad som hände.”

”Kanske håller ni på att bli sjuk”, sa hertiginnan. ”Eller så är det kanske bara all uppståndelse.” Hon gav dem ett artigt leende och gick, uppenbarligen utan att ägna dem mer uppmärksamhet.

Lavinia sa inte ett enda ord under vagnfärden tillbaka till deras stadsresidens, utan stirrade bara tyst ut genom fönstret. När de kom in i huset sa hon till Diana att gå raka vägen till sängs innan hon själv gick in i salongen, där Diana var ganska säker på att hennes mor styrde stegen rakt mot sherrykaraffen.

”När det gäller debuter tror jag inte att den kunde ha varit mycket sämre”, sa Diana till sin syster.

”Men det var ju inte ditt fel!”

”Jag är rätt säker på att det inte kommer att spela någon roll.” Diana snurrade en lång lock runt fingret och drog i den medan hon begrundade sina drömmar om en glittrande, framgångsrik säsong där hennes vanliga jag på något sätt skulle förvandlas till varje bals drottning.

”Det är inte rättvist.” Clarissas käke sköt fram envist på ett sätt som Diana kände alltför väl igen, och hon släppte locken och sträckte ut handen för att omfamna sin syster.

”Det är lugnt, Clarry. Det spelar ingen roll.”

Clarissa gav henne en tvivlande blick, men Diana tvingade sig att le tillbaka, även om tyngden i bröstet avslöjade att hennes ord var en lögn. Hon misstänkte att det i själva verket skulle spela ganska stor roll.

När deras far bröt armen i en aldrig helt förklarad incident med en svan i parken följande dag, tog Diana det som en utmärkt ursäkt för att undvika sällskapslivet i några dagar, i det fåfänga hoppet att alla skulle ha glömt hennes lilla svimning när hon visade sig igen. Några dagar var sannerligen inte tillräckligt, vilket hon snart upptäckte när Marianne (nu lyckligt förlovad med Alexander) presenterade henne för en leende ung man på en middagsbjudning ungefär en vecka efter Balfords bal. Den unge mannen hade sneglat ner längs bordet på Diana under hela middagen, med ett leende och ett uttryck av uppenbart intresse i ansiktet, och närmade sig sedan Marianne när damerna och herrarna hade återförenats efter måltiden med den uppenbara avsikten att bli presenterad för Diana. Diana kände sig ganska smickrad av hans intresse och neg när Marianne presenterade lord Amberle, en baronet från ön Guernsey.

”Min brorsdotter, lady Diana Creighton”, avslutade Marianne presentationen, och det uppskattande leendet på Amberles ansikte försvann. Han tog ett steg bakåt.

”Den Svimmande Blomman?” sa han.

”Jag *ber* om ursäkt?” Mariannes vackra ansikte hårdnade.

”Jag ber om ursäkt, lady Creighton, men jag kom just på ett tidigare åtagande. Jag måste ge mig av.” Han bugade hastigt och drog sig tillbaka med all hast, och stannade bara till en kort stund för att tala med deras värdinna innan han gick.

”Ärligt talat såg han mer ut att svimma än jag”, sa Diana när Marianne verkade helt mållös.

”Ni skämtar, men jag vet hur öknamn kan fastna.” Marianne samlade sig och tog Dianas arm. ”Unga män kan vara grymma och tanklösa. Jag skulle ha bett Alex tala med honom, men...”

”Lord Glenkellie skulle väl sluta med att läxa upp halva London, antar jag.” Diana ryckte på axlarna och försökte ge intryck av att det inte spelade någon roll, även om hon inombords ville gråta och skrika att det inte var rättvist, att det inte var hennes fel. ”Jag tvivlar starkt på att lord Amberle var den som hittade på smeknamnet.” *Det var nästan säkert Balford*, tänkte hon, och ilskan vällde upp på nytt mot den otrevliga, tanklösa hertigen. Hans beteende var bortom all anständighet. Att misslyckas med att fånga henne när hon svimmade var en sak – hon antog att det var möjligt att han bara hade blivit överrumplad – men att gå därifrån och lämna henne bokstavligen liggande avsvimmad på golvet var en helt annan, och att nu upptäcka att hon hade ett öknamn som hon nästan säkert aldrig skulle bli av med gjorde honom helt enkelt oacceptabel.

*Jag hatar honom.* Om hon någonsin skulle råka träffa den arroganta unga hertigen igen, bestämde Diana där och då att hon skulle säga honom ett sanningens ord. Med tanke på smeknamnet var hon ganska säker på att hennes chanser att hitta en make i London hade krympt till noll, så hon hade verkligen inget att förlora på en sådan konfrontation. Faktum är att hon såg fram emot det. Hon hade redan skrivit ner flera väl valda fraser i sin dagbok som hon skulle vilja dela med honom, med några ganska mustiga formuleringar föreslagna av Clarissa. Bara att skriva ner dem hade känts befriande, men hon var fortfarande fast besluten att säga dem rakt i ansiktet på honom, om hon någonsin skulle få tillfälle.

Det var inte förrän mycket senare på kvällen, när hon låg i sin egen säng med Clarissa sittande bredvid sig som de brukade medan Diana redogjorde för dagens händelser för sin systers uppbyggelse, som verkligheten i hennes situation sjönk in och heta tårar började rinna nerför Dianas kinder. Hennes säsong var ett totalt misslyckande, hon hade fått ett öknamn hon aldrig skulle bli av med, de enda friare hon skulle locka till sig nu skulle vara de som var desperata efter hennes hemgift, och allt var en enda självisk, tanklös, okänslig hertigs fel.

”Jag hatar honom”, snyftade hon mot Clarissas axel. ”Jag *hatar* honom.”

”Han är ett monster”, sa Clarissa ilsket, ursinnig för sin systers räkning. ”En demon. Den demoniske hertigen.”

Diana snörvlade fram ett svagt skratt. ”Om bara *det* öknamnet ville fastna.”

De visste båda att det inte skulle göra det. Ingen, med undantag för Prinsregenten, skulle våga förolämpa någon så mäktig som en hertig av riket med ett sådant öknamn.

Dottern till en nyutnämnd earl var fritt villebråd; en hertig var det inte, även om han var ung och bara hade innehaft sin titel i ett år.

"Jag kanske skulle kunna berätta det för lady Jersey. Hon kanske skulle skratta." Även om hon gjorde det skulle hennes nästa kommentar vara att säga åt Diana att aldrig upprepa öknamnet för någon annan, så att det inte skulle nå hertigens öron, eller ännu värre, hertiginnans. Dianas eget rykte må vara i spillror, men Clarissa skulle ha sin egen debut om ett år, och deras syster Penelope om tre år. Diana skulle inte riskera familjens goda namn mer än hon redan hade gjort. Att irritera de mäktiga Balfords skulle innebära döden för alla deras förhoppningar.

Lavinia hade också hört öknamnet, det kunde Diana se, även om hennes mor inte nämnde det. Hon var avgjort vit om läpparna och hade en vild blick när hon kom in i Dianas sovrum följande morgon och sa åt henne att stiga upp, de skulle göra visiter den dagen.

"Vad är det för mening?" sa Clarissa, satte sig upp och rynkade pannan. "Ingen kommer att uppvakta henne, ingen hon vill ha i alla fall. Vi kan lika gärna åka hem till Durham."

"Durham är inte hemma längre, när ska ni få in det i era dumma huvuden!" Lavinia slängde upp händerna i luften innan hon gestikulerade runt i det överdådigt inredda rummet. "*Det här* är vår värld nu. Vi måste passa in i den."

"Det går inte så bra", mumlade Diana in i kudden, innan hon suckade och rullade över och rörde vid Clarissas arm försiktigt när hennes syster öppnade munnen igen, uppenbarligen på väg att reta upp deras mor ytterligare. "Ja, Mamma. Vart ska vi gå idag, och vad bör jag ha på mig?"

"Vi ska besöka lady Treeve, och sedan mrs Timms-Lacey, och jag har sagt till Anne att lägga fram den rosa prickiga satinklänningen till er."

Diana undertryckte en stön. Clarissa lät den komma fram i hennes ställe. "Den där klänningen är gräslig, Mamma; alldeles för många volanger och rosetter. Diana ser hemsk ut i den, oavsett hur modern *Ladies' Magazine* påstår att stilen är!"

"Det är den dyraste av era nya klänningar, och ni *ska* ha den på er. Lady Treeves son kommer att ärva sin farfars markistitel, och mrs Timms-Lacey är den äldre systern till earlen av Porthcarrick. Båda mycket lämpliga herrar som har låtit meddela att de ämnar söka en hustru denna säsong."

"Ingen av dem kommer att vilja ha Den Svimmande Blomman", mumlade Diana för sig själv, men hon visste att hennes mor inte skulle låta sig övertalas, inte i detta humör. Lavinia verkade fast besluten att försöka sopa hela katastrofen under mattan, som om alla skulle glömma allthop bara hon insisterade på att inget hade hänt.

När hon satt i lady Treeves salong i den avskydda rosa satinklänningen, tyget halt och svettigt överallt där det nuddade hennes hud, och lyssnade på hur damen artigt ursäktade sig för varför hennes son inte skulle kunna stifta deras bekantskap den dagen, försökte Diana desperat tänka ut någon anledning till varför hon inte kunde delta i resten av säsongen. Kanske kunde hon fejka en sjukdom? Påstå att hennes svimning bara hade varit det första tecknet på något allvarligare? Clarissa skulle skydda henne, men en läkare skulle förmodligen genomskåda listen på ett ögonblick, reflekterade hon dystert. Hon hade aldrig haft någon talang för förställning.

"Nåväl, vi måste ge oss av", sa Lavinia och reste sig upp, och drog Diana med sig upp eftersom hon hade ett stadigt grepp om Dianas handled. "Lord Porthcarricks syster har bjudit in oss, förstår ni. Diana är mycket efterfrågad."

"Det är jag säker på." Lady Treeve dolde ett leende bakom sin hand, och Diana dog tusen dödar vid den äldre kvinnans blick av nedlåtande nöje.

"Tack för att ni tog emot oss, ers nåd", sa hon och lyckades hålla rösten stadig genom ren viljeansträngning, och en smula medlidande mjukade upp lady Treeves uttryck.

"Kanske ett besök i Bath skulle vara på sin plats", sa damen när de vände sig mot dörren. "För er hälsa, förstår ni. Klimatet kanske passar er bättre än London."

*Där kanske finns några som inte har hört talas om Den Svimmande Blomman*, tolkade Diana kommentaren, men hon trodde att den var vänligt menad. Hon neg.

Lavinia, å andra sidan, var uppenbart rasande när de lämnade huset Treeve och klev tillbaka in i sin väntande vagn. "Bath, minsann! Den enda make ni skulle hitta där är någon äldre, sjuklig typ som vill ha en sköterska, inte en fru!"

"Jag tror att hon försökte hjälpa till", mumlade Diana.

"Hon kunde ha hjälpt till genom att presentera er för sin son, som hon sa att hon skulle!" Lavinias näsborrar knep ihop sig.

"Det är inte som om hon skrev under ett juridiskt kontrakt, Mamma", försökte Diana lugna sin mors retade nerver. "Ni är för van vid att ha att göra med Pappas klienter från hans advokatpraktik."

"Jag står inte ut med folk som inte håller sitt ord." Med spänt ansiktsuttryck nickade Lavinia åt sin kusk. "Jag börjar inse varför er far hade mycket lite till övers för aristokratin, när han var tvungen att ha med dem att göra i juridiska frågor. De tvekar inte att ljuga en rakt upp i ansiktet."

"Så vi åker hem nu?" frågade Diana hoppfullt.

"Absolut inte. Jag skickade ett meddelande till mrs Timms-Lacey och talade om för henne att vi skulle komma idag. *Vi* håller våra löften. Och ikväll är vi bjudna på middag hos lady Danforth; hon har *två* söner i giftasvuxen ålder, viscounten och hans yngre bror, båda mycket älskvärda har jag förstått..."

Diana lutade sig tillbaka mot dynorna och lät tankarna vandra, lät sin mors pladder bli ett vagt, meningslöst ljud i bakgrunden av den scen hon trollade fram i sin fantasi. Hon hade alltid varit lyckligare i sitt eget sällskap än i någon annans, förutom kanske Clarissas, eftersom hon alltid kunde dra sig tillbaka till en lyckligare plats i sitt eget sinne.

Scenen hon föreställde sig nu var en fridfull promenad i skogen, med jättelika ekar och bokar som tornade upp sig runt henne i en uråldrig skog. Solljuset silade genom lövtaket och bildade ljusa, slumpmässiga mönster på skogsmarken. Fågelsång fyllde luften och lyfte hennes sinne. En lätt, varm bris smekte hennes kinder, och hon andades in långsamt.

Och hostade, och hennes ögon flög upp. Luften i London var långt ifrån den ljuva, rena luften på landsbygden, även i slutet av januari när kylan hindrade de värsta dofterna från att dröja sig kvar i luften. Det stora antalet koleldar som brann gav luften en frän, rökig doft som brände i hennes lungor.

”Vi är framme”, sa Lavinia, när vagnen stannade igen. ”Sluta dagdrömma, Diana.”

”Ja, Mamma”, sa hon pliktskyldigt, även om allt inom henne längtade efter att skrika åt kusken att fortsätta köra, att ta henne raka vägen ut ur London, till en plats där luften var klar och gräset grönt.

Istället lät hon betjänten hjälpa henne ner, rätade till kjolarna på den hatade rosa satinklänningen och lyfte hakan, beredd att än en gång trotsa dem som skulle skratta åt henne bakom hennes rygg.

# KAPITEL TRE

ALMACK'S SKULLE VARA HÖJDPUNKTEN under en debutants säsong, och med tanke på den ansträngning Marianne hade lagt ner för att säkerställa att Diana och hennes mor fick kuponger, tänkte Lavinia inte låta tillfället gå henne förbi. Hon beställde en ny och överdrivet dyr klänning till Diana, övertygade Arthur om att han måste närvara för att stödja sin dotter och kastade sig in i förberedelserna med liv och lust.

Saker och ting hade lugnat ner sig något under de två veckorna sedan Balfords bal. Folk fnissade inte längre bakom händerna när de såg Diana, och hon började till och med tro att Lavinia kanske hade rätt, att de kanske kunde rida ut stormen. Alla talade om Mariannes triumf i att säkra lord Glenkellie, och en viss del av glansen återspeglades på Diana, vilket gjorde hennes väg något lättare.

Allt rasade dock samman inom de första tio minuterna i Almacks helgade salar, när hon oväntat stod öga mot öga med hertigen av Balford. Överrumplad stannade hon tvärt. Flera av de spydigheter hon omsorgsfullt hade skrivit ner i sin dagbok dök upp i hennes medvetande, och hon höll just på att mentalt sortera och välja ut den mest sårande när han uppenbarligen kände igen henne och *skrattade*.

Vreden vällde upp inom henne, hennes kinder blossade scharlakansrött och hon öppnade munnen för att säga hon visste inte vad, även om det förmodligen skulle ha varit exceptionellt oförskämt och möjligen ryktesförstörande. Hon fick dock aldrig chansen, för han vände på klacken och mer eller mindre flydde, hans långa kliv bar honom bort i en takt som hon skulle ha behövt sprinta för att försöka matcha.

Med tårar av frustration i ögonen vände sig Diana om för att själv fly, för att om möjligt hitta en avskild plats innan fördämningarna brast och alla såg henne gråta. Hon sprang rakt in i sin far, som grymtade av smärta när hon kolliderade med mitellan som höll hans spjälade arm på plats, och sträckte ut sin andra hand för att stadga henne.

"Diana! Vad gör du, barn ... vänta, du gråter. Är allt väl med dig?"

Hon såg upp på honom med tårblanka ögon och sa den enda sanning hon kunde finna i det ögonblicket.

"Jag vill åka hem."

Till Arthurs förtjänst tvekade han inte ett ögonblick. Han lade sin friska arm om Dianas axlar och styrde henne raka vägen mot dörrarna, och stannade bara till en kort stund för att be en betjänt att hitta lady Creighton och skicka henne direkt till foajén.

"Vår dotter är sjuk. Om vår vagn kommer fram innan lady Creighton möter oss, tar jag Diana hem och skickar tillbaka vagnen efter min hustru."

Diana var inte säker på hur hon lyckades hålla tillbaka tårarna tills de var i säkerhet i vagnen, borta från nyfikna blickar. Lavinia anlände precis när Arthur klev in och krävde gällt att de skulle stanna omedelbart, Diana hade ju inte ens dansat med någon än!

"Kliv in i den förbannade vagnen, Lavinia", beordrade Arthur. "Diana är helt slut."

"Helt slut? Vi har ju precis anlänt!"

"Hon var slut för en vecka sedan. Ser du inte hur olycklig flickan är? Titta på henne! Hon är mager och glåmig. Hon tynar bort framför ögonen på oss!"

Hennes fars oväntade försvar var den sista droppen för Diana. Hon brast ut i högljudd gråt, och Arthur lade genast sin friska arm om henne och drog hennes ansikte mot sin axel. "Kliv in, Lavinia", beordrade han kort, och Lavinia, chockad till tystnad av Dianas tårar, lydde honom saktmodigt.

"Vad är det som är på tok?" frågade hon. "Sir David Reed hade just bett att få bli presenterad för dig, och han är en mycket respektabel gentleman med ett vackert gods i Buckinghamshire, har jag hört. Du måste träffa honom på Hallams bal på fredag ..."

"Inga fler baler!" ropade Diana desperat.

"Diana, det kan du inte mena!"

”Låt henne vara”, sa Arthur barskt. ”Ser du inte att hon avskyr varenda del av det här? Hon växte upp med förväntningen att gifta sig med någon lugn, respektabel gentleman i Durham och leva hela sitt liv utan att någonsin ens se London och vad *societeten* hittar på. Låt flickan vara. Hon vill inte gå på en enda förbannad bal till.”

”Handlar det här om det där fåniga öknamnet? För ingen talar om det längre. Om en vecka eller två kommer allt att vara glömt.”

”Det kommer inte att vara glömt så länge hertigen av Balford skrattar varje gång han ser mig”, snyftade Diana. ”Jag klarar inte det här, mamma. Jag är ledsen, men jag kan bara inte. Jag vill åka *hem*.”

”London passar dig inte bättre än det passar mig”, mumlade Arthur och kramade henne hårdare. ”Det är ingen fara, min flicka. Vi närvarar vid Mariannes bröllop, för att visa familjens stöd, och sedan lämnar vi London. Jag längtar också efter att komma hem.”

Lavinia protesterade våldsamt, men hennes make hade bestämt sig. Han hade fått nog av London och *societeten*; det mesta han kunde gå med på var att de kanske skulle återvända i september eller oktober för några veckor av den lilla säsongen.

Diana kunde inte ha varit mer lättad. Hennes far hade inte helt rätt i att hon hatade hela London; hon hade för ett litet tag ryckts med av den glittrande fantasin, skönheten i klänningarna och den rena romantiken i att virvla runt i en balsal med en stilig, titulerad gentleman, men verkligheten av en liten incident som ledde till att hon blev fullständigt förlöjligad hade förstört all hennes glädje. Hon kunde inte längre se på de samlade folkmassorna som något annat än en flock kråkor, ivriga att kalasa på kadavret av den olyckliga som härnäst skulle falla offer för skvallret.

När hon återvände till Creighton Hall, mitt i en bittert kall vinter, kände Diana det som om en stor tyngd lyftes från hennes axlar. Herrgården hade bara varit hennes hem i ett knappt år, och ändå kände hon en oerhörd lättnad när hon steg över tröskeln och butlern tog hennes kappa med ett tyst mummel: "Välkommen hem, lady Diana."

Hon andades ut och kände hur den spända smärtan som hade krampat i magen i veckor nu äntligen lämnade henne och log som svar. "Det är skönt att vara hemma."

"Amen på den", muttrade hennes far, klampade förbi henne och styrde stegen mot sitt arbetsrum. "Om jag aldrig mer behöver åka till London, så kommer det att vara för tidigt." Han gav Diana en nick och en blinkning, och hon log tillbaka mot honom.

"Ni är ett par glädjedödare, och hur du förväntar dig att jag ska hitta en make till Clarissa nästa säsong när Diana fortfarande är ogift, kan jag inte förstå!" Lavinias röst steg gällt.

"Kanske kan du låta henne hitta sin egen make. Om hon ens vill ha en." Arthur nickade mot sina döttrar innan han bestämt stängde dörren till arbetsrummet framför näsan på sin rasande hustru.

"Pappa är en oväntad, men mycket välkommen, allierad", viskade Clarissa till Diana när systrarna tog sig upp för trappan och gjorde sitt bästa för att fly innan Lavinia lade märke till deras hastiga avfärd. "Efter att ha sett vad som hände dig, tror jag att London är den sista platsen jag borde visa upp mig på. Jag har inget av din takt och charm; jag skulle säga något beklagligt inom de första fem minuterna till precis fel person och familjens rykte skulle vara beseglat."

Diana protesterade inte. Clarissa var orädd, vilket Diana ofta avundades henne för, men hon tänkte sällan innan hon talade och var ärlig till den grad att det blev ett fel. Att hålla tillbaka hennes tendens till syrliga kommentarer skulle troligen vara helt bortom henne, särskilt med tanke på hennes allmänna ilska över hur *societeten* hade behandlat hennes älskade syster.

"Vi får väl nöja oss med att gifta oss med stillsamma lantjunkare, om någon ens vill ha oss", sa Diana och hakade arm i Clarissas.

Clarissa gjorde en grimas. "Du skulle avsky det nästan lika mycket som jag", sa hon. "Du skulle vara uttråkad inom en månad. Det är synd att Balford var så lömsk, för du skulle vara en perfekt hertiginna."

Diana var tvungen att skratta. "Du ser mig genom en kärleksfull systers rosaskimrande glasögon, min kära."

"Du får se", sa Clarissa, envist optimistisk. "Det måste finnas massor av unga män här i trakten som mer än gärna skulle vilja få chansen att uppvakta dig. Jag vet att mamma sköt upp att bjuda hem mycket folk tills du officiellt hade debuterat i London, men det kommer säkert att ändras nu."

*Nu när hennes förhoppningar för mig har grusats och hon på något sätt måste få mig bortgift före nästa säsong*, tänkte Diana dystert. Hon hyste föga hopp om att en hygglig äktenskapskandidat mirakulöst skulle dyka upp på Creighton Hall och falla för hennes fötter. De befann sig inte i Durham, med en rimligt stor befolkning av människor från alla samhällsklasser. Creighton låg mitt på den vilda, avlägsna landsbygden, med inget annat än små byar inom åtta kilometers avstånd från herrgården. Även om någon handelsman eller bonde skulle få för sig att försöka uppvakta Diana, skulle Lavinia aldrig släppa dem över tröskeln. Och i Durham, den närmaste staden, kände hon redan alla ... och visste att det inte fanns någon man där hon ville gifta sig med.

Kanske skulle Diana ha försökt övertala Lavinia att ta emot lady Treeves välmenta råd. Bath låg långt borta, men det fanns kurorter i norra England. Buxton, Harrogate, Scarborough; alla var de magneter för små sammankomster av överklassen.

*Kanske till våren*, tänkte Diana. Lavinia skulle vara galen av frustration långt innan dess. Hon kanske skulle vara öppen för ett förslag att besöka en av kurorterna i en vecka eller två, och Diana skulle få en chans att träffa några nya gentlemän som inte hade hört talas om den Svimmande Blomman.

Som det visade sig behövde Diana inte sätta sin plan i verket. Några veckor efter att de kommit hem kallade hennes far in henne till sitt arbetsrum en morgon.

"Du skickade efter mig, pappa?" Diana stannade precis innanför dörren.

Arthur såg upp från pappershögen på sitt skrivbord med rynkad panna. Hans min klarnade dock när han såg henne, och han reste sig upp och vinkade henne närmare, och pekade på en stol som stod nära skrivbordet.

"Jag har fått ett brev från lady Glenkellie", sa Arthur, när Diana hade satt sig. "Jag har skrivit till henne. Jag ... stod i skuld till henne." Trots att hans arm hade läkt, och spjälorna och mitellan för länge sedan var borta, höll han om sin handled ett ögonblick, med läpparna förvridna av smärta. "Hon och Glenkellie har varit nådiga nog att förlåta mina misstag, och din faster var ganska upprörd över omständigheterna som fick oss att lämna London mycket tidigare än vi hade tänkt."

På grund av Dianas katastrofala debut, förmodade Diana, och ryggade till. Godhjärtade Marianne behövde inte oroa sig för sin systerdotter, så tidigt i sitt nya äktenskap. "Försäkrade du henne om att jag inte alls är nedstämd?" frågade hon hoppfullt.

”Jag sa sanningen, vilket är att du håller skenet uppe, och hon har ett förslag, ja, ett högst generöst erbjudande, för både dig och Clarissa. Jag måste påpeka att jag inte skulle låta Clarissa åka utan dig, vilket är anledningen till att jag talar med dig ensam. Om du tackar nej, kommer detta avslag att gälla för er båda.”

”Jag förstår inte, pappa. Vilket erbjudande menar du?”

”Glenkellie och Marianne planerar att åka på smekmånad till Italien, där Glenkellies mor är på besök hos sin syster, som är gift med någon adelsman från”, Arthur pausade för att titta på brevet på sitt skrivbord, ”Florens. Marianne önskar att du och Clarissa följer med dem på resan. De kommer att resa från Glenkellies gods i Skottland för att besöka lord och lady Havers i Herefordshire i maj, innan de tar ett privat chartrat fartyg i Bristol och seglar direkt till Florens.”

Diana stirrade på honom i total förvirring och förstod inte förrän Arthur räckte henne brevet.

”Här. Läs själv.”

Handstilen var tydligt Mariannes, en slingrande, feminin handstil. Diana läste orden flera gånger innan de verkligen sjönk in.

”De räknar med att vara borta från England i minst åtta månader”, sa hon.

”Ja, det gör de. Clarissa skulle inte få sin debut i London nästa höst, vilket utan tvekan kommer att bekymra din mor, men allt sammantaget kan det vara det bästa. Om du bestämmer dig för att följa med din faster, kommer jag att ge Clarissa valet att följa med dig eller låta din mor ta henne till London.”

Diana tvivlade inte ett dugg på vilket val Clarissa skulle göra. En resa till Italien var ett äventyr bortom deras vildaste drömmar; Clarissa skulle aldrig kunna motstå en så enastående möjlighet. Och även om Diana fram till det ögonblicket aldrig ens hade föreställt sig att hon skulle kunna få chansen att resa så långt, fanns det plötsligt inget hon hellre ville.

”Jag vill åka”, sa hon.

”Jag anade nästan det.” Arthurs leende var snett. ”Vill du kalla på din syster, så att ni kan diskutera saken tillsammans? Jag tar på mig uppgiften att berätta för er mor.”

Diana avundades inte sin far det samtalet. Impulsivt reste hon sig, lutade sig fram och slog armarna om hans hals och kysste hans kind. ”Tack”, sa hon.

”Tacka inte mig”, sa Arthur barskt. ”Det var helt och hållet din fasters idé.”

”Och ditt beslut att låta oss åka.”

”Nåväl.” Arthur såg en aning skamsen ut. ”Jag gjorde Marianne stor orätt. Hennes omdöme är mycket bättre än mitt eget, verkar det som, så jag anförtror henne och Glenkellie ert välbefinnande. Allt sammantaget tror jag att det är det bästa; en chans för er flickor att se lite av världen.” En glimt dök upp i hans öga. ”Och om du skulle råka hitta en make på dina resor, kommer din mor att förlåta allt.”

”Det kan jag inte lova, pappa”, sa Diana glatt, ”men jag kan lova att jag inte kommer att avfärda några lämpliga gentlemän på rak arm.”

”Med det får din mor nöja sig. Spring iväg nu; jag kan se att du är ivrig att berätta allt för Clarry. Ja, du får ta med dig brevet. Om du vill skriva ett svar att bifoga med mitt svarsbrev till din faster, var snäll och ge mig det innan du går och lägger dig ikväll. Jag skulle vilja skicka mitt svar i morgon bitti.”

Dörren öppnades precis när Diana nådde den och avslöjade hennes mor som stod där. Lavinia rynkade pannan åt henne. ”Varför är du här? Du ska öva på pianoforte vid den här tiden ...”

”Jag skickade efter henne, Lavinia. Var snäll och kom in”, sa Arthur innan Diana hann tala. ”Spring iväg, Diana. Kanske du borde öva på din italienska.” Han blinkade med ena ögat innan han skyndade ut henne och räddade henne från Lavinias irritation. Skrattande och med armarna om sig själv skyndade Diana för att hitta sin syster, desperat att dela den otroliga lycka som var på väg att drabba dem tack vare deras kärleksfulla faster.

# KAPITEL FYRA

Saltstänket sved mot Dianas kinder, uppiskat från vågorna av den allt friskare brisen, men hon rörde sig inte från sin plats i fartygets för förrän hon hörde sitt namn ropas. Hon vände sig om vid ljudet och såg sin syster vinka från akterdäcket. Dörren bakom henne, som ledde till hytterna som deras sällskap hade bebott under resan, stod öppen.

Diana suckade och kastade en sista blick på kustlinjen som passerade på fartygets babordssida; de hade seglat inom synhåll från den italienska kusten de senaste två dagarna, allt sedan de lagt till i Florens för att upptäcka att Alex mor och faster hade beslutat sig för att åka till Venedig för att besöka Alex kusin som var gift med en venetiansk adelsman. Alex fattade det snabba beslutet att följa efter innan han lät slupen han chartrat för att föra dem till Italien fortsätta sin färd. De hade rest snabbt från England och kaptenen var i alla fall inte missnöjd med att ha betalande kunder hela vägen till Venedig.

På väg tillbaka för att ansluta sig till Clarissa hade Diana inga problem att hålla balansen när fartyget rullade långsamt med vågorna. De hade genomlidit en obehaglig färd över Engelska kanalen och en fasansfull passage genom Biscayabukten, där till och med Alexander, som hade korsat kanalen flera gånger under sin tid som soldat, hade dukat under för *sjösjukan*. När de seglade längs Portugals kust blev vädret dock bättre och Diana började hitta sina sjöben. Så snart de hade styrt in i Medelhavet och passerat det vaksamma fortet vid Gibraltar lugnade havet ner sig och blev spegelblankt som en kvarndamm, och hon upptäckte att hon faktiskt ganska mycket njöt av resan.

”Jag såg delfinerna igen”, sa Diana när hon nådde fram till Clarissa. ”De tycker om att rida på fartygets bogvåg.”

”Åh, jag missade dem.” Clarissa gjorde en liten surmulen min. ”Faster Marianne skickade mig för att hämta dig, är jag rädd. Kaptenen säger att vi snart kommer att segla in i lagunen och vara vid kajen inom en timme, så du måste packa klart dina saker.”

Hon hade inte mycket kvar att göra; hytten hon och Clarissa delade var så liten att de var tvungna att hålla ordning och tog bara fram de saker de behövde för varje dag ur sina koffertar. Ändå följde Diana med sin syster in.

Fartyget lade mycket riktigt till inom en timme, men det dröjde ytterligare tre timmar innan deras sällskap kunde gå i land. Lokala tulltjänstemän kom ombord för att granska de papper som Alex visade upp; lyckligtvis hade han ett brev från någon högt uppsatt tjänsteman i den brittiska regeringen som verkade tillfredsställa dem, och även om de gav honom strikta instruktioner om vem de skulle uppsöka under de närmaste dagarna för att få sin vistelse godkänd, gav de dem också tillåtelse att lämna fartyget.

Alex gick genast iväg för att ta reda på hur de skulle ta sig till adressen hans faster hade lämnat; Marianne, Diana och Clarissa stannade kvar på fartyget, lutade mot relingen och betraktade fascinerat händelserna i lagunen. Gondolerna liknade inget Diana någonsin hade sett, långa och smala med sina höga förstävar och aktrar, framförda av män i randiga tröjor som stakade båtarna fram och tillbaka med långa stänger.

När Alex återvände var det med nyheten att de skulle ta en gondol till sin destination, och en andra skulle följa efter med deras bagage. Diana och Clarissa, exalterade över möjligheten att få åka med en av de exotiska farkosterna, skyndade ner till kajen och knuffades i sin otålighet. Clarissa föll nästan i lagunen när hon hoppade fram i ett försök att komma ombord först.

”Lugna ner er, flickor.” Marianne hade uppenbarligen svårt att hålla sig för skratt. ”Jag är också ivrig att nå slutet på vår resa, men jag försäkrar er att jag inte har någon som helst lust att ta ett havsbad på vägen.”

Lite stukad av incidenten satte sig Clarissa stillsamt på den smala bänken, log fåraktigt mot Diana och räckte henne handen för att hjälpa henne att hålla balansen. ”Förlåt”, sa hon.

”Ingen skada skedd.” Diana förstod precis; spänningen över att äntligen ha nått resans slut var för stor för att hållas tillbaka. Hon såg sig ivrigt omkring när Marianne och Alex satte sig på den andra bänken och gondoljären stakade iväg från kajen.

”Hur långt är det dit vi ska?” frågade Diana Alex.

"Han sa att det inte är så långt." Alex nickade mot gondoljären. "Vilket, på italienska, kan betyda allt från tio minuter till två timmar." Han flinade, och det långa, ilskna ärret på ena sidan av ansiktet drog hans leende snett. "Jag rekommenderar att ni bara njuter av färden."

Det var hett, sommarsolen gassade ner på dem. Diana var tacksam för sin bonnetts breda brätte och önskade att hon hade en lättare klänning; även om den hon bar bara var av tunn bomull klibbade den redan fast vid henne i den fuktiga luften. Hon såg sig omkring medan gondolen gled mjukt genom lagunens vatten, på väg mot en bred kanals mynning.

Gondoljären sa något på snabb italienska och Diana lyssnade noga, och önskade att hon hade haft fler tillfällen att höra språket talas av infödda italienare tidigare. De talade snabbare än hon hade väntat sig; hon trodde att hon kände igen orden, men mannen verkade dra ihop dem alla.

"Jag tror att han sa att det där är Canal Grande", sa hon, och Clarissa nickade instämmande.

"Och sedan något om Sankt Markus?"

"Piazza San Marco", sa Alex.

"Åh, det läste jag om i guideboken!" Diana hade läst den lilla boken hon hittat i biblioteket på Creighton Hall minst ett dussin gånger, och även om den var femtio år gammal antog hon att de största landmärkena inte hade förändrats nämnvärt. "Det är där Dogepalatset ligger."

"Ska vi besöka det?" frågade Clarissa ivrigt. "Bor dogen fortfarande där?"

"Den siste dogen avsattes av Napoleon", upplyste Alex henne. "Stadens österrikiske administratör bor där nu, men vi kommer absolut att söka tillstånd att besöka och se de rum som kan vara öppna för allmänheten."

Gondoljären sa något på ännu snabbare italienska och skrattade sedan. Alex rynkade pannan och fyrade av en fråga tillbaka.

"Ni behöver inte besöka Dogepalatset", sa gondoljären på en långsammare italienska, tillräckligt långsam för att Diana skulle kunna följa hans ord. "Palazzo Franchetti är bara lite mindre, och ännu mer magnifikt inuti."

Diana och Clarissa tittade på varandra med ordlösa spekulationer innan de vände blickarna mot Alex. Han ryckte på axlarna och höll upp handflatorna. "Jag har inte den blekaste aning. Min kusin Marietta är femton år äldre än jag; hon gifte sig med Duca di Franchetti och flyttade till Venedig när jag bara var ett barn. Hon har en son, tror jag, som borde vara runt tjugo år nu och har ärvt titeln sedan hans far gick bort. Min fasters meddelande sa att den unge hertigen ska gifta sig, vilket är anledningen till att min faster och min mor bestämde sig för att resa till Venedig."

De passerade nu under en bro och gondoljären gjorde en paus i stakandet för att peka framåt. "Palazzo Franchetti", sa han, och Diana vände sig på bänken för att titta.

"Herregud", flämtade hon och hörde Clarissa upprepa känslan bredvid henne. Palatset var förmodligen inte så mycket större än Creighton Hall, men oändligt mycket mer utsmyckat. Det var fem våningar högt och reste sig direkt ur kanalen, och verkade uppta ett helt kvarter, i den mån sådana fanns i Venedig där gatorna ersatts av kanaler.

Det fanns en sorts landgång framför några imponerande dörrar, och gondoljären lade till vid den. Han småskrattade när Alex gav honom några mynt och nickade glatt. Tjänare skyndade ut från palatset och händer sträcktes ut för att hjälpa dem ur båten; Diana tog emot en betjänts stadiga hand och klev upp på landgången, och såg sig fascinerat omkring. Tjänarna, alla män, bar en färgstark livré i orange och turkosblått, med långbyxor istället för knäbyxor och platta svarta skor som var öppna i hälen.

”Marchese di Glenkellie?” frågade en av betjänterna Alex, som nickade.

”È la marchesa”, pekade han på Marianne, ”é Lady Diana Creighton, Lady Clarissa Creighton.”

En våg av bugningar följde påkunnagivandet, ännu djupare än vad Diana var van vid att se från engelska tjänare, och de eskorterades in genom en bred hall med kolonner på båda sidor och in i ett elegant inrett mottagningsrum. Diana stirrade runt och försökte ta in allt; även om vissa saker var bekanta var andra subtilt annorlunda, subtilt *främmande* för engelska ögon. Hon satte sig i en soffa med utsirade, förgyllda ben, klädd i mörkgrön sammet med guldtrådsdekoration. Clarissa satte sig bredvid henne, med ögon lika stora som Diana var säker på att hennes egna var.

En kvinna svepte in, liten och späd men exceptionellt välklädd i en klänning av skimrande smaragdgrönt siden.

Hennes hår var silvervitt, hennes ögon klarblå i ett ansikte som inte såg gammalt nog ut för att matcha håret. Diana undrade om detta var Alex faster; hon hade redan träffat hans mor kort under sina olycksaliga veckor i London.

Alex reste sig med ett artigt leende och bugade, men det fanns ingen igenkänning i hans ansikte. Han framförde en artig hälsning på italienska, och kvinnan skrattade.

”Ni behöver inte anstränga er”, sa hon på en engelska som inte bara var flytande, den var som en infödds. Hon var utan tvekan en engelska. ”Det är ett nöje att få träffa er, Lord Glenkellie; er faster Elizabeth har blivit en nära vän till mig och det gladde mig mycket att även få träffa er mor.”

Alex nickade.

”Men var är mitt goda uppförande! Jag är Elspeth Franchetti, änkehertiginnan... ja, den äldsta änkehertiginnan. Er kusin Marietta var gift med min son.”

”Ers nåd.” Alex bugade igen. ”Tillåt mig att presentera min hustru, Lady Glenkellie, och hennes brorsdöttrar Lady Diana och Lady Clarissa Creighton.”

”Det gläder mig mycket att ha er alla här på Palazzo Franchetti, och jag hoppas att ni vill ta emot mitt välkomnande på min sonsons, hertigens, vägnar.” Hon gav dem alla varma leenden. ”Alla är för närvarande ute och besöker vänner, men de kommer alla tillbaka till middagen och jag hoppas att ni vill göra oss sällskap för att äta *en famille*.”

”Vi skulle bli ärade, ers nåd”, sa Marianne.

Änkehertiginnan viftade med en smal hand, en enorm diamant på hennes finger blixtrade till i ljuset. "Vi har tre Franchetti-hertiginnor i detta hus nu, och har bestämt att vi alla är innerligt trötta på den förvirring det skapar. Var snäll och kalla mig Lady Elspeth, så ska jag kalla er Lady Marianne, om jag får. Eftersom vi *också* har två Lady Glenkellie."

Marianne skrattade och samtyckte, och Lady Elspeth vinkade in flera betjänter. "Vi har hållit rum redo för er, eftersom er mor var helt säker på att ni skulle komma för att ansluta er till oss, Glenkellie. Era koffertar har redan tagits upp. Har jag rätt i att ni bara hade med er två tjänare?"

"Det stämmer, min kammarjungfru Jean och betjänten Simons", bekräftade Marianne. "Vi planerade att anställa några lokala tjänare..."

Lady Elspeth avfärdade hennes förslag med en viftning. "Vi har huset fullt här, och flera av dem talar utmärkt engelska. Jag kommer att ställa en betjänt till er familjs förfogande, en flicka för att hjälpa er kammarjungfru, och en kammarjungfru vardera åt era brorsdöttrar."

Marianne försökte avböja erbjudandet, men Lady Elspeth lät sig inte övertalas. Hon kommenderade ut order på snabb italienska och betjänterna steg fram och bugade djupt.

De ledsagades till en magnifik svit på tredje våningen, ett dussin sammanlänkade rum arrangerade runt ett centralt sällskapsrum lika stort som något Diana hade sett i elitens stadshus i London, och ännu rikare dekorerat. Hon och

Clarissa fick varsitt sovrum, med en anslutande dörr emellan, något hon uppskattade eftersom hon var helt säker på att de skulle smyga in i varandras rum för sena nattliga samtal.

Två kammarjungfrur var redan i Dianas rum och packade upp hennes klänningar och skakade ut dem. De neg djupt när Diana kom in, och en av dem steg fram.

”God dag, ers nåd”, sa hon på mycket bra, om än starkt accentuerad, engelska. ”Jag heter Gianna och kommer att tjäna er under er vistelse på Palazzo Franchetti. Detta är Piera, som kommer att ta hand om er tvätt. Hon talar inte lika bra engelska som jag.”

”Er engelska är verkligen utmärkt”, instämde Diana, och bytte sedan till italienska för att tillägga: ”och kanske har Piera inget emot om jag övar min mycket dåliga italienska på henne?”

Piera fnissade med handen för munnen och Gianna log. ”Om ers nåd önskar tala bättre italienska, skulle det vara en ära för oss att hjälpa er att öva”, sa hon och undvek diplomatiskt att kommentera Dianas nuvarande kunskapsnivå. ”Får jag ta er hatt?”

Diana tog tacksamt av sig sin bonnett och sina handskar; fuktigheten och värmen fick henne att känna sig obehagligt klibbig. Gianna skickade iväg Piera för att be betjänter att bära in vatten och visade Diana det stora kopparkaret som var dolt bakom en skärm på ena sidan av rummet.

Ett bad lät himmelskt, även om hon hoppades att det inte skulle vara för varmt. Medan männen bar in kannor med vatten för att fylla badkaret valde hon ut den renaste av sina dagklänningar och lade den åt sidan för att ha på sig nästa morgon, och sa till Piera på sin styltiga italienska att alla de andra skulle tvättas.

"Hur är det med era aftonklänningar, ers nåd?" frågade Gianna och tittade på det som var kvar när Piera hade tagit med sig högen med tvätt.

Hon hade bara tagit med sig tre, och hade inte burit någon av dem ombord på fartyget. Den ljusgröna sammetsklänningen var minst skrynklig, men skulle också vara den varmaste, en oangenäm tanke. Den överdrivet utsmyckade, hatade rosa satinklänningen som Lavinia hade tvingat henne att packa var lika oattraktiv, vilket lämnade den enklaste av klänningarna, en fin blågrön sidenklänning med en överklänning av silverspets. "Om ni kan få bort några av vecken, så bär jag den i kväll."

Gianna insisterade på att hon kunde få klänningen att se ut som ny innan Diana ens var klar med sitt bad, och med det visades de sista betjänterna ut och dörren stängdes bakom dem. Fem minuter senare låg Diana och njöt i apelsinblomsdoftande vatten, precis lagom varmt för att vara avkopplande, med en kopp pressad äppeljuice och ett fat med små, läckra söta bakverk på ett bord vid sin armbåge.

Gianna utförde vad Diana nästan ansåg vara magi på den blågröna och silverfärgade klänningen och lyckades på något sätt ta bort varje veck den hade fått under veckor av att vara nedpackad i en koffert. Hon kammade försiktigt ut Dianas tjocka bruna hår och satte upp det i ett arrangemang av flätor som såg subtilt främmande ut för Dianas ögon när hon såg sig i spegeln, men ytterst tilltalande. När hon tog på sig klänningen och stack fötterna i sina favoritskor för kvällen kände hon sig uppfriskad och ivrig att träffa resten av Franchetti-klanen.

"Du ser förtjusande ut", sa Clarissa och stack in huvudet genom den anslutande dörren mellan deras rum.

"Det gör du också!"

Clarissa log och svischade med kjolarna. Det ljusaprikosa sidenet passade henne mycket bra, och var i en mer vuxen stil än något hon hade burit i England. I en mycket påtaglig bemärkelse var denna kväll Clarissas första inträde i vuxensamhället. Diana undrade om hon var nervös och gick tvärs över rummet för att kroka arm med sin syster.

"Kom, vi går ner tillsammans. Lady Elspeth sa att det bara är familjen ikväll, och med tanke på att hon är matriarken misstänker jag att de alla talar utmärkt engelska. Vi behöver inte anstränga våra hjärnor med italienskan än!"

"Vilket är en lättnad, för jag har nog svårt med att undvika att säga något olämpligt på engelska. Att lägga till ett helt annat språk är säkerligen ett recept på katastrof!" Clarissa skrattade dock. "Jag hoppas att de alla bara kommer att bestämma sig för att jag är en excentrisk engelska."

"Alla kommer att bli charmade av din skönhet", sa Diana lojalt. "Och vem vet, kanske träffar du någon stilig italiensk ädelsman som sveper dig av fötterna."

Clarissa fnös. "Jag är inte redo för det än. Jag vill ha lite äventyr först. Om jag träffar några stiliga män som letar efter en dam att svepa av fötterna, kommer jag att knuffa dem i din riktning."

De två systrarna gick ner för trappan arm i arm, anvisade av en betjänt som ledde dem till ett par dubbeldörrar som öppnade sig mot en mycket storslagen salong, helt i vit marmor och med vita och guldfärgade möbler.

Ansikten vändes mot dem när de kom in, och Lady Elspeths leende var en välkommen syn i ett rum som var mer fyllt av främlingar än Diana hade väntat sig. Det fanns åtminstone trettio personer i salongen. Hon fick syn på ett annat bekant ansikte i Lady Glenkellie, och när hon sedan lät blicken svepa över rummet i hopp om att hitta någon annan hon kände, fästes den på en lång man som just reste sig från sin stol.

"Ni!" utbrast hon förskräckt när hon än en gång stod ansikte mot ansikte med sin ärkefiende.

"*Ni*", ekade hertigen av Balford, och hans ton och uttryck gjorde det fullständigt klart att han inte var mer glad att se henne än vad hon var att se honom.

# KAPITEL FEM

Vad gjorde han ens *här*? Yr av chocken klamrade sig Diana fast vid Clarissas arm. Alex och Marianne kom in i salongen tätt efter dem, och på något sätt blev hon lotsad bort från hertigen och manad att sätta sig ner, med ett glas sherry i handen.

"Är det han?", viskade Clarissa i hennes öra. "Självaste den demoniske hertigen?"

Diana svepte sherryn mycket snabbare än vad som var klokt och nickade. Clarissas läppar smalnade till, och plötsligt livrädd för att hennes syster skulle säga eller göra något ytterst olämpligt, sträckte Diana ut handen för att gripa tag i hennes handled. "Våga dig inte på att konfrontera honom, Clarry."

"Men …"

"Nej!" Hertigen iakttog henne från andra sidan rummet, stirrade faktiskt på henne, medan han talade med låg röst med Alex. "Låt det vara. Jag kan utkämpa mina egna strider." Diana reste sig och nästan slängde ner det tomma glaset på det lilla sidobordet. "Stanna här", väste hon åt Clarissa, innan hon korsade rummet och neg djupt.

Hertigen bugade sig i gengäld, med ett ansiktsuttryck som var en komplex blandning av känslor hon inte riktigt kunde tyda.

”Vilken oväntad överraskning att se ers nåd här”, sade Diana och gjorde sitt bästa för att hålla tonen lätt och luftig. ”Det är ingen fara, morbror Alex”, sade hon till Alex. ”Balford och jag är redan bekanta.”

”Det förstår jag”, sade Alex torrt och såg från den ena till den andra. ”Om ni ursäktar mig, så måste jag hälsa på min faster och mina kusiner. Jag kommer strax tillbaka för att hämta dig för presentationerna, Diana.”

Det var en tydlig signal om att hon snart skulle bli räddad, så hon kände sig fullkomligt trygg med att vända sig till Balford och väsa: ”Vad *gör* ni här?”, så fort Alex var utom hörhåll.

”Hör nu här”, svarade Balford, ”ni har blivit alldeles vit i ansiktet. Ni tänker väl inte svimma igen?”

Och precis då vällde ilskan tillbaka in i henne, och hennes kinder gick från vita till scharlakansröda nästan omedelbart. ”Nej, jag tänker inte svimma. Vilket är tur, eftersom era talanger tydligen inte inkluderar att fånga unga damer när de gör det.”

Han hade åtminstone anständigheten att se lite skamsen ut. ”Det där var ... inte ett av mina stoltaste ögonblick. Jag är skyldig er en ursäkt.”

Överraskad av hans ord tvekade Diana ett ögonblick, med halvöppna läppar, medan hon funderade på vad hon skulle säga härnäst. Han såg ner på henne med djupblå ögon och överraskade henne igen genom att säga: "Jag tror vi fick en dålig start, lady Diana. Kanske vi kan börja om? William Penhaligon, till er tjänst." Hans bugning var lite djupare och mer flamboyant än vad som var tekniskt korrekt för hennes status, och hon anade ett sinne för humor som hon aldrig hade förväntat sig att finna hos honom.

"Ers nåd", sade hon som bekräftelse, och i ögonvrån såg hon Clarissa närma sig. Med en grimas vände hon sig mot sin syster och blängde, men Clarissa var oberörd av ilskna blickar från sin syster.

"Så det här är din demoniske hertig?", sade Clarissa glatt, och Diana övervägde starkt att knuffa ner sin syster i en kanal. Balford, däremot, brast ut i skratt och hans blå ögon glittrade av vad som verkade vara äkta munterhet.

"Er syster?", frågade han Diana mellan skratten.

"Lady Clarissa Creighton", sade Diana onådigt, "hertigen av Balford."

Clarissa neg, men hon gjorde det med hopknipna ögon och spetsad mun, hennes uttryck visade att hon inte var det minsta imponerad av hans status. För sin del verkade hertigen mycket road av hennes reaktion; Diana antog att det kanske var ganska uppfriskande för någon som förmodligen var van vid att bli struken medhårs av varje ung dam han mötte.

"Förtjust, lady Clarissa", sade Balford.

”Jag ser att ni redan har träffat min brorson”, sade lady Elspeth bakom dem, och Diana vände sig om för att ge änkehertiginnan en respektfull nigning.

”Jag träffade ers nåd i London för några månader sedan, mylady, men hade ingen aning om att han var släkt med er. Er brorson?”

”Tekniskt sett styvbrorson till min faster”, inflikade Balford, med en lätt sardonisk ryckning i läpparna. ”Lady Elspeth är min styvmors faster.”

”Julianne är den enda mor du minns, din otacksamma odåga, och hon var alltid min favoritbrorsdotter.” Lady Elspeth knuffade honom försiktigt med ett ömt leende på läpparna. ”Du är en del av den här familjen även utan blodsband som binder oss samman.”

”Precis som faster Marianne och jag”, sade Diana impulsivt. ”Hon är inte riktigt min faster, hon var bara gift med min gammelmorbror ett tag, men ... även om hon är omgift nu så behåller vi henne.”

”Jag är fast övertygad om att man inte kan ha för många familjemedlemmar.” Lady Elspeth såg sig omkring i rummet med ett leende. ”Som ni ser är jag också förtjust i att samla dem alla. Ni måste komma och träffa alla. William?” Hon sneglade på hertigen. ”Ni ska föra lady Diana till bordet.”

Han såg överraskad ut, men bugade sitt huvud i samtycke till den bestämda lilla änkehertiginnans befallning. ”Som ni önskar, faster Elspeth.”

Diana förväntade sig helt och hållet att han skulle hitta på en ursäkt, att låta en av de vackra italienska kusinerna monopolisera hans uppmärksamhet, men när hovmästaren kom in för att tillkännage middagen, kom Balford genast till hennes sida och erbjöd sin arm.

"Det gör inget, förstår ni", försökte hon ursäkta sig. "Jag tar inte illa upp om ni inte vill sitta med mig."

"Lady Diana." Hans röst var låg och varm, och hon såg instinktivt upp för att möta hans blick. "Jag trodde ni hade gått med på att vi skulle börja om, som om vi vore främlingar som träffas för första gången?"

"Jag vet inte om jag kan", erkände hon ärligt.

De var nu i matsalen, och Balford drog ut en stol så att hon kunde sätta sig innan han tog sin egen plats bredvid henne. Han höll hela tiden sin uppmärksamhet på henne, och hans ansiktsuttryck stramades åt när hon talade.

"Jag förstår. Ni har ingen anledning att lita på eller ens respektera mig."

Häpen över hans förståelse stirrade hon på honom när han nickade åt betjänten som väntade på att få fylla på hans vinglas. Han verkade mycket mindre arrogant, mer mänsklig och tillgänglig. Hon kanske inte kunde glömma, inte när han var anledningen till att hon var här just nu istället för att dansa på något evenemang i *societeten* i London, men hon kunde åtminstone försöka lära känna den person han verkligen var.

"Så, jag vet varför jag är här", gjorde hon ett försiktigt närmande, "men vad för er till Venedig?"

Balford kastade en blick i sidled på henne och log lite snett. "Indirekt ... ni."

"Jag!" Hennes ögon blev stora som tefat.

"Inte ni personligen, skyndar jag mig att tillägga. Jag är ledsen att behöva säga att ni var en bricka i min styvmors spel; hon är fast besluten att få mig gift så snabbt som möjligt och har under de senaste månaderna kastat lämpliga unga damer i min väg."

Diana tyckte inte att det lät så fruktansvärt. Som man hade han mycket större frihet att gå därifrån än de unga damerna i fråga. Hennes cyniska min måste ha varnat honom för att hon hade föga sympati för hans situation, för han skyndade sig att förklara sig ytterligare.

"Snälla, missförstå mig inte; jag älskar min styvmor. Lady Elspeth hade helt rätt i att Julianne är den enda mor jag minns. Hon gifte sig med min far när jag var sex år och hon har aldrig behandlat mig med något annat än en mors kärleksfulla omsorg. Jag accepterar att hon vill att jag ska vara lycklig och att hon försöker hjälpa till, men." Han såg ner och pillade med en gaffel. "Min far dog för bara lite mer än ett år sedan."

"Jag beklagar er förlust", sade Diana tyst, lite chockad över att han blottade sin själ för henne på ett sådant sätt, men kanske kände han att han stod i skuld till henne och erbjöd sina egna hemligheter för att visa henne att han var värd hennes förtroende.

"En av mina halvsystrar ska debutera nästa år. Julianne tycker att jag borde vara gift då, och jag erkänner att tanken på att gifta mig med en flicka i samma ålder som Regina fyller mig med fasa. Så jag sade till Julianne att jag skulle försöka välja någon i år, och hon, ja, hon kastade sig snarare in i projektet. Det har varit en ständig parad av vackra, väluppfostrade unga damer de senaste sex månaderna."

"Så varför valde ni inte en?", frågade Diana, hon kunde inte låta bli. Som hertig skulle han ha kunnat välja och vraka, och hon hade träffat några av debutanterna som hyllades som säsongens diamanter. Vackra, med titlar, rika, kloka, bildade; vem som helst av dem skulle ha blivit en magnifik hertiginna.

Balford tog en klunk av sitt vin innan han skakade på huvudet. "Hör här, de var alla förtjusande, ni själv inkluderad. Men hur kan man lära känna någon mitt på ett dansgolv, med allas ögon på sig, spekulerande i om *den här* flickan kommer att vara den rätta? När hon uppför sig exemplariskt och är desperat att imponera, rädd för att trampa snett av rädsla för att plötsligt bli en paria?"

Diana ryckte till när kommentaren träffade en öm punkt.

"Hur kan jag respektera en ung dam som låtsas svimma, bara för att jag ska fånga henne?"

"Jag *låtsades* inte svimma!" Indignerad satte Diana sig käpprak upp.

"*Ni* gjorde det inte, nej", höll han med, och hon insåg att han inte alls talade om henne.

"Exakt hur många unga damer har svimmat över er?", frågade hon, plötsligt undrande. Skulle en dam verkligen gå så långt?

Balfords ögon såg alldeles för gamla ut för hans ungdomliga ansikte när han svarade henne. "Ni var den tionde."

Diana gapade.

"Till ert försvar tror jag att ni var den enda som faktiskt svimmade. Ni var dock den andra den *kvällen*."

"Inte *undra* på att ni inte fångade mig."

Han hade anständigheten att se fåraktig ut. "Det borde jag ha gjort. Julianne var rasande på mig efteråt; tydligen var ni medvetslös i nästan en halvtimme. Å andra sidan ... spred sig ryktet att det inte är en taktik som fungerar på mig. Ingen har svimmat över mig sedan dess."

"Jag är så glad att jag kunde förse er med en så värdefull tjänst", sade Diana syrligt.

"Så jag är skyldig er en ursäkt och mitt tack. Jag står i stor skuld till er, verkar det som."

Hon började gilla honom, om än motvilligt. "Vi kan diskutera betalningsvillkoren vid ett senare tillfälle", sade hon när betjänterna dukade av sopptallrikarna och satte fram nästa rätt. "Vad är det?" Hon lade huvudet på sned och granskade den tjocka gröna klyftan på sin tallrik, toppad med en liten rullad bit tunt skivad skinka och ett inlagt körsbär.

"Cantaloupmelon. Mycket lätt och uppfriskande." Han använde en vass kniv för att skära fruktköttet från skalet och sedan i mindre bitar, innan han sträckte sig över för att byta hennes tallrik mot sin egen. "Varsågod. Smaka en bit."

Hon spetsade en liten bit med sin gaffel och smakade på den, och fann frukten mindre syrlig än hon hade förväntat sig, sval och ganska vattnig. Den påminde henne svagt om ett päron. Hon provade en bit till.

"Gott?", frågade Balford och skar upp den andra melonbiten.

"Ganska angenämt", medgav Diana. "Ni har fortfarande inte förklarat varför ni är i Venedig."

"Ni är rättfram, inte sant?" Han log mot henne från sidan. "Nåväl, jag stod ut i London till maj, även om jag var grundligt trött på den sociala virveln. Att dra sig tillbaka till Balford Priory under sommarmånaderna var flykten vid horisonten, men när det var dags upptäckte jag hur fel jag hade. Julianne hade bestämt sig för att anordna en månader lång bjudning med en rullande parad av lämpliga unga damer. Om jag tyckte att det var för svårt att lära känna dem i London, skulle hon föra dem till mig i mitt hem, ge mig mer tid."

"Det hjälpte inte?"

"Det gjorde allt värre. The Priory är min fristad. Varenda en av dem kändes som en inkräktare." Han ryste. "Kanske jag inbillade mig, men allt jag kunde se hos varenda en av dem var girighet. Jag orkade inte mer. När brevet kom som berättade att Andrea hade gift sig", nickade han mot andra änden av bordet, där den unge hertigen höll hov, med sin ännu yngre hertiginna vid sin sida, "så tog jag chansen att komma på besök och framföra mina gratulationer personligen. Franchettis är Juliannes familj, men de har alltid välkomnat mig som en av sina egna. Jag skäms över att erkänna det, men jag smög ut från The Priory mitt i natten och skickade min styvmor ett brev först när jag var på väg att gå ombord på fartyget."

"En vågad flykt", anmärkte Diana.

"En feg flykt mitt i natten, skulle jag kalla det. På flykt från den skrämmande utsikten att tvingas tillbringa timmar i sällskap med vackra, charmiga unga damer som är desperata att göra sig behagliga för mig." Hans leende var självironiskt.

"Jag tycker inte att ni är en fegis", sade Diana eftertänksamt och omprövade sin bedömning av hans karaktär ännu en gång. "Det är inte fegt att känna att man inte är redo att ta sin fars plats, särskilt eftersom han bara har varit borta en så kort tid. Att ta en hustru och sätta igång med att skaffa en arvinge – ja, det skulle ju innebära att han verkligen är borta, eller hur?"

Balford såg ganska chockad ut, och Diana insåg att hon hade gått för långt. Hon stammade hastigt fram en ursäkt, rodnande av förlägenhet, men han höll upp en hand för att stoppa henne.

"Nej, snälla. Ni satte precis ord på det jag har kämpat med att förklara för min styvmor i månader, lady Diana. Ni har helt rätt. Jag är inte redo att släppa taget om min far, inte redo att ta hans plats." Han sneglade upp längs bordet på Andrea och Valentina. "Och även om min kusin verkar lycklig med sitt arrangerade äktenskap, är det inget för mig. Jag gifter mig när jag är redo, när jag hittar rätt kvinna att bli nästa hertiginna av Balford."

Han sade inget om kärlek, observerade Diana, men å andra sidan trodde hon snarare att han siktade på ömsesidig respekt snarare än verklig tillgivenhet i sitt äktenskap. Respekt verkade trots allt vara det bästa man kunde hoppas på i äktenskap inom *societeten*.

"När ni är redo", sade hon, "hoppas jag att ni hittar den dam som är allt ni söker."

De blev avbrutna av damen på Balfords andra sida som högljutt krävde hans uppmärksamhet, men han tog sig tid att mumla ett tack för hennes lyckönskningar.

Diana lämnades ensam med sina tankar, eftersom platsen på hennes andra sida var upptagen av Alex mor, som var upptagen med att skvallra med sin syster tvärs över bordet. *Jag har dömt Balford fel*, tänkte hon och provade rätten som hade ställts framför henne, någon sorts liten vildfågel serverad med krispiga sparrisstjälkar. *Han är inte den arroganta dilettant jag hade antagit. Han sörjer fortfarande sin far, och jag misstänker att han var ännu mer obekväm i balsalarna i societeten än vad jag var.* Han hade visat oväntade glimtar av humor under deras samtal, mestadels av den svarta sorten riktad mot sig själv, men han hade också visat tydlig ånger över att hon hade dragits in i situationen. Hon började känna sig nästan välvilligt inställd till honom.

Flera rätter av utsökt, om än ganska obekant, mat senare och lady Elspeth reste sig från bordet och vinkade åt damerna att följa henne. De återvände till salongen och en piga kom in med kaffe och te.

Diana betraktade tveksamt kaffet som flera av damerna drack; italienskorna drack det i små koppar som knappt rymde mer än en fingerborgsfull, och det såg tjockt och svart ut, doften stark och bitter. Hon var glad att istället ta emot en kopp te från lady Elspeth; änkehertiginnan anmärkte att hon aldrig drack kaffe på kvällarna eftersom det gjorde henne oförmögen att sova.

Diana fann sig själv dela en soffa med den nya hertiginnan, lady Valentina, som visade sig vara bara sjutton år gammal. Hennes engelska var på ungefär samma nivå som Dianas italienska, styltig och med en stark accent, men hon verkade fast besluten att försöka.

”Andrea är halvt engelsk, med två engelska mormödrar. Han säger att han ska ta med mig till London så jag måste öva min engelska och bli mycket bra.”

”Ni är redan mycket bra”, sade Diana och erinrade sig att Balford hade sagt att Andreas och Valentinas äktenskap var arrangerat. Det unga paret verkade ändå fullkomligt betagna i varandra, och hon frågade ganska försiktigt om de hade känt varandra väl före bröllopet.

Valentina verkade fundera på frågan innan hon svarade. ”Äktenskapet arrangerades när jag var liten”, sade hon. ”Jag har alltid vetat att jag skulle gifta mig med Andrea. Våra fäder var goda vänner. När min far dog och min bror blev *conte*, kom Andrea för att träffa honom, för att komma överens om att äktenskapet skulle äga rum när jag var gammal nog. Vi träffades då och jag tyckte han var mycket snäll."

"Hur gammal var ni då?", frågade Diana, nyfiken.

"Fjorton." Valentina rodnade och sänkte blicken blygt. "Jag tyckte han var mycket stilig. Jag var glad att min far hade arrangerat ett så bra gifte. Jag skulle inte vilja behöva välja bland många friare, tror jag, som man måste under era säsonger i London."

"Det är inte riktigt så det fungerar", sade Diana torrt, men kanske var det så om man var någon som Valentina. Hon var exceptionellt vacker och hade uppenbarligen vuxit upp i ett extremt förmöget hushåll; hennes klänning var av det finaste siden Diana någonsin hade sett, sydd med små kristaller och såpärlor, och ett par diamantarmband prydde hennes handleder. I London skulle hon förmodligen ha haft skaror av kärlekskranka kavaljerer som skrev poesi till hennes ögon och hennes glänsande, silkeslena svarta hår.

Valentinas ansikte lyste upp, och redan innan sorlet av manliga röster nådde Dianas öron, visste hon att herrarna måste vara på väg att ansluta sig till sällskapet. Hon såg med en viss avund på när Valentina reste sig och skyndade till Andreas sida, den unge hertigen välkomnade sin brud med en kyss på kinden och sin arm slagen om hennes midja.

"De är så kära", viskade Clarissa och tog den plats som Valentina just hade lämnat.

"Visste du att det var ett arrangerat äktenskap?" Diana talade med låg röst.

Clarissas ögonbryn höjdes. "Nåja, det händer ju fortfarande bland de högsta familjerna i England också", sade hon. "Jag antar att de måste anse sig vara mycket lyckligt lottade då. Att de har blivit kära trots att de inte fick välja varandra."

Balford hade kommit in i salongen med Alex, i djup konversation med honom. Han såg sig omkring i rummet och hans blick mötte Dianas en kort stund. Han gav henne ett leende och instinktivt log hon tillbaka.

*Jag kan inte hata honom längre. Inte nu när jag vet vad han går igenom.*

# KAPITEL SEX

WILL VAR INTE HELT säker på varför hans blick oundvikligen tycktes dras tillbaka till lady Diana Creighton. Han hade träffat många vackrare flickor – några av dem befann sig i just detta rum! – men han fann sig själv dröja kvar vid hennes ansikte, studera hur livfulla hennes drag var när hon talade med sin syster, hur hennes leende verkade få hennes ögon att lysa upp.

Han hade betett sig fruktansvärt illa mot henne i London och förtjänade absolut inte den allra minsta gnutta av hennes uppmärksamhet. Även om han inte hade myntat det hemska öknamnet Svimningsblomman, hade han inte gjort något för att stoppa det när han hörde det slängas omkring. Han borde ha gjort det, borde ha krossat det utan nåd, men ... om han gjorde det, skulle han ha dragit på sig klander för sitt ogentlemannamässiga uppförande då han inte fångade henne, och ännu värre, gick därifrån medan hon låg medvetslös på golvet.

Lady Diana skulle ha all rätt i världen att ge honom kalla handen och aldrig mer tala med honom, men ändå hade hon lyssnat när han klumpigt försökt be om ursäkt. Inte bara det, hon hade sett rakt in i hans innersta med den där insiktsfulla kommentaren om att han inte var redo att axla sin fars mantel.

Will stod i skuld till Diana Creighton, och en Penhaligon betalade alltid sina skulder. Han visste ännu inte hur han skulle återgälda hennes vänlighet att ha lyssnat på honom, särskilt eftersom det verkade uppenbart att hennes familj hade lämnat London för att komma undan skvallret och de sneda blickar Diana hade fått utstå.

”Ja, jag har besökt Venedig flera gånger under årens lopp”, svarade han frånvarande på en fråga Glenkellie ställde honom. ”Min styvmor tog varje tillfälle att fly de engelska vintrarna.”

”Så jag får väl förmoda att ni redan har sett alla sevärdheter? Vad skulle ni rekommendera som er favorit?” Det var lady Glenkellie som ställde frågan, den vackra rödhårigans ögon fästa på hans. Hon var den mest slående vackra dam han någonsin hade träffat, och ändå ... gled hans blick återigen till den enbart söta brunetten som satt på soffan, med huvudet böjt mot sin syster medan de två talade tyst med varandra.

”Jag visar gärna ert sällskap runt till några av de bästa platserna, om ni så önskar”, sa han och slet med viss svårighet blicken från Diana, och undrade samtidigt som han uttalade orden vad i hela friden han höll på med. Att umgås med människor han inte kände väl var inte något han tyckte om, tvärtom var det normalt en plåga som skulle undvikas så ihärdigt han kunde. ”Mina Franchetti-släktingar har stort inflytande i Venedig, och genom att nämna Andreas namn kan jag få er in för att se ett antal platser som normalt är privata. Jag känner till exempel till en enastående da Vinci-målning i det privata kapellet i ett palazzo inte långt härifrån."

"Det skulle vara fantastiskt!" Lady Glenkellies leende var bländande. "Så ytterst generöst av er, ers nåd, men vi skulle ogärna vilja tränga oss på och ta upp er tid."

"Det är inget besvär." Än en gång kastade han en smygblick på Diana. "Jag skulle med nöje göra det. Vilka planer har ni för de närmaste dagarna? Är ni medvetna om att hushållet planerar att snart lämna Venedig för att undkomma sommarhettan? Lady Elspeth har en villa i Schio, vid foten av Dolomiterna, dit hon gärna drar sig tillbaka under högsommaren."

"Ja, hon har bjudit in min hustrus mor och faster att följa med henne dit, och utökade även inbjudan till vårt sällskap." Glenkellie nickade. "Vi ska absolut överväga det; hettan här är tröttsam."

Will var ganska säker på att Glenkellie inte alls kände av hettan. Mannen hade varit kavalleriofficer, hade stridit på Iberiska halvön i värme som var lika extrem om inte värre, men hans uttryck när han såg på sin fru visade exakt vad som motiverade hans oro.

"Villan i Schio är mer än stor nog att hysa er", instämde Will. "Ni skulle dock kunna överväga ett alternativ; Andrea vill ta med Valentina för att besöka hennes bror, greven av Bardolino. Deras huvudsäte ligger i Bardolino, vid Gardasjöns strand, en plats jag inte har besökt men som jag förstår är av enastående naturskönhet. Vi planerar att resa med lady Elspeths sällskap så långt som till Vicenza men sedan fortsätta västerut till Gardasjön, om ni skulle överväga att följa med oss. Jag tvivlar inte på att greven skulle bli förtjust över att ha er med."

Lord och lady Glenkellie såg på varandra och kommunicerade utan ord, innan lady Glenkellie gav honom ännu ett av dessa bländande leenden, tackade honom för inbjudan och sa att de skulle diskutera saken.

"När lämnar alla Venedig?" frågade lord Glenkellie.

"Om tio dagar eller så, har jag förstått. Så det finns verkligen ingen tid att förlora med era rundturer. Ska vi säga klockan nio i morgon bitti?"

Lady Glenkellie viftade med sin solfjäder, och han fick det bestämda intrycket att hon dolde ett leende bakom den. "Det låter mycket angenämt, men jag hoppas sannerligen att ni inte kommer att be oss göra något alltför ansträngande vår första dag."

"Jag tänkte att vi kunde börja med en promenad längs Rialto och ett besök på ett av mina favoritkaféer." Will bugade för henne med ett leende. "Kanske ett besök i en kyrka jag känner till som har en mycket vacker madonnamålning av Tizian efteråt?"

"Det låter förtjusande." Lady Glenkellie dolde ett leende igen innan hon sa: "Min systerdotter Diana har ett stort intresse för konst. Hon kommer säkerligen att uppskatta utflykten särskilt mycket."

Paret Glenkellie var båda väl medvetna om att han hade tillbringat den senaste kvarten med att försöka väldigt hårt att inte stirra på lady Diana, insåg han med en känsla av illamående. Lord Glenkellie höjde på ögonbrynen och gav honom en blick som låg någonstans mellan cynism och varning; lady Glenkellie verkade bara road.

"Venedig har något för alla", sa han till slut, "men den som uppskattar fin konst kommer säkerligen att förälska sig i staden och dess skatter."

Han tittade på lady Diana igen; han kunde inte låta bli. Hon gäspade bakom sin hand, och tydligen lade lady Glenkellie märke till det också, för hon vände sig mot sin man och lade en hand på hans arm.

"Flickorna är trötta, Alex, och det är jag också, det har varit en lång dag. Jag tror att vi ska ursäkta oss och dra oss tillbaka."

"Jag följer med er", sa Glenkellie omedelbart och gav Will en artig nick. "Trevligt att tala med er, Balford, och vi ser fram emot att träffa er i morgon bitti."

"Jag kommer att vara i frukostrummet, eller om ni föredrar att få frukosten serverad på rummet, så möter jag er vid kajen klockan nio", erbjöd Will. "Jag önskar er en god natt, lady Glenkellie."

Hon gav honom ännu ett av dessa bländande leenden, och han såg på när paret korsade rummet till divanen. Diana och Clarissa såg upp och verkade glada över att bli inbjudna att dra sig tillbaka, och reste sig genast för att följa Marianne över till där lady Elspeth höll hov med några av de äldre damerna.

*Hon har en vacker figur.* Dianas klänning visade upp hennes smala midja och höga barm till sin fördel, och hon rörde sig med ett smidigt, snabbt steg som fick honom att tro att hon tyckte om att promenera, var van vid att kliva ut och röra sig med beslutsamhet.

"Den lilla engelska fröken har fångat ditt öga." Andrea, den unge hertigen, kom fram till honom och talade på snabb italienska, med road ton.

"Nej", förnekade Will, för snabbt. "Jag träffade henne tidigare, i London", försökte han förklara sig. "Hon … jag tyckte hon var tråkig då. Som vilken annan giftaslysten fröken som helst med siktet inställt på en titel. Jag var oförlåtligt ohyfsad."

"Och ändå", funderade Andrea medan Diana sneglade över rummet mot dem, log och neg lätt innan hon följde sin faster ut, "verkar hon ha förlåtit dig."

"Inte än, tror jag", sa Will. "Jag har fortfarande en bit kvar för att gottgöra, men kanske tycker hon nu att jag inte är ett fullständigt hopplöst arsel."

Andrea brast ut i skratt och lade en hand på Wills axel. "Jag är säker på att du kommer att vinna hennes hjärta om du vill, kusin!"

Det ville han, upptäckte Will när han lät Andrea styra honom över till där två av deras yngre manliga kusiner samtalade. Lady Diana Creighton hade uppvisat ett ovanligt djup av insikt under deras korta samtal, och han ville lära känna henne bättre.

Det faktum att hon inte alls var svår att vila ögonen på hade ingenting med saken att göra, var han säker på.

"God morgon, ers nåd."

Diana neg graciöst, och han stannade till ett steg in i foajén och stirrade på henne. Hon var helt ensam, och en känsla av vaksamhet kröp upp längs hans ryggrad och fick honom att se sig omkring.

"Oroa er inte, det förväntas inte av er att ni tar ut mig ensam." Hon såg road ut, och han ryggade tillbaka när han insåg att hon hade gissat hans tankar helt korrekt. "Min faster råkade ha sönder ett skosnöre och återvände till vår svit för att byta det, och min syster är faktiskt precis utanför och tittar på kajen. Hon är ganska fascinerad av gondolerna ... ja, allt som har med sjöfart att göra, faktiskt. Jag är övertygad om att om hon hade fötts som man, skulle hon ha gått med i flottan."

"Jag ber om ursäkt." Generad bugade han sig lätt för Diana. "Jag borde inte ha tvivlat på er."

"Du är väldigt skotträdd." Hon lade huvudet på sned och betraktade honom, oförskräckt. "Jag hade känt mig avundsjuk på några av de rika, vackra debutanterna – lady Mary Gordon, till exempel – men det måste vara tröttsamt att svärmas av friare som är desperata att imponera, och även de som tar till mindre hedervärda taktiker för att få din uppmärksamhet. Jag tycker ganska synd om henne nu, och jag kan se att det inte är så värst annorlunda om man är man, även om man har mycket större frihet att vara otrevlig utan att riskera social utfrysning.”

Än en gång blev Will mållös inför denna unga kvinna, hennes insikt och skarpsinniga observationer. Han svalde, steg fram och erbjöd sin arm och gestikulerade mot ytterdörrarna.

”Ska vi se om vi kan hitta er syster? Jag bad husets gondoljär att stå till vårt förfogande i morse, så hon bombarderar honom säkert med frågor, och jag vet att hans engelska är obefintlig.”

”Både Clarry och jag kan lite italienska”, sa Diana lite syrligt när hon lade sin hand på hans arm, men sedan log hon skälmskt. ”Inte alls så bra som vi trodde, dock. Italienare talar väldigt fort.”

”Det gör de.” Han ledde henne ut, och de fann mycket riktigt Clarissa stående på kajen, där hon med spänning betraktade den glansiga, färggrant målade gondolen som väntade på dem. Gondoljären höll sig på avstånd och iakttog den unga engelskan lite vaksamt.

”Er italienska är dock superb.” Diana iakttog honom. ”Hur ofta sa ni att ni hade varit här?”

”Det här är mitt femte besök i Venedig, men jag bör också nämna att under krigets första år tillbringade hela Franchetti-klanen två år i England, och under större delen av den tiden var de våra gäster på Balford Priory. Jag är fyra år äldre än Andrea, men vi kommer mycket bra överens; vi övade på varandras språk tills vi var flytande nog att kunna passera som modersmålstalare i dem.”

”Vilket utmärkt sätt att lära sig ett språk”, instämde Diana. ”Jag lärde mig italienska av en mycket sträng guvernant, genom att nöta in från böcker, utan någon förväntan om att någonsin komma hit. Det var bara ännu en färdighet jag förväntades bemästra.”

”Jag kände precis likadant inför grekiska och latin”, erkände Will, och belönades med det mest strålande leende hon ännu hade gett honom. Hennes mun var en aning för bred, noterade en analytisk del av hans hjärna, för att hennes ansikte skulle anses vara sant vackert, men det innebar att när hon log kändes strålglansen som att badas i rent solljus.

”God morgon, ers nåd.” Clarissa tittade bort från gondolen länge nog för att få syn på honom där han stod, böjde på knäna i en pliktskyldig nig, och tittade sedan tillbaka på båten. ”Vet ni något om de här? Varför är de så höga i fören och aktern? Och hur fungerar stakarna för att driva dem framåt? Varför inte åror? Jag kan förstå varför inte ett segel, det är inte mycket vind mellan byggnaderna ...”

”Ser ni vad jag menar?” viskade Diana, sotto voce, och Will skrattade.

”Ja, verkligen. Jag ber om ursäkt, lady Clarissa, men jag måste erkänna att jag aldrig har varit nyfiken på gondolernas utformning. Jag vidarebefordrar dock gärna era frågor till gondoljären.”

"Jag försökte fråga, men jag är inte säker på om han inte förstod eller om han helt enkelt inte visste svaren." Clarissa rynkade pannan mot mannen, som stod så långt borta från henne som han kunde i gondolens akter, och tittade beslutsamt åt motsatt håll.

Will trodde att hon förmodligen bara hade skrämt den stackars mannen till tystnad, men sa det inte. Den yngre Creighton-systern var avgjort den mer påstridiga av de två, även om han höll på att upptäcka att Diana inte var rädd för att säga sin mening när hon fick chansen.

Paret Glenkellie kom ut från palatset för att ansluta sig till dem och hälsade Will med vänliga leenden. Lord Glenkellie hjälpte sin fru ner i båten, och Will vände sig om för att hjälpa de två flickorna ner. Clarissa snuddade knappt vid hans hand innan hon hoppade ner, men Dianas fingrar slöt sig om hans och hon lutade sig mot honom för balans, trevande när båten gungade under hennes fötter.

"Ni kommer inte att ramla i", kände sig Will manad att försäkra henne. "Jag har knappt någonsin sett någon ramla i en av kanalerna; det skulle kosta Gianluigi livet att låta er göra det!"

"Åh, utan tvekan." Hon satte sig bredvid sin syster. "Jag tror dock inte att jag riktigt har fått tillbaka mina landben efter så många dagar till sjöss. Allt känns fortfarande lite ostadigt, så när marken faktiskt gungar är jag övertygad om att jag kommer att störta med huvudet före ner i det där något osmakliga vattnet!"

"Det skulle jag aldrig tillåta", lovade han galant, innan han intog sin egen plats bakom henne och nickade till Gianluigi. "Låt oss då ge oss av på ert första venetianska äventyr, mina vänner!"

# KAPITEL SJU

HERTIGEN AV BALFORD VERKADE vara en helt annan man än den arroganta lilla adelsman hon först hade mött på ett dansgolv i London, funderade Diana medan hon slappnade av och såg Venedigs vackra arkitektur sakta glida förbi. Han var vänlig och omtänksam. Det fanns ingen fördel för honom i att ge av sin tid för att visa folk han knappt kände runt i Venedig, och ändå hade han erbjudit sig utan att tveka. Nu lutade han sig framåt, lade armen mellan hennes och Clarissas axlar för att peka på en stor byggnad som dök upp på deras högra sida och be dem titta precis bortom den, eftersom det fanns en vacker bronsstaty att se på en innergård där.

"Åh, titta på den där vackra bron som kommer där framme!", utropade Diana några minuter senare och beundrade den fina vita bron med sina många valv som spände över kanalen.

"Det där är Rialtobron." Balford ropade något till gondoljären och ett ögonblick senare vinklades gondolen över till sidan av kanalen och gled in för att stanna vid några stentrappor bredvid ett stort vitt palats. "Vi stiger av här."

Diana tog emot hans hand och såg sig fascinerat omkring medan han hjälpte henne ur gondolen och uppför trappstegen, och mumlade en varning om att vara försiktig eftersom det var lågvatten och trappstegen var hala av tång och slem. Hon var glad att hon bar rejäla kängor i förväntan på att få gå en hel del.

"Det här är en ståtlig byggnad", sade Alex och tittade upp mot palatset de nu stod bredvid.

"Palazzo dei Camerlenghi. För övrigt byggt av samma arkitekter som Palazzo Franchetti, även om det här nu är en regeringsbyggnad. Jag är ärligt talat inte säker på exakt vilken funktion det har nu." Balford skakade sorgset på huvudet. "Det fanns en gång i tiden en ganska spektakulär konstsamling här, men när fransmännen ockuperade staden skingrades allt. En del har återlämnats till Venedig, men det mesta finns nu i Accademia di Belle Arte, har jag förstått. Som ni absolut måste besöka, förstås. Det ligger inte långt härifrån, runt en annan krök av Canal Grande, men jag skulle föreslå att ni sparar det till en annan dag. Idag vill jag visa er en av Venedigs dolda skatter." Han ledde dem runt palatset och längs en smal gata med butiker på båda sidor, innan han stannade vid en smal dörr som stod lite på glänt. "Här inne."

De följde efter honom in och såg sig förvånat omkring när de insåg att de var inne i en kyrka. Det välvda taket som hölls uppe av vita marmorpelare var nästan lika högt som kyrkan var lång. Det fanns bara plats för ett halvdussin träbänkar, men allt någon av dem kunde titta på var den spektakulära konsten som var målad på väggarna. Och taket, som Diana upptäckte när Clarissa knuffade till henne och pekade upp mot kupolen, en cirkel av änglar runt en himmelsk gudom arrangerad på en eteriskt ljusblå bakgrund.

”Vad är det här för ställe?”, viskade Diana i ren vördnad.

”Kyrkan San Giovanni Elemosinario, allmosegivaren”, upplyste Balford och erbjöd henne sin arm som stöd när hon lutade sig bakåt och försökte sträcka på halsen för att se de otroliga detaljerna i kupolens målade änglar. ”Det ni tittar på är ett verk känt som *Den evige Guden och änglarnas härlighet*, av Giovanni Antonio de Sacchis, mer känd som *Il Pordenone*.”

”Jag känner inte igen det ordet, vad betyder det?”, sade Diana med rynkad panna.

”Det är bara namnet på staden han kom ifrån, är jag rädd. Inget poetiskt. Kom och titta i det här sidokapellet; där finns en vacker altartavla av samme konstnär, föreställande de heliga Katarina, Sebastian och Rocco.”

Hon beundrade målningen, tyckte faktiskt att den var bättre än altartavlan i huvudkyrkan och sade det.

”Jag håller med, även om vissa skulle hävda att Il Pordenone är en sämre konstnär än Tiziano, så tycker jag inte att just den målningen är ett av Tizians bästa verk.”

”Tizian!” Hon tittade på målningen av det gråhåriga helgonet igen. ”Vet ni, jag hade ingen aning om att han målade religiösa verk. Jag såg två av hans målningar på Bridgewater House i London: *Diana och Aktaion* och *Di-*

*ana och Kallisto*. Av någon anledning hade jag föreställt mig att han bara målade mytologiska scener.”

Balford skrattade och hon spände sig och trodde att han hånade hennes okunnighet. Men han skakade på huvudet och log vänligt mot henne. ”Venedig kommer att lära er bättre. Under många år var Tizian den främste konstnären här, anlitad för att skapa hundratals verk i kyrkor och palats över hela staden.” Han pekade tillbaka mot sidokapellet de just hade lämnat. ”Han och Il Pordenone var stora rivaler.”

”Och ändå tror jag inte att vi någonsin skulle ha kunnat föreställa oss att den här kyrkan fanns här, om ni inte hade visat oss den”, förundrades Diana.

”Som jag sade, en av Venedigs dolda skatter. Jag låtsas inte på något sätt känna till alla hennes hemligheter, men jag erkänner att den här lilla kyrkan är en av mina favoriter.”

”Tack för att ni delade den med oss.” Impulsivt klämde hon hans arm. ”Ni kan nu anse er förlåten, ers nåd.”

Han låtsades inte missförstå, men han skakade på huvudet. ”Ni är alltför generös, Lady Diana, och ni kommer inte heller att bli av med mig så lätt.”

Hon skrattade och lade sedan handen för munnen när en präst vid altaret vände sig om vid det höga ljudet. ”Jag försöker inte bli av med er!”, väste hon och undvek prästens blick.

"Nej, men jag tror att han försöker. Kom." Han samlade Clarissa på sin andra arm när de passerade henne, och de mötte Alex och Marianne vid dörren.

"Det där var ganska anmärkningsvärt", sade Alex när de lämnade den tysta kyrkan och återvände till de livliga, myllrande gatorna vid Rialtomarknaden.

"Eller hur? Och jag måste säga er att det finns dussintals kyrkor i Venedig med lika anmärkningsvärda konstskatter ... och ändå är Venedig ingenting jämfört med Rom eller Florens. Italien är verkligen ett paradis för konstnärer." Med ett brett leende pekade han mot ett kafé några steg längre ner på gatan. "Och även ett paradis för gourmander. Det här stället serverar de finaste *sfogliatelle* i Venedig, eller det påstår i alla fall min faster alltid. Hon har flera gånger försökt anställa innehavaren för att arbeta på palatset, men han vill inte ge upp sin butik."

De slog sig ner vid ett bord under en randig markis och en servitör kom ut för att hälsa på dem. Balford gav order på den där snabba italienskan som Diana fortfarande hade svårt att förstå. Hon gav honom en förbryllad blick när han satte sig bredvid henne och han log.

"Jag beställde *cappuccino*, som är ett mjölkigt, skummigt kaffe, för er alla att prova, och några *sfogliatelle*, som är söta bakverk fyllda med en krämig fyllning. Jag bad också om en påse av dem att ta med hem till faster Elspeth. Hon kommer att bli mycket missnöjd om hon får reda på att jag var här utan att köpa några till henne."

Hans tillgivenhet för änkehertiginnan var uppenbar, tyckte Diana, och berömvärd också. Än en gång tänkte hon på hur annorlunda han var från hennes första intryck av en arrogant, tanklös man som inte brydde sig om någon annan än sig själv. Det var en mask, misstänkte hon, som han tog på sig i sociala situationer där han kände sig obekväm.

Servitören kom till bordet med en karaff och några koppar, ställde ner dem och återvände ett ögonblick senare med ett fat fyllt med små bakverk.

”Det här är pressad druvjuice”, sade Balford och sträckte sig efter karaffen. ”Jag bad om det ifall ni inte skulle tycka om kaffe. Tyvärr har de inte te. Även om det dricks här, är det inte alla kaféer som serverar det.”

”Jag har inte tyckt särskilt mycket om kaffet vi har serverats här hittills”, medgav Marianne och Diana nickade instämmande. ”Det är väldigt starkt. Jag förstår inte varför de serverar det så, i så små koppar. Vore det inte bättre att hälla det i en större kopp och göra det svagare?”

”Det beror på hur man ser på saken”, sade Balford med ett lätt skratt. ”Vissa italienare skulle föredra det så starkt att skeden står rakt upp i det!”

De skrattade alla, vilket uppenbarligen var hans avsikt, och han fortsatte: ”Men *cappuccino* är helt annorlunda, det lovar jag. Det kan hända att ni inte tycker om det, men man kan inte komma till Italien utan att åtminstone prova det.”

Diana var osäker; även i England hade hon alltid föredragit te. Hon drack bara kaffe med en stor mängd grädde och mer socker än hennes mor vanligtvis tillät henne att ta. En klunk av den sirapsliknande svarta vätskan som italienarna kallade *espresso* hade räckt för att få henne att rynka på näsan åt den bittra, starka smaken.

Innehållet i koppen som ställdes framför henne såg dock lovande ut. Mjölk vispad till ett tjockt, ljust skum flöt ovanpå kaffet. Hon tittade fundersamt på det.

"Sörpla kaffet genom skummet", rådde Balford och lutade sig sedan lite närmare. "Bara prova en klunk. Om ni verkligen inte tycker om det, snälla, tvinga er inte att dricka det för min skull. Jag vet att inte alla gillar kaffe; min styvmor kallar det faktiskt för en vidrig brygd, i alla former!"

Hon log och tog en liten klunk. Hennes ögonbryn for upp i förvåning och hon tog en till.

"Det här är faktiskt väldigt trevligt."

Uppmuntad av sin njutning av drycken tog hon emot ett av bakverken från fatet Balford hade beställt och blev ännu mer förtjust. Bakverket var flagigt och sött, den krämiga fyllningen hade en delikat citrussmak och smälte på tungan.

Marianne suckade av lycka när även hon upptäckte hur ljuvliga bakverken var, och sträckte sig genast över för att ta en till. "Jag förstår nu helt och hållet Lady Elspeths inställning; jag skulle också vilja anställa den här bagaren!"

De skrattade alla, och strax var fatet tomt och Alex reste sig för att gå in. Han kom tillbaka några minuter senare med en annan papperspåse full av bakverk.

"Att ha till ert te i eftermiddag, mina damer", sade han med ett leende. "Eftersom jag tvivlar på att Lady Elspeth kommer vilja dela med sig av sina."

"Kanske jag helt enkelt borde skicka ner någon varje morgon för att hämta en påse som vi kan ha på frukostbordet", funderade Balford.

"Ja, tack", sade Diana entusiastiskt, och han sneglade på henne och log och gav henne en liten bugning.

"Betrakta det som gjort, Lady Diana. Nå, ska vi ta en promenad? Rialto är med rätta berömt för sin handel. Jag är säker på att ni damer kan hitta något ni vill titta närmare på."

Diana hade aldrig sett en sådan eklektisk blandning av butiker, alla packade tätt inpå varandra på de smala gatorna. Det fanns inga hästar och vagnar, vilket verkade konstigt efter London. Män flyttade sina varor på små handkärror eller bar dem i lådor eller tunnor från båtar som lade till vid kanalkanterna.

Fiskmarknaden var illaluktande men fascinerande, med sorters fisk hon aldrig sett förut utlagda på stånd, där husmödrar prutade med försäljarna om de bästa exemplaren innan deras val slogs in i papperspaket.

"Är det där en *bläckfisk*?", flämtade Clarissa, och Diana sträckte på halsen för att titta och ryste vid åsynen av den stora lila-röda varelsen med alldeles för många ben som låg på fuktig tång på trädisken.

"Den är väl inte till för att ätas?"

De två systrarna tittade på varandra med fasa. Balford såg vad deras blickar vilade på och skrattade lågt.

”En delikatess här. Själv föredrar jag de små.” Han pekade på en stor skål, och fascinerade och äcklade lutade sig flickorna fram för att titta.

”De är pyttesmå!” Knappt större än den yttersta leden på hennes tumme var de små bläckfiskarna vita och såg betydligt mindre skrämmande ut än sin större kusin. Diana trodde ändå inte att hon skulle vilja äta en. ”Och ni gillar att äta dessa?” Hon tittade upp på Balford.

”Jag sa inte det, exakt. Bara att jag föredrar dem framför de stora.” Han skrattade åt hennes min. ”Polpo är vad ni ska se upp för om ni råkar vara på en restaurang med en meny. Oroa dig inte för att det kommer att serveras på palatset; Lady Elspeth råkar avsky det.”

Han retades, men det var inte ovänligt, och Diana fann sig själv fnissande. Balford blinkade innan han ledde dem ut från Pescheria och in i Ebaria, som doftade betydligt sötare och sålde örter, kryddor och ett enormt utbud av färsk frukt och grönsaker. Diana hade aldrig sett så stora och saftiga apelsiner eller citroner, eller sådana tomater. Till och med äpplena var mycket större och verkade ha klarare färger än de hon hade ätit hemma i England. Hennes huvud vände sig hit och dit, munnen öppen när hon stirrade runt på allt.

”Titta på de där vindruvorna”, pekade Clarissa, och Dianas mun började vattnas när hon stirrade på de enorma högarna av djupt lila-röda och ljust gräsgröna klasar, större och fylligare än några hon någonsin sett.

”De ser fantastiska ut”, höll hon med. ”Italien är berömt för sitt vin, det är logiskt att deras vindruvor skulle vara utmärkta. Ska vi köpa några? Jag skulle vilja smaka på dem.”

”Rör dem inte”, varnade Balford när de närmade sig försäljaren. ”Det är en hederssak att de väljer ut de allra bästa de har åt er.”

Diana var glad att han stod tillbaka istället för att kliva in och beställa åt henne, och lät henne prova sin skolitalienska på försäljaren, en gammal man som lyssnade uppmärksamt och nickade och gav henne ett tandlöst leende innan han valde ut två klasar vindruvor åt henne, en grön och en röd. Alex hade gett både henne och Clarissa några *lire* och *scudo* att ha i sina pompadourer. Hon fiskade upp några mynt och grubblade över dem. Den gamle mannen skrattade, tog det minsta myntet – en silver-halvlira – och gav henne tillbaka en kvarts-lira och ett par kopparmynt.

”En fem-centesimi och en tre-centesimi. Han gav er ett bra pris på druvorna”, sade Balford roat, när försäljaren till och med hittade en sliten tygpåse åt Diana att bära druvorna i, eftersom hon inte hade någon korg.

Hon tackade den gamle mannen vackert och belönades med ännu ett tandlöst leende och en skur av italienska alldeles för snabb för henne att följa. Balford skrattade, skakade på huvudet och sade något snabbt i gengäld.

”Sa ni just till honom att jag var er kusin?”, kontrollerade Diana när de gick därifrån.

”Han trodde att ni var min fru.”

”Åh!” Förvånad ryckte hon tillbaka något och hennes hand föll från hans arm. Han sträckte sig ner, tog upp hennes hand och stoppade tillbaka den i armvecket igen.

”Han skulle ha blivit chockad om jag hade sagt att vi inte är släkt. I Italien kommer ni snart att upptäcka att ogifta unga kvinnor av rang vanligtvis hålls mycket avskilda. Arrangerade äktenskap som Andreas och Valentinas är normen.” Han log svagt. ”Och eftersom våra familjer faktiskt är förbundna, om än på ett mycket invecklat sätt ... är kusin en lika bra beskrivning som någon, håller ni inte med?”

”Antagligen”, sade hon tveksamt.

”Diana!” ropade Marianne till henne från en liten butik några steg bort. ”Kom hit och titta på de här underbara smyckena!”

”Ja, faster Marianne”, sade hon pliktskyldigt och drog loss sin hand från Balfords arm.

”Var snäll och låt mig bära era druvor.” Han log varmt mot henne. ”Juvelerarna i Venedig är med rätta berömda och förtjänar er fulla uppmärksamhet.”

*Han är verkligen mycket trevlig*, kom hon på sig själv med att tänka när hon anslöt sig till Marianne och Clarissa i den lilla juvelerarbutiken, där de tre knappt fick plats i det trånga utrymmet, och sedan sade hon bestämt åt sig själv att sluta tänka på honom. Hertigen av Balford var mycket stilig och ja, han verkade mycket trevligare än hennes ursprungliga intryck av honom, men att låta sig själv tråna efter honom kunde bara leda till hjärtesorg. Han hade redan sagt till henne att han verkligen inte var på jakt efter en hustru, och även om han var det, var hon helt enkelt inte den sortens flicka han skulle gifta sig med. Hon var inte rik nog, vacker nog eller släkt med tillräckligt många adliga familjer.

# KAPITEL ÅTTA

EN VECKA SENARE GICK Diana genom Rialto igen, arm i arm med sin syster, och njöt av allt hon såg och hörde runtomkring sig. På Dianas andra sida gick Valentina, den unga duchesan, som under den senaste veckan hade blivit en nära vän till systrarna. Att lära känna Valentina hade fått Diana att inse att det Balford hade sagt om unga italienska kvinnor av rang var helt sant; de var extremt beskyddade ända tills efter sina giftermål.

Valentina betraktade nästan allt utanför Franchettipalatsets murar med stora, förundrade ögon. Hon hade också anförtrott systrarna att hon var ganska chockad över de samtal hon utsattes för nu när hon var gift; några av de gifta Franchettidamerna sa de mest skandalösa saker och inte ens lady Elspeth höjde på ett ögonbryn.

”Det är hos den här försäljaren jag köpte de där vackra druvorna”, sa Diana och ledde Valentina dit. Den gamle mannen log sitt tandlösa leende mot henne, med igenkänning i blicken, och hälsade på henne medvetet långsamt, för vilket hon gav honom ett tacksamt leende.

”Mer av era underbara druvor, gode herre”, sa hon på sin långsamma, noggranna italienska. ”Jag delade med mig till min goda vän hertiginnan av Franchetti och hon tyckte de var mycket fina.”

Den gamle mannens ögon vidgades, och han bugade sig mycket djupt för Valentina när Diana pekade på henne. ”Jag är hedrad över er uppmärksamhet, ädla dam”, sa han. ”Varsågod. Tillåt mig att ge er de finaste av mina varor som gåva.”

”Ingen gåva”, vägrade Valentina. ”Inte med tanke på hur mycket jag vill köpa! Vi tar druvor, och era körsbär ser också utmärkta ut.”

Diana hade tänkt på att ta med en korg denna gång och räckte fram den så att försäljaren kunde fylla den. Han försökte igen vägra ta betalt, men hon lade två silverlire i hans hand.

”Ni tog inte tillräckligt betalt förra gången”, insisterade hon. ”Vi lämnar Venedig imorgon och jag kommer inte tillbaka, så ta emot dem.”

”Jag kommer dock tillbaka om några månader”, sa Valentina. ”Vi ska hälsa på min bror, och planerar att njuta av er läckra frukt under resan.”

Den gamle mannen bugade sig för henne igen, och hans hand slöt sig om mynten. ”Denne man är långt under ers nåds uppmärksamhet. Äran är alltför stor.”

”Blir allt bugande och fjäskande för mycket till slut?” frågade Diana när de gick därifrån, med korgen dignande av frukt.

Valentina gav henne en förbryllad blick. ”Jag förstår inte.”

Valentinas engelska var bättre än Dianas italienska, men hon försökte ändå igen på Valentinas eget språk. Den unga duchesan förstod fortfarande inte, och Diana insåg till slut att det inte var ett kommunikationsproblem som var frågan. Valentina hade uppfostrats till att förvänta sig sådan vördnad som sin beskärda del. Att gifta sig med en hertig kan ha ökat graden av det en aning, men det var fortfarande fullständigt normalt i Valentinas värld.

Även om hon nu var *lady* Diana, dotter till en earl, trodde Diana inte att hon någonsin skulle vänja sig vid att bli bemött med sådana attityder. Hon undrade om Valentina ens var medveten om sitt eget inflytande, om hon ens hade märkt att försäljaren talade om för sina nästa kunder att självaste hertiginnan av Franchetti sa att hans frukt var den finaste i Venedig.

Beskydd var A och O. Diana sneglade över axeln mot de två hertigarna som gick sida vid sida, med huvudena tätt tillsammans i samtal. Vilken makt sådana män besatt, och mer medvetet än kvinnor.

Balford fångade hennes blick och lutade på huvudet med en frågande min; hon gav honom ett litet leende och tittade bort igen, innan han hann komma fram för att fråga om det var något hon behövde. Han hade varit ganska förbluffande uppmärksam den senaste veckan och agerat reseledare för deras sällskap vid ett flertal tillfällen, då han inte bara visade dem de sevärdheter i Venedig som varje turist rekommenderades att se, utan även flera av sina personliga favoriter. Som kyrkan San Giovanni Elemosinario deras första dag, ett gömt underverk de annars säkerligen hade förbisett.

Clarissa hade retat Diana ganska obarmhärtigt de första dagarna som Balford visade dem runt, men även hon var tvungen att medge att han inte visade någon tydlig preferens för någon av systrarna. Lady Elspeth hade också, med några ganska uppenbara antydningar, klargjort att hon hoppades att Balford skulle gifta sig med hennes sondotter Chiara, Andreas yngre syster. Och även om Chiara ännu bara var fjorton år gammal, så hade ju Balford själv sagt att han inte var redo att gifta sig. Att vänta fyra år på att Chiara skulle bli myndig var ingenting när slutresultatet skulle bli ett befästande av allianserna mellan de mäktiga engelska och italienska hertigdömena.

Chiara var söt, om än mycket blyg; Diana hade träffat henne en gång, även om det var sant vad Balford hade sagt om att unga italienska flickor hölls mycket avskilda. Andrea var trevlig nog, men han verkade också milt oroad över att hans syster på något sätt skulle kunna bli korrumperad av att utsättas för "det självständiga engelska tänkesättet". Diana var ganska säker på att åtgärder hade vidtagits för att se till att Chiara hölls på behörigt avstånd från henne och Clarissa.

Det hade förvisso ursprungligen varit planerat att Chiara skulle följa med Andrea och Valentina på deras besök till Gardasjön för att hälsa på Valentinas bror – en resa som även Balford var inplanerad på – men när Glenkellies hade bestämt sig för att acceptera inbjudan att följa med, hade lady Elspeth plötsligt bestämt att det var bäst för Chiara att istället följa med henne till hennes villa i Schio.

Båda resesällskapen hade för avsikt att lämna Venedig följande dag. Även om Diana var ledsen över att behöva åka –

hon hade blivit ganska förälskad i *La Serenissima*, Broarnas stad, och var säker på att det fanns många underverk hon inte hade haft chansen att upptäcka – var hon ändå säker på att det fanns många fler äventyr att uppleva i Italien. Tänk bara, de skulle få se städerna Padua, Vicenza och Verona bara på vägen till Gardasjön; Padua, staden med ett universitet som *kvinnor* hade tillåtits att studera vid! Verona, förevigad i Bardens pjäs! Aldrig i sina vildaste drömmar hade Diana föreställt sig att *hon* skulle få besöka sådana platser, så hon skulle inte för ett enda ögonblick uttrycka sin sorg över att de lämnade Venedig.

Denna, deras sista dag i Venedig, hade de en särskild utflykt planerad efter sitt besök på Rialto. De skulle besöka öarna Murano, ett samhälle strax norr om Venedig, där det berömda venetianska glaset tillverkades. Andrea hade förklarat att alla Venedigs glasblåsare hade tvingats flytta till Murano för århundraden sedan eftersom stadsfäderna hade fruktat att brandrisken var för stor. Napoleon hade stängt många av fabrikerna när han styrde staden, och industrin hade ännu inte återhämtat sig, men Franchettifamiljen beskyddade flera små glasblåsarfamiljer som fortfarande utövade sitt hantverk.

De tog en roddbåt över lagunen istället för gondolen, en resa som tog ungefär en timme; damerna lutade sig tillbaka mot kuddar med sina parasoller uppfällda som skydd mot den heta solen och knaprade på druvorna de hade köpt av den tandlöse gamle marknadsförsäljaren. Diana försökte förgäves hålla blicken fäst på det krusande vattnet runt dem, de andra båtarna som passerade; på vad som helst utom det stiliga, leende ansiktet på hertigen av Balford där han satt i båtens för, lutad över relingen för att låta fingrarna löpa genom vattnet och skrattade medan han pratade med Andrea.

Valentina var djupt försjunken i ett samtal med Clarissa, men Marianne, som satt bredvid Diana, lade tydligt märke till vart hennes blick var riktad.

"De vill att han ska gifta sig med lady Chiara, vet du", mumlade Marianne tyst, med orden endast avsedda för Dianas öron.

"Jag är säker på att det skulle bli ett utmärkt parti", sa Diana jämnt. "Om några år, förstås. Balford kommer att vara redo att ta sig en hustru då, och Chiaras börd måste göra henne till ett oklanderligt val som hans hertiginna. Till och med hennes engelska är perfekt."

Den italienska flickan hade verkligen förberetts hela sitt liv för positionen som hertiginna av Balford. Inte undra på att Balford inte hade velat delta i äktenskapsmarknaden i England ... även om Diana var tvungen att undra varför hans styvmor hade pressat honom att delta, eftersom det var hon som hade kopplingen till Franchettis. Ville hon av någon anledning inte att Balford skulle gifta in sig i familjen? Diana kunde inte förstå varför. Vissa adliga venetianska familjer hade förlorat mycket av sina förmögenheter under Napoleons styre, och klarade sig inte heller bra under österrikiskt styre, men Franchettis hörde inte till dem. Lady Elspeth och hennes make hade fött upp elva barn förutom Andreas far, barn som hade gift in sig i adliga familjer över hela Italien och befäst handelsallianser som gynnade dem alla.

Marianne tog Dianas hand, till hennes lilla förvåning, och klämde den. "Jag är glad att du ser på situationen med klara ögon, min kära. Jag skulle inte vilja se ditt hjärta krossas."

"Säger du åt mig att inte falla för honom, faster? Mannen vars ogalanta agerande gjorde att jag fick namnet Den Svimmande Blomman?" Diana skrattade lite och försökte med sin lätta ton visa hur löjlig bara tanken var. "Var inte orolig, mitt hjärta är inte i någon fara."

Mariannes stadiga blick var lite för insiktsfull, och Diana tittade bort och fäste blicken på ön som de nu snabbt närmade sig. "Jag hoppas att jag kan hitta något till mamma inom min budget", sa hon med lite för hög röst. "Jag skulle så gärna vilja ta med mig ett venetianskt glas hem till henne."

Marianne klämde hennes hand igen och lät ämnet bytas, och sa vänligt att om Diana behövde lite extra skulle hon gärna bidra till kostnaden för att köpa en present till Lavinia. "Hon gav trots allt mig en gåva bortom allt värde; ert sällskap på den här resan!"

Diana tyckte snarare att det var hon och Clarissa som fick något av oskattbart värde, för vilket hon skulle vara evigt tacksam. Hon fick dock ingen möjlighet att säga det, eftersom båten nu hade lagt till vid kajen och det var dags för dem att stiga i land.

Andrea ville visa upp sig för Valentina, det blev snart uppenbart när den unge hertigen eskorterade dem runt glasbruken, och Valentina var förtjust över att imponeras av hantverkarnas skicklighet under Franchettifamiljens beskydd. Varje hantverkare hade en gåva förberedd för den nya hertiginnan, och var ivriga att visa upp sina färdigheter och sina varor för hennes vänner. Diana förundrades över pjäsernas skira skönhet och vågade knappt fråga priset på en liten sodaglasvas som hon trodde att hennes mor skulle tycka om.

Kvinnan som visade pjäserna rådfrågade sin man innan hon angav ett pris som Diana inte kunde föreställa sig var korrekt.

”Sjutton lire? Är ni säker?” sa hon tveksamt och gjorde en snabb huvudräkning. Pjäsen skulle säljas för motsvarande tio gånger så mycket i London, trodde hon.

”Femton då, men inte en centesimo mindre!” Kvinnan skakade på fingret.

”Åh nej, jag ... ja. Femton lire, absolut. Jag ska ta den med mig hem till England. Kan ni packa den åt mig?” Hon grävde i sin ridikyl, hittade sin portmonnä och fiskade fram mynten, som hon räckte över. Kvinnan strålade, tog emot pengarna och sträckte sig under disken för att ta fram en liten trälåda. Diana såg på när vasen fylldes med sågspån, och sedan packades i mer sågspån. Lådan fylldes till brädden innan locket lades på, och sedan bands ett snöre hårt runt den tills locket satt säkert.

”Diana, kom och titta på de här pärlorna”, ropade Marianne till henne, och kvinnan vinkade iväg Diana, fullt upptagen med att slutföra packningen ordentligt. Diana korsade rummet och fann Marianne i färd med att studera några skira, blåsta glaspärlor som dinglade från fina trådar fästa på örhängesskruvar.

"Åh, vad vackra", beundrade Diana. "Du borde köpa de där gröna, faster Marianne. De kommer att se magnifika ut mot ditt röda hår." De smaragdfärgade pärlorna glimmade med guldstänk och skimrade i solljuset som strömmade in genom fönstret.

"Det var vad jag sa, fast jag tycker att hon borde köpa de safirblå och guldfärgade också", instämde Clarissa.

"De där är på krokar, och jag har inte hål i öronen", påpekade Marianne.

"Inte jag heller." Diana rörde vid sina örsnibbar. Valentina hade hål i öronen, hade hon lagt märke till; hon föredrog några stora pärlor som dinglade från guldringar, vilka hon bar för det mesta. De såg väldigt vackra ut, men ändå rös hon vid tanken på en nål som stacks genom den känsliga huden på hennes örsnibbar.

"Jag är säker på att de kan byta ut fästena mot örskruvar, om ni vill ha just det paret", mumlade en låg röst, och Diana sneglade runt för att upptäcka att Balford hade kommit upp bakom henne. Han nickade mot Marianne, lyfte ett finger för att vinka till sig en ung man, som lyssnade medan Balford talade på sin flytande, vardagliga italienska och nickade ivrigt.

"Ja, självklart, vi kan byta fästena. En fråga om några minuter, my lady." Den unge mannen bugade för Marianne.

"Nå, i så fall tar jag båda paren. Och ni flickor, skulle ni vilja välja varsitt par? Min gåva till er."

Både Diana och Clarissa försökte utbrista att hon var alldeles för generös, men Marianne insisterade. Hon höll upp ett vackert par rosa och vita pärlor, höll dem mot Clarissas öron, och Diana log, medveten om att hennes syster inte skulle kunna motstå. Clarissa älskade just den nyansen av djuprosa, även om deras mor hade förkunnat att det var en för vågad färg för debutanter att bära.

”Du borde ta de här”, mumlade Balford, och hon tittade ner dit han pekade på ett par pärlor i en fantastisk blågrön nyans, prickade med silver. ”De skulle passa bra till den där vackra aftonklänningen du har.”

Hon stirrade på honom i absolut chock. Hon skulle aldrig för ett ögonblick ha trott att han skulle lägga märke till färgen på hennes favoritklänning, än mindre minnas den tillräckligt väl för att kunna matcha nyansen så exakt från denna uppsättning örhängen i regnbågens alla färger.

”Diana?” Marianne sa hennes namn, och Diana skakade av sig sin förvåning.

”Ja”, sa hon. ”De där; jag tycker mycket bra om dem, och de kommer verkligen att matcha den klänningen. Vad smart av er att lägga märke till det, ers nåd.”

Fast, han var kanske inte *så* observant. Hon hade burit den klänningen fyra av de sju kvällar de tillbringat i Venedig, och varvat den med den rosa ryschiga som hon avskydde. Den ljusgröna sammetsklänningen var alldeles för varm i det här klimatet, men hon hoppades att vädret kanske skulle vara svalare när de nådde Gardasjön så att hon kunde bära den där. Ändå kände hon sig tantig och sjaskig när hon jämförde sig med Valentina, som bar en ny klänning varje kväll, den ena mer fantastisk än den andra.

# KAPITEL NIO

WILL SÅG PÅ NÄR butiksägaren försiktigt packade in örhängena i vadd innan han lade dem i en liten ask och räckte över den till Diana, tillsammans med den större lådan som innehöll vasen hon hade köpt till sin mor. Han var glad att hennes faster hade köpt örhängena till henne; han hade känt en högst olämplig impuls att själv köpa dem till henne, en instinkt han var tvungen att hänsynslöst undertrycka. Även ett förslag om det skulle vara en chockerande opassande handling.

Ändå var han glad att hon hade fått dem. Och han kunde inte riktigt låta bli att peka på en glasdelfin skulpterad av samma krickblå och silverfärgade glas som Dianas örhängen, och be butiksägaren att slå in den åt honom.

Just nu kunde han inte komma på något sätt att ge den till henne utan katastrofala följder för hennes rykte. Men han hade lite tid på sig, förhoppningsvis veckor i hennes sällskap, för att komma på något. Allt han visste var att han ville att hon skulle ha den.

De gick till ett andra glasbruk, detta större, med en rad lärlingar som arbetade med att göra glasstavar i olika färger och tjocklekar, som mästarna sedan smälte och tvinnade ihop för att skapa de fascinerande, färgstarka föremålen kända som *millefiori*. De fick komma ganska nära, stå och kika över lärlingarnas axlar och se glaset glöda rött när det smältes och formades.

Hettan var intensiv, och i ögonvrån såg Will hur Diana svajade till. Instinktivt sträckte han ut en hand, lade den under hennes armbåge och stöttade henne.

"Jag kommer inte att svimma, ers nåd." Hon sneglade på honom och log. "Var inte orolig."

"Kanske inte." Han log tillbaka. "Men du ska veta att om du gör det så kommer jag att fånga dig."

Hon skrattade, hennes bruna ögon glittrade. "Det är fruktansvärt hett här inne", medgav hon och backade undan från hettan. "Kanske vi kan gå ut?"

"Självklart." Han erbjöd henne sin arm och följde henne till dörren och ut. De stannade på den smala bron som korsade kanalen precis utanför butiksdörren, där en svag bris rörde om i den heta, fuktiga luften. Diana vände ansiktet mot brisen och andades djupt.

"Kanalerna luktar lite bättre här i Murano än i själva Venedig", sade Will en aning banalt.

"Det gör de. Kanske för att det är så mycket mer folk i staden." Hon rynkade lite på näsan och sneglade på honom. "Ärligt talat är lukten inte så farlig. Man kan ignorera den för Venedigs skönhets skull."

"Fick du tid att utforska Florens?" frågade han. "Jag vet att du besökte staden innan du kom hit."

"Tyvärr inte. Så fort vi upptäckte att lord Glenkellies släktingar hade rest till Venedig satte vi segel igen. Jag fick inte ens lämna fartyget." Hon gjorde en liten min. "Men jag tror att planen är att vi ska resa landvägen tillbaka till Florens när vi lämnar Gardasjön, vilket jag verkligen ser fram emot."

"Det kommer sannerligen att bli något av ett äventyr", instämde han. "Ni kommer att korsa Apenninerna, och även om de inte är något i jämförelse med en alpkorsning är landskapet ändå storslaget."

"Har ni tillbringat mycket tid i Florens?" frågade hon.

"Jag har aldrig varit där", erkände han. "Jag har besökt Rom, två gånger, och Milano, men på något sätt har Florens aldrig riktigt hamnat på min resplan."

"Det verkar vara en stor försummelse, med tanke på er annars encyklopediska kunskap om Italien!"

Han var ganska säker på att hon drev med honom, men han tog det med gott humör. "Kanske jag ska fråga lord Glenkellie om jag får ansluta mig till ert sällskap när ni lämnar Gardasjön." Han sade det impulsivt, slagen av tanken att det skulle vara ett sätt att förlänga sin tid i hennes sällskap.

En rodnad steg upp på Dianas kinder och hon tittade bort och bröt deras ögonkontakt. "Jag är säker på att Glenkellie skulle välkomna ert sällskap", mumlade hon frånvarande.

Will ville fråga om hon också skulle välkomna hans sällskap. Strängt undertryckte han impulsen. Hon var en earls dotter, och inte någon man skämtade bort. Glenkellie verkade också mycket förtjust i henne, och han hade ingen önskan att ådra sig markisens vrede. Glenkellie var en före detta soldat, och hade enligt ryktet varit en mycket skicklig sådan. Will hade tränats av mästare, men han trodde inte för ett ögonblick att hans skicklighet med svärd eller pistol kunde mäta sig med en man som hade dödat för sitt uppehälle.

"Där är ni", sade en djup röst torrt, och Will såg sig om och fick se Glenkellie stå i butikens dörröppning, med armarna i kors lutad mot dörrkarmen. Will undrade hur länge markisen hade iakttagit dem och var glad att han hade hållit ett respektabelt avstånd till Diana på bron.

"Det är fruktansvärt hett där inne, morbror Alex. Hans nåd var vänlig nog att följa med mig ut för att få en nypa frisk luft, så gott det nu går." Diana vände ett obekymrat ansikte mot Glenkellie, som nickade.

"Fullt förståeligt. Jag tror vi är redo att ge oss av nu." Han sträckte ut sin hand i en tydlig gest för henne att återvända till hans sida, och hon rörde sig bort från Will och gick nerför brons böjda sida. Hon halkade till på det fuktiga timret, och Will kastade sig instinktivt fram och fångade henne med en stark hand runt hennes överarm och höll henne på fötter.

"Stilla, my lady!"

"Herregud!" Diana grep tag i honom och återfick balansen.

"Försiktigt", sade han och släppte henne när Glenkellie steg fram för att ta hennes hand och leda henne ner för de sista stegen från bron. "De här broarna kan vara hala."

"Det är bra att veta att ni kan vara snabb med att fånga en dam när hon verkligen behöver det." Diana gav honom en gnistrande blick, och han skrattade, hjälplös inför hennes kvickhet.

"Jag står till er tjänst, my lady."

Andrea sneglade sig omkring när Will kom tillbaka in i butiken, såg från honom till Diana med höjda ögonbryn. "Jag trodde inte den engelska fröken var av intresse?"

Han tvekade, kanske ett ögonblick för länge för en övertygande förnekelse, och Andrea nickade långsamt. "Jag förstår."

Andrea hade aldrig pressat honom angående en eventuell förbindelse med hans syster Chiara, vilket Will var tacksam för; det var lady Elspeth och Andreas mor lady Marietta som hade drivit på för partiet. Will kunde inte vara mindre intresserad; han hade känt Chiara sedan hon var spädbarn, hade faktiskt vaggat henne i sina armar. Hon var ett sött barn och han tvivlade på att han någonsin skulle kunna tänka på henne som en man vill tänka på sin hustru, inte ens med några fler års mognad.

"Chiara är ett barn", erbjöd han, och Andrea nickade förstående.

"Ja, jag anade att du kände så för henne. Jag är faktiskt tacksam för att min far höll mig borta från att träffa

Valentina i så många år, trots den långvariga överenskommelsen att vi skulle gifta oss. Jag träffade henne inte som barn, utan som den vackra kvinna hon är nu." Andrea log ömt när han såg bort mot där hans fru stod med Clarissa Creighton och beundrade en skir glasskulptur som en hantverkare visade upp. "Valentina tycker om din engelska fröken. Hon är ... inte som de kvinnor jag känner, men om hon passar dig, så kommer familjen att välkomna henne."

"Du går händelserna i förväg", insisterade Will. "Jag tycker om henne, men... jag tror fortfarande inte att jag är redo för äktenskap. Och lady Diana tycker inte särskilt mycket om mig, är jag rädd, efter vår dåliga start. Hon tolererar min närvaro, men inte mycket mer."

"För en hertiginnas diadem skulle en dam göra mycket mer än att tolerera dig", sade Andrea torrt, men Will skakade på huvudet, allt inom honom gjorde uppror mot tanken. Hur han skulle lyckas med det hade han ingen aning om, men han ville att kvinnan han så småningom gifte sig med skulle välja honom för hans egen skull, inte för hans rikedom och ställning.

Venedig i gryningen var en mystisk, nästan magisk plats. Den östra himlen över Adriatiska havet var färgad i en blek persikonyans vid horisonten, som mörknade till en varm orange när solen började stiga. Lagunens vatten var spegelblankt när deras båtar skar genom vattnet. Stadens marmorpalats glödde och reflekterade den uppgående solens strålar, men Will lade inte ens märke till dem. Hans blick var fäst på den unga kvinnans bleka anlete där hon satt i aktern på båten, hennes uttryck fyllt av ren förundran när hon blickade tillbaka på den skinande staden på vattnet.

Alltför snart anlände de till byn Campalto på fastlandet och steg i land för att finna att transport väntade på dem, i form av två fina vagnar och hästar för herrarna om de så önskade. Bagagekärror hade gett sig av dagen innan med de flesta av deras tillhörigheter och de tjänare som skulle resa med dem, och skulle redan vara i Padua och vänta på dem. Familjen Franchetti visste hur man reste med stil.

De tillbringade två hela dagar i Padua med att se sevärdheterna, innan de fortsatte till Vicenza, där de tog farväl av lady Elspeth och hennes sällskap. Från Vicenza berättade Valentina upprymt för dem alla att det bara var ungefär fem mil till Verona, men det bergiga landskapet innebar att det skulle ta två hela dagar att tillryggalägga sträckan, och från Verona ytterligare en dag till hennes brors slott i Bardolino, vid Gardasjöns strand.

Will hade inte besökt denna del av Italien tidigare och fann den otroligt vacker, med Alperna som ständigt tornar upp sig i norr och ett praktfullt landskap runt omkring. Vingårdar och olivlundar fanns överallt, och varje rastplats på resan var i en by som hade ett värdshus som serverade den mest underbara mat och vin.

På deras sista resdag klev han ut från värdshuset där de hade stannat för att äta lunch och byta vagnshästar, och fann Diana sittande på en trädstubbe utanför, med skissboken i handen, pennan svepte snabbt över sidan när hon försökte fånga utsikten framför dem.

Eller åtminstone var det vad han antog att hon gjorde, tills han kom tillräckligt nära för att se att hon faktiskt skapade en charmerande liten skiss av värdshusvärdens två barn som lekte i smutsen med en valp.

"Den är förtjusande", sade han utan att tänka sig för, och skrämde henne uppenbarligen, för hon tappade pennan med ett chockat utrop. "Jag ber verkligen om ursäkt, det var inte meningen att skrämma dig. Varsågod." Han plockade upp pennan och räckte tillbaka den.

"Tack", mumlade hon med röda kinder. Hon mötte inte hans blick, utan återgick till sin skiss.

"Du är mycket duktig", observerade han.

Diana skrattade, fortfarande utan att se på honom. "Vi är i Italien, de stora mästarnas hemland. Till och med i denna lilla stad är kyrkan dekorerad med fresker mer spektakulära än något jag någonsin skulle kunna drömma om att skapa."

"Och ändå är din skiss helt förtjusande. Med bara några få drag har du fångat dess essens; två barn, lyckliga i sin smuts och med sitt husdjur."

"Det är bara klotter." Hon rev sidan ur sin skissbok, och för ett förskräckt ögonblick trodde han att hon skulle skrynkla ihop den och kasta bort den, men hon reste sig och överlämnade den med ett leende till värdshusvärdinnan, som hade kommit ut för att hämta sina barn och bannade dem för att de smutsat ner sina kläder. Kvinnan tog emot skissen med förtjusta rop och sprang för att visa den för sin man, som kom ut för att berömma den och tacka Diana översvallande.

"Ett klotter som gjorde två kärleksfulla föräldrar mycket lyckliga", konstaterade Will när teckningen skickades runt för att beundras.

"De höjder jag strävar efter med min konst", sade Diana med en axelryckning. "Det är ett tidsfördriv."

"Du är väldigt hård mot dig själv." Han undrade varför. Han såg ner på boken hon hade lämnat på trädstubben och pekade på skissen som låg överst, nu när bilden av barnen och valpen var borta. "Titta på den här. Vi passerade det där huset igår; jag minns att jag såg det och beundrade estetiken hos ruinen på kullen. Du kan inte ha haft den i sikte mer än fem minuter, och ändå känner jag igen den omedelbart, vid en enda blick."

Hon såg oförstående på honom, och han gestikulerade mot den lyckliga familjen som nu skyndade sig in och letade efter en hedersplats att hänga upp hennes skiss på. "De där barnen och deras valp satt inte stilla i två sekunder tillsammans, och ändå tecknade du deras anletsdrag träffsäkert, omisskännligt. Tro mig när jag säger att det är ovanligt; jag har fått mitt porträtt målat två gånger, av två av tidens främsta målare, och de anfall de båda fick när jag ryckte till med så mycket som en muskel skulle man ha sett för att tro på det."

Diana skrattade åt det, hennes stela hållning mjuknade en aning. "Jag har hört talas om det. Far ville beställa ett porträtt när han ärvde earlskapet, och blev förskräckt när han fick höra hur länge målaren förväntade sig att han skulle sitta stilla. Inte över kostnaden, ska du veta." Hennes blick var ironisk. "Han bad mig att måla honom istället. Jag blev klar med det innan vi reste till Italien."

"Och betalade han dig vad han skulle ha betalat porträttkonstnären?"

Hon skrattade igen, tog upp sin skissbok och slog igen den utan att svara. Hennes skratt hade varit svar nog, antog han, och såg henne gå tillbaka mot värdshuset.

När Will red iväg från värdshuset en kort stund senare blev han inte särskilt förvånad över att lord Glenkellie anslöt sig till honom. Han blev dock en aning överraskad av den före detta soldatens raka ord.

"Lady Diana står under mitt beskydd. Jag tänker inte tolerera att hon blir nonchalerad."

"Jag skulle aldrig förolämpa lady Diana det minsta!" Will rätade indignerat på sig, innan han grimaserade. "Mer än jag redan har gjort", sade han fåraktigt. "Jag menar, jag finner henne charmerande ..."

För sent såg han den andre mannens listiga leende, snubblade över orden och slöt munnen med ett smack.

"Jag tror er när ni säger att ni inte menar att förolämpa henne, men jag måste ändå fråga om era avsikter."

"Jag letar inte efter en hustru för närvarande." Orden var automatiska, men även när han sade dem undrade han om de fortfarande var den oföränderliga sanning de hade varit när han lämnade England bara några korta veckor tidigare.

"Jag förstår." Glenkellies ton antydde mer misstro än acceptans. "Nåväl, ni känner ert eget sinne, naturligtvis, Balford. Men jag måste be er att iaktta försiktighet gällande Dianas rykte. Min hustru är mycket förtjust i Diana och Clarissa, och jag har kommit att tycka ganska bra om er. Jag skulle hata att behöva utmana er."

"Jag skulle hata att behöva möta er på hederns fält", sade Will ärligt. "Sannerligen, jag skulle darra av skräck om jag var tvungen, så jag ger er mitt ord på att jag kommer att göra allt i min makt för att undvika även den minsta antydan till opassande uppträdande."

Glenkellie böjde på huvudet. "Jag accepterar ert hedersord, Balford." Det listiga leendet återvände till hans ansikte och drog i ärret som skar ner över hans kind och fördärvade hans stiliga utseende. "Men skulle ni ändra er inställning i fråga om äktenskap, hoppas jag att ni gör mig den äran att underrätta mig."

Det var uppenbart för Will att ett fortsatt samtal om ämnet bara kunde leda till fallgropar han mycket hellre ville undvika, så han mumlade bara sitt samtycke och bytte hastigt ämne.

# KAPITEL TIO

EFTER FLERA DAGARS RESA längtade Diana efter att komma fram till sin destination. Sjövattnets blå yta skimrade utanför fönstret på vagnens vänstra sida, medan bergen reste sig brant på den högra. Landskapet tycktes bli alltmer spektakulärt för varje krök på vägen, och hon lutade sig nära fönstret och blickade förtjust och förundrad ut. Hur Clarissa och Valentina kunde sova när det fanns sådana sevärdheter att beskåda kunde hon inte förstå, men sova gjorde de, lutade mot varandra på sätet mittemot med huvudena nickande i takt med vagnens gungningar.

"Diana", sa Mariannes röst mjukt, och Diana slet blicken från utsikten för att möta sin fasters blick. Marianne verkade tveka, men sedan sträckte hon ut handen för att röra vid Dianas handled och sa milt: "Är det något du vill berätta för mig?"

Diana rynkade pannan. Ett litet leende spelade på Mariannes läppar när hon såg hennes uppenbara förvirring.

"Jag talar om hertigen av Balford", förtydligade Marianne.

"Jaså." Diana kände hur kinderna hettade och tog några djupa andetag för att lugna sig. "Det finns inget att berätta, faster Marianne. Vi har rett ut våra meningsskiljaktigheter. Han är en mycket bättre man än vad jag förstod av mitt första dåliga intryck av honom; jag tycker faktiskt att han är en verkligt god man.”

”Jag anade nog att du hade den åsikten”, sa Marianne fint. ”Och jag misstänker starkt att han tycker en hel del om dig.”

Rodnaden kröp nerför Dianas hals. Hon övervägde att veva ner fönstret, men de färdades längs en ganska torr och stenig del av vägen där en hel del damm virvlade upp. Hon stirrade ut genom fönstret och sa ingenting.

”Jag ska inte pressa dig”, sa Marianne, ”men jag ville att du skulle veta att jag alltid finns här om du skulle vilja prata.”

”Det finns inget att prata om”, mumlade Diana, fortfarande oförmögen att se på sin faster.

”Mycket väl, men om det skulle ändras lovar jag att varken döma eller pressa dig. Din lycka är min främsta prioritet.” Marianne klämde varsamt hennes fingrar. ”Oavsett vilka förhoppningar och önskningar du har, eller kan komma att få, kommer jag alltid att göra mitt bästa för att se till att de uppfylls för dig.”

Heta tårar brände bakom Dianas ögon, och hon blinkade bort dem, vände sig slutligen mot Marianne och slog armarna om henne i en hård kram. Mariannes kärleksfulla omtanke och lugna tillit stod i så skarp kontrast till hennes föräldrars kvävande överbeskydd, även om hon visste att även hennes föräldrar drevs av kärlek.

”Krossa inte ditt hjärta, kära du”, viskade Marianne i hennes öra medan hon besvarade Dianas omfamning.

”Mitt hjärta är inte i någon fara”, svarade Diana tappert, men undrade samtidigt om hon talade sanning. Hjärtat gav till ett förrädiskt stygn när hon tänkte på blotta möjligheten att Balford skulle hysa några som helst känslor för henne.

”Om du säger det.” Marianne drog sig tillbaka och gav henne en något tvivlande blick, men hon var vänlig nog att inte pressa henne vidare, vilket Diana kände sig oerhört tacksam för.

Vagnen skakade till, och både Clarissa och Valentina vaknade och såg sig omkring. Valentina lutade sig fram för att kika ut genom fönstret och klappade förtjust i händerna med ett ansikte som strålade av glädje.

”Vi är nästan framme i Bardolino! Titta, där på kullen ovanför sjön, min brors *castello*!”

De andra tittade dit hon pekade och utstötte förtjusta rop när de såg slottet, byggt av vit marmor, som skimrade i seneftermiddagens sol.

”Jag trodde det skulle likna våra engelska slott, med tinnar och torn och dyster gråsten”, viskade Diana till Clarissa när de klev ur vagnen en kvart senare.

”Jag med”, erkände Clarissa med ett fniss, ”men å andra sidan är ju palatsen i Venedig väldigt olika St. James's eller Kensington Palace; vi borde ha förstått att deras slott också är helt annorlunda!”

Valentina hade stigit ur före dem, som det anstod hennes högre rang, och kastat sig i armarna på en man som stod och väntade på dem på innergården. Hon skrattade när han omfamnade henne.

"Jag vågar påstå att det där måste vara hennes bror", mumlade Clarissa och med en knuff i sidan på Diana tillade hon: "Jösses, han är riktigt snygg."

Mario Maccarone, *conte* di Bardolino, var verkligen mycket stilig. Klassiskt stilig på italienskt vis var han inte särskilt lång, men begåvad med en kalufs av lockigt svart hår, blixtrande svarta ögon och kindben som hade kunnat vara skulpterade av Michelangelo själv. Han var i besittning av ett överdrivet dramatiskt lynne och en tendens till överdrifter, antog Diana när han fick syn på henne, kastade upp händerna i luften och förklarade att han blivit träffad av Amors pil.

Hon var också tämligen säker på att han inte var äldre än hon själv. Hans tunna, taniga mustasch såg ut som ett ganska desperat försök att verka mindre pojkaktig och mer mogen. Så hon skrattade vänligt nog inte åt hans dramatik, utan log bara frånvarande och lät honom gripa hennes hand och trycka en flamboyant kyss på hennes fingertoppar. När Diana tog ett steg tillbaka och knuffade fram Clarissa blev hon förvånad över att se Balford med ett uttryck i ansiktet som hon bara kunde tolka som ursinnigt raseri. Hon lade huvudet på sned och höjde nyfiket ett ögonbryn mot honom; han märkte att hon iakttog honom och tittade snabbt bort, medan hans ansiktsuttryck slätades ut till intetsägande.

*Vad handlade det där om?* undrade hon, men det fanns inte mycket tid att fundera över saken, för Valentina grep tag i hennes arm och ledde henne mot *castellots* huvudentré, ivrigt pratande om gästrummen hon hade skrivit till sin bror om att förbereda för sina engelska gäster.

Diana hade tyckt att rummen de bodde i på Palazzo Franchetti i Venedig var extraordinära, och i överdåd var de visserligen oöverträffade, men utsikten från deras rum på Castello Bardolino var fullständigt spektakulär. Förtrollad stirrade hon när Valentina slog upp franska dörrar som ledde ut till en balkong – hennes alldeles egna balkong! – med utsikt över Gardasjöns skimrande blå vatten mot Alpernas skyhöga berg i norr.

"Herre Gud", andades hon och klev ut på balkongen bredvid Valentina. "Men... det här är för mycket! Är detta den bästa gästsviten? Det skulle ni inte ha gjort!"

Valentina skrattade och svepte med händerna åt vänster och höger. "Titta, min vän. Varje rum på denna våning, och den ovanför, har exakt samma utsikt och en privat balkong. Lord och lady Glenkellie bor grannar med dig i hörnsviten, som är mycket större och finare, det lovar jag."

"Skulle du ha något emot om jag bara stannar här under hela min vistelse?" frågade Diana, helt på allvar. Det fanns till och med en stol på balkongen, en bekväm rottingfåtölj med en tjock dyna på sitsen. Hon var helt säker på att hon kunde sitta där i timmar i sträck utan att någonsin tröttna på utsikten.

Valentina skrattade och klämde hennes hand. "Om det är vad du önskar kommer vår personal att hålla dig välförsedd med mat och dryck, men jag hoppas att du snart kommer att börja längta efter vårt sällskap. Jag vet att min bror redan är entusiastisk över att få mer av ditt!" Hon försvann med ett fniss och en blinkning som Diana försökte ignorera.

"*Conten* verkade väldigt förtjust i dig", sa Clarissa från balkongen intill, vilket fick Diana att hoppa till. "Åh, förlåt! Hörde du inte att jag kom ut?"

Med handen tryckt mot sitt bultande hjärta skakade Diana på huvudet. "Nej. Och jag vill inte prata om *conten*, Clarry. Jag tror han är yngre än jag, för tusan."

"Han är yngre än *jag* är." Clarissa lade armarna i kors, lutade sig mot balkongens stenräcke och flinade illmarigt mot sin syster. "Han är Valentinas tvilling. Visste du inte det?"

*Sjutton*. Med ett litet skratt sjönk Diana ner i sin rottingfåtölj på balkongen och lutade sig tillbaka. "Men självklart är han det. Den ende man som någonsin verkligen visat något intresse för mig är yngre än jag."

"Den *ende* mannen? Det tror jag inte." Clarissa slängde sig ner i sin egen stol och i en mycket odamlig gest svängde hon upp fötterna för att vila dem på balkongräckets kant. När hon såg Dianas förebrående blick suckade hon och sänkte dem igen. "Allvarligt talat, Di, du kanske kan lura faster Marianne men jag vet bättre. Balford..."

"För det första vill jag inte prata om det, och för det andra, även om jag ville det", avbröt Diana snabbt sin syster, "är det här verkligen inte rätt ställe. Vem som helst på vilken balkong som helst skulle kunna höra oss." Hon pekade uppåt, mot våningen ovanför och balkongerna där. "Och vi kanske inte kan se dem."

Ett ljud bakom henne fick henne att vända sig om och se flera bastanta betjänter komma in i hennes svit, bärande på hennes koffertar och ett tomt kopparbadkar, åtföljda av ett par hembiträden som neg när de fick syn på henne. Utan tvekan skulle hon bli lika bortskämd och uppassad som hon hade blivit i Venedig. Med en varnande blick på Clarissa reste hon sig och gick in i sviten igen för att hälsa på hembiträdena, tacksam för att hon hade tagit varje tillfälle i akt att förbättra sin italienska när de visade sig inte kunna ett enda ord engelska sinsemellan.

Betjänterna bar in hinkar med hett vatten för att fylla badkaret, och när hembiträdena hade jagat ut männen uppmuntrades Diana att ta av sig sin dammiga resklänning och sjunka ner i det varma vattnet, doftande av apelsinolja och underbart avslappnande.

Ett av hembiträdena hade smugit ut när Diana klev i badet och återvände några minuter senare med armarna fulla av färggranna tygbylten. Det andra hembiträdet skyndade fram för att hjälpa till och snart skakade de ut klänningar och lade dem på sängen.

"Var kommer de ifrån?" frågade Diana, stannade upp och ansträngde hjärnan innan hon upprepade sig på italienska när de stirrade tomt på henne. Klänningarna var verkligen inte hennes.

"Lady Valentina skickade dem", förklarade ett av hembiträdena och talade långsamt så att Diana kunde förstå hennes italienska. "När hon gifte sig valde hon helt nya klänningar, passande för en gift kvinna. Det här är hennes klänningar från tidigare, som blev kvar här. Hon sa att om ni kan använda dem så är de till er och er syster."

"Så otroligt vänligt och omtänksamt!" utbrast Diana förtjust. Hembiträdena delade ett leende, de förstod förmodligen inte hennes ord men uppskattade verkligen hennes förtjusta ton. De var mycket lojala mot familjen, gissade Diana, och med tanke på Valentinas ljuva natur var de förmodligen hängivna henne.

Klänningarna de höll upp för hennes inspektion var vackra; anständigt skurna, som det anstod en ogift ung dam, men av ypperlig tygkvalitet och exceptionellt välgjorda. Diana betraktade dem lystet, särskilt förtjust i de starka färgerna och juveltonerna, så mycket mer slående än något en engelsk debutant tilläts bära.

De två hembiträdena fick henne snart upp ur badet och stående i sitt linne, där de mätte en av klänningarna mot henne och pratade snabbt med varandra om ändringar som behövde göras.

"Välj vilken klänning ni vill bära ikväll, my lady", blev hon instruerad.

Diana tvekade bara ett ögonblick innan hon pekade på klänningen som hade fångat hennes blick först, en överdådig sidenkreation i en djup ametistlila. Hennes val möttes av gillande miner innan hon manades i klänningen och de satte igång med nål och tråd, gjorde justeringar vid bysten där Valentina uppenbarligen var fylligare än hon.

Lyckligtvis var de nästan lika långa, Diana bara en aning längre, så fållen kunde lämnas orörd.

En knackning på dörren förebådade att Clarissa anslöt sig till henne precis när hembiträdena gjorde de sista justeringarna. I en vacker smaragdgrön klänning virvlade Clarissa runt med ett brett leende.

"Är inte detta en trevlig överraskning!"

"Du är vacker", sa Diana uppriktigt. "Mycket vuxen." Med en glimt i ögat retades hon: "Kanske kommer *conten* att överföra sin beundran för mig till dig."

"Det tvivlar jag på, med tanke på blicken jag gav honom när han kysste min hand", konstaterade Clarissa torrt. "Jag föredrar *män*, inte pojkar."

Diana var tvungen att skratta. "Du borde ge honom en chans. Skulle du inte vilja bli härskarinna över detta vackra *castello*?"

"Om allt jag ville ha i en make var ett imponerande hus, skulle jag be pappa arrangera ett äktenskap åt mig." Clarissa svischade med kjolarna på sin klänning. "Precis som du vill jag ha något mer."

Med armarna i krok tog sig systrarna ner för trappan, vägledda av leende tjänare som visade dem till en stor, luftig salong med enorma franska fönster som öppnade sig mot en fantastisk terrass med utsikt över sjön, där ett långt bord var dukat med gnistrande kristallglas och polerat silver på en skimrande vit linneduk.

Den unge conten reste sig från en stol nära fönstret och log brett när han stegade mot dem. "Lady Diana, lady Clarissa. Välkomna, återigen, till mitt hem. Vi ska äta inom kort, men får jag erbjuda er lite sherry?"

Hans engelska var utmärkt, om än med kraftig brytning; Diana gav honom en artig komplimang för den och han strålade mot henne.

"Jag hade en engelsman som privatlärare i tre år, i min ungdom."

Hon var tvungen att bita sig i läppen för att inte skratta, eller säga något sarkastiskt som: "Åh, så det var för många år sedan, alltså?"

Clarissa, mindre taktfylld, gav ifrån sig en svag fnysning, hakade sedan loss sin arm från Dianas och gick bort mot de franska dörrarna, med axlarna lätt skakande medan hon stirrade ut på utsikten över solnedgången över sjön.

"Ert hem är magnifikt, mylord", sa Diana när conten räckte henne ett glas sherry.

Han strålade mot henne och gjorde henne sällskap när även hon drogs mot dörrarna, lockad av den häpnadsväckande utsikten. "Tack! Och snälla – ni måste betrakta det som ert hem också, medan ni är här. Min syster berättar hur förtjust hon redan är i er, att hon är glad över att kalla er familj, även om kopplingen är så avlägsen att hon inte riktigt kunde förklara den för mig."

Han var verkligen mycket charmig trots sin ungdom, och Diana besvarade hans leende. "Valentina är en fröjd. Hon har varit mycket vänligare och mer välkomnande än vi någonsin kunnat hoppas."

"Åh, hon är en ängel. Och eftersom du kallar henne vid förnamn måste du kalla mig vid mitt; jag heter Mario."

"Jag vet inte..." Hon flyttade sig en aning och skapade lite mer avstånd mellan dem. "Vi har ju just träffats. Jag vill inte vara alltför familjär."

"Som ni behagar." Oförskräckt ryckte han på axlarna. "Kanske när ni känner mig lite bättre."

Dörren till salongen öppnades igen och släppte in Alex och Marianne, med Balford efter sig, och conten stegade åter fram och förkunnade sin stora glädje och den ära som visats hans hus genom närvaron av så förnäma gäster.

# KAPITEL ELVA

WILL MÄRKTE INTE ENS den unge grevens översvallande hälsningar; han var alltför upptagen med att hänförd stirra på den vackra synen i lila klänning, som stod i silhuett mot den nedgående solen på andra sidan sjön.

Diana Creighton var en vacker flicka. Det hade han lagt märke till redan vid deras allra första möte, innan hon svimmade vid hans fötter, och varje stund han tillbringat med henne i Italien hade bara fått honom att uppskatta hennes fina egenskaper alltmer. I en lila sidenklänning av finaste snitt, med håret omsorgsfullt lockat och flätat, var hon vacker nog att överglänsa vilken juvel som helst inom *societeten* ... något som Conte di Bardolino sannerligen hade lagt märke till. Det dröjde inte länge förrän ynglingen skyndade tillbaka till hennes sida, med blicken fäst vid hennes fridfulla ansikte medan hon betraktade de strålande färger som solnedgången målade på himlen.

Will hade aldrig ansett sig ha några våldsamma tendenser, men hans knytnävar knöts vid hans sidor och han tog ett instinktivt steg framåt, med en tanke i huvudet om att han borde kasta den dumma unga spoling i sjön för att han tittade på Diana på det där sättet.

Glenkellie klev smidigt i vägen för honom, en rörelse så obesvärad att ingen som såg på skulle ha anmärkt på den, men Will stannade tvärt då en solid axel snuddade vid hans egen och knuffade honom ett halvt steg bakåt.

"Jag ber om ursäkt, Balford." Glenkellie sneglade på honom, en outtalad varning i blicken, och Will tog ett djupt andetag och samlade sig igen.

"Inte alls, det var helt och hållet mitt fel. Jag var inte uppmärksam", mumlade han.

"Jag tror snarare att du faktiskt var det", sa Glenkellie, och Will rodnade.

Will räddades av Andreas och Valentinas ankomst och vände sig tacksamt till sin kusin. "Du berättade inte för oss hur magnifikt det här stället är, Andrea! Och vilken plats att växa upp på, Valentina!"

Den unga hertiginnan skrattade lågt. "Man uppskattar inte alltid det man har framför sig förrän det är borta, eller hur? Venedig är vackert, förstås." Hon klämde sin makes arm. "Men en del av mitt hjärta kommer alltid att finnas kvar vid Gardasjöns stränder."

"Vilket är anledningen till att vi alltid ska resa hit varje år." Andrea klappade ömt hennes hand. "Så låt det vara ett kriterium när du letar efter en hustru, Will ... välj en vars barndomshem är en plats där det inte är någon svårighet att tillbringa tid!"

"Förutsatt att hon vill återvända dit", inflikade Lady Glenkellie torrt.

Osäker på vad hon menade stirrade Will på henne. Hennes min stelnade, hennes vackra ansikte lika stilla och kallt som marmor, innan hon mumlade:

"Min far såg mig som en tillgång som kunde bytas bort för hans egen vinnings skull. Min barndom var inte lycklig."

"Jag beklagar", sa Will, medveten om att känslan var otillräcklig. Han visste lite om damens historia; hennes första make hade varit mycket äldre än hon och ökänt ägandefull, och hade inte ens tillåtit henne att tala med andra män. Hennes iögonfallande skönhet innebar att hon blev uppvaktad så snart hennes sorgeperiod var över, men hon accepterade Glenkellies frieri nästan omedelbart. De hade förlovat sig samma kväll som Will först hade träffat Diana.

Under den senaste veckan hade Will upptäckt att kärleken mellan Glenkellie och hans nya hustru i själva verket var av gammalt datum, men Marianne hade tvingats acceptera earlen av Creighton när Glenkellie drog ut i krig. Paret var mycket förälskade, tänkte Will. Ännu mer än Andrea och Valentina, som uppenbarligen var upp över öronen förälskade i varandra i den första ungdomliga hänförelsens yra, var Glenkellies mognare, visste vad de ville och var säkra på sin tro på varandras hjärtan.

Greven hade äntligen slitit blicken från Diana tillräckligt länge för att lägga märke till sin systers ankomst, och kom nu fram för att ömt kyssa henne på båda kinderna. Mario verkade vara en riktigt trevlig ung man, tänkte Will motvilligt, som uppenbarligen avgudade sin syster och var överlycklig över att hon var lycklig i sitt äktenskap med Andrea.

De blev snart inbjudna ut på terrassen, slog sig ner vid bordet, och en procession av lakejer började bära ut fat toppade med kupolförsedda silverlock och ställde ner dem på borden med stora åthävor när de lyfte av locken.

Diana utbrast förtjust och applåderade, och något hett och spänt kröp ihop smärtsamt i Wills mage när hon vände ett strålande leende mot Mario.

*Jag är inte svartsjuk,* försökte han intala sig själv. *Jag har inget att vara svartsjuk över. Jag letar inte efter en hustru, men hon letar efter en make. Jag borde vara glad för hennes skull; Mario är en fin ung man med en titel, ett stiligt gods och en ljus framtid. Han skulle vara ett gott parti för henne.*

*Så varför vill jag kräkas vid tanken på dem tillsammans?*

"Ni måste prova *polenta taragna* och *osso buco*", sa Valentina till honom och gestikulerade åt Andrea att skicka faten till Will. "De är lokala delikatesser från Lombardiet. Finns det *torrone* till efterrätt, bror?" ropade hon ner till Mario.

"Skulle jag våga servera en middag för dig utan det?" svarade han med ett skratt, innan han förtydligade för de andra gästernas skull: "*Torrone* är en sorts sötsak, en nougat tror jag ordet är på engelska? Smaksatt med honung och mandel, det har alltid varit en av Valentinas favoriter."

"Det låter utsökt", sa Diana entusiastiskt. "Men å andra sidan ser allt underbart ut! Vad är det för rätt med det gula riset – och hur gör de det gult?"

"*Risotto alla Milanese*, och färgen kommer från saffranstrådarna den kokas med." Mario strålade av hennes intresse.

Will tog en klunk vin, hans aptit var obefintlig. Vinet var åtminstone gott. Utmärkt, faktiskt. Och naturligtvis kom det från vingårdar som ägdes av familjen Maccarone, vilket Valentina fortsatte att berätta för honom med stor stolthet. Inom några ögonblick förklarade Mario sin avsikt att ta med sina gäster på en rundtur i vingårdarna dagen därpå, och Diana uttryckte stor förtjusning över idén.

Och Will övervägde att krypa så djupt ner i flaskan att han inte skulle vara i stånd att ansluta sig till sällskapet på morgonen, men till slut höll han handen över sitt glas när en uppmärksam lakej rörde sig framåt för att fylla på det för tredje gången. För det må kännas som tortyr att se Mario flörta och skratta med Diana, men om han fick chansen att tillbringa mer tid i hennes sällskap, skulle han ta den oavsett omständigheterna.

Han ville bara inte tänka för mycket på varför han kunde känna så.

Will blev lite förvånad när Diana slog följe med honom när de gick genom vingården följande morgon. Damerna hade ridit upp från *castellot* i en öppen landålett, männen till häst, och så fort de hade lämnat vagnen och hästarna på en gårdsplan bredvid den stora ladan som inrymde vineriet, hade Mario skyndat till Dianas sida, erbjudit henne sin arm och lagt beslag på hennes uppmärksamhet.

Will såg sig omkring och såg Mario nu djupt försjunken i ett samtal med paret Glenkellie, medan Alex pekade på några vinrankor och ställde frågor. Marianne iakttog honom och Diana med en besynnerligt medveten blick; Will tittade snabbt bort och erbjöd Diana sin arm när hon försiktigt tog sig fram över den ojämna marken. Hon log ljuvligt, bytte parasollet hon höll i till andra handen och lade lätt sina fingrar runt hans underarm.

"Känner ni er inte riktigt kry, Balford?" frågade hon. "Ni ser ... ja, jag skulle nästan säga dyspeptisk ut. Ungefär som min far brukade göra efter att ha förlorat ett mål inför domaren. Drack ni lite för mycket av det där ganska utmärkta vinet i går kväll?"

"Du är mycket rättfram idag." Han sneglade ner på henne.

"Tja." Hon ryckte på axlarna. "Vi är väl vänner? Får jag inte vara bekymrad över er hälsa?"

"Självklart är vi det, och jag uppskattar din omtanke." Han funderade på vad han skulle säga, och ryckte till slut på axlarna. "Jag kanske hängav mig lite för mycket. Det var mycket gott vin."

"Något som greven är ivrig att visa upp." Diana himlade med ögonen. "Han är en mycket tillmötesgående värd."

"Han beundrar dig." Orden forsade ur Wills läppar. Han ville genast ta tillbaka dem, och undrade omedelbart om han kanske tjänade den andre mannens syften genom att göra Diana medveten om att hon hade en genuin friare.

”Åh, han är i det där valpkärleksstadiet där han kommer att inbilla sig att han är kär i varje flicka han möter.” Diana skakade på huvudet. ”För honom är jag en exotisk nyhet, det är allt. Han kommer snart att inse att jag är tråkig som diskvatten och inte alls skulle passa hans flamboyanta natur som hustru.”

”Du är långt ifrån tråkig!”

”Det är snällt av dig att säga det”, sa hon, men han kunde se att hon avfärdade hans åsikt. Varför hade hon så låga tankar om sig själv?

En hund skällde, och ett ögonblick senare kom två enorma hundar galopperande nerför raderna av vinrankor mot dem. Instinktivt ställde sig Will framför Diana, men hon klev runt honom med ett skratt och böjde sig ner för att hälsa på hundarna, som omedelbart hoppade upp för att slicka henne i ansiktet.

”Jupiter, Minerva, uppför er!”

”Hur känner du dem?” frågade Will förbryllat.

”Åh, jag vaknade tidigt i dag och tog en promenad ner till sjökanten. Jag träffade Mario – greven – som var ute och rastade sina hundar. De är fruktansvärt söta. Den vita med de röda öronen är Jupiter, och den bruna är Minerva.”

Båda hundarna viftade av ren förtjusning när Diana klappade dem, uppenbarligen redan hennes hängivna slavar, även om Minerva krusade på läppen och morrade dovt i bröstet när Will sträckte sig fram för att klia henne bakom öronen. Han gjorde en strategisk reträtt och lade händerna bakom ryggen.

"Stör de er, my lady?" Mario kom gående med stora kliv, med ett brett leende. Han förmanade sina hundar milt på snabb italienska; Minerva övergav Diana för sin herre, men Jupiter förblev lutad mot Dianas ben, med tungan glatt hängande ute.

"Svikare", skrattade Mario, "men jag förstår helt. Lady Diana vann över mig omedelbart också."

"Åh, jag har den effekten på de flesta", sa Diana lättsamt, skrattande, innan hon kastade en slug sidoblick på Will. "Förutom på hans nåd av Balford, förstås. Min medfödda charm svek mig katastrofalt vid vårt första möte."

"Jag skulle snarare säga att min egen brist på uppfattnings-förmåga var att skylla för att jag inte omedelbart blev helt slagen av dig", sa Will, efter en stunds förvåning över att hon retades med honom. "Efter ytterligare bekantskap är jag naturligtvis nu helt i ditt våld."

Marios leende försvann när han såg de två skämta lättsamt med varandra, och Will kände en tillfällig tillfredsställelse. Det dröjde dock inte länge förrän den unge greven återfick fattningen, och Mario knäppte med fingrarna åt sina hundar innan han erbjöd Diana sin arm.

"Var snäll och låt mig visa er trampkaren. I oktober kommer druvorna att vara redo för skörd, och vi firar med en festival då alla stadsbor kommer till vineriet ... kanske är ni fortfarande mina gäster då, kan delta i festivalen med mig

...” Hans röst tonade bort när han ledde Diana bort genom vinrankorna, med hundarna i hälarna, och lämnade Will ensam att följa efter dem nerför sluttningen.

*Oktober*, tänkte han. Då var han tänkt att vara tillbaka i England, efter att ha lovat sin styvmor i brevet han hade lämnat att han skulle återvända när överhuset sammanträdde igen på hösten. Ändå var tanken på att lämna Diana i Italien, här där Mario Maccarone utan tvekan skulle göra sitt bästa för att uppvakta henne, fullständigt motbjudande.

Han sparkade vresigt på en jordklump i sin väg och följde paret nerför kullen. Hans hand fann vägen ner i fickan och han fingrade på fickuret i guld där, klockan som hade varit hans fars.

”Jag tror du skulle ha gillat henne, far”, mumlade han, medan Dianas skratt drev tillbaka till honom på vinden, ett förtjusande, ärligt fnitter, så olikt de konstlade klockspel som de unga damerna i *societeten* tenderade att anlägga. ”Jag tror att du skulle ha gillat henne väldigt mycket.”

# KAPITEL TOLV

Livet på Castello Bardolino föll snart in i en bekväm rutin; varje morgon kom hennes kammarjungfru med en bricka med läckra bakverk och varm choklad till Dianas rum, och Clarissa brukade komma för att dela dem med henne, sittande på balkongen med utsikt över sjön som glittrade blå i morgonsolen. När de hade ätit frukost valde de bland de många vackra klänningar som Valentina insisterade på att hon inte längre ville ha nu när hon var gift, och svepte sedan nerför trappan för att möta resten av sällskapet. Vilket nu hade utökats avsevärt med tillskottet av ett dussintal lokala italienska herrskapsfamiljer, unga män och kvinnor som Mario och Valentina känt hela sina liv.

Det fanns gott om aktiviteter att delta i: spela spel på gräsmattan, rida på några av de fina hästarna från Marios stall eller ta en båt ut på sjön för att besöka flera gamla slott och vackra kyrkor utspridda i de små byarna längs sjöstranden. En dag tog de en båt till en avskild sandvik och alla damerna badade i sina särkar, medan herrarna satt på stranden med ryggarna artigt vända bort.

Idag, ungefär två veckor efter deras ankomst, var en särskild utflykt planerad; de skulle färdas med båt ungefär fem kilometer söderut längs sjön för att besöka en halvö där Mario försäkrade dem att de skulle få se något speciellt, även om både han och Valentina skrattande vägrade avslöja exakt vad.

Diana klädde sig i en av de lättaste klänningarna från Valentinas avlagda garderob, en i blekgul bomull som Diana misstänkte en gång hade varit en av den andra flickans favoriter, av tygets mjuka, nötta känsla att döma, och tryckte ner en hatt på huvudet för att skydda sig mot den starka italienska sommarsolen. Hon hade redan fått en hel del fräknar över näsan och kinderna, och var tacksam för att hennes mor inte var där och såg dem. Lavinia skulle ha slagit händerna för ansiktet av fasa och förbjudit Diana att gå ut förrän fräknarna bleknat.

”Så, vad är överraskningen?”, bad Diana Mario berätta för dem när de alla hade satt sig tillrätta i båtarna, två rejäla segelbåtar som familjen använde som nöjesfarkoster. ”Åh, god morgon, Balford”, hälsade hon Will när han klev ner i båten och satte sig bredvid henne. Han log lite stelt och tittade bort, vilket fick henne att undra varför han såg så butter ut. Hon fick dock ingen möjlighet att fråga, för Mario gav slutligen med sig och började förklara att de skulle besöka Grotte di Catullo, ruinerna av en antik romersk villa.

”Bodde Catullus verkligen där?”, frågade hon med stora ögon.

”Ingen vet säkert”, sa Mario till henne, ”men han besökte verkligen området. Hans familj var från Verona och han semestrade i Sirmione, halvön där grottan ligger.”

Diana insåg snart att hon hade sett grottans murar från slottet; hon hade antagit att det var ett annat slott, men när båten närmade sig såg hon nu att det var mer av en ruin än det hade verkat vara från andra sidan sjön. Den var till och med större än det storslagna Castello Bardolino, och hon kunde inte låta bli att bli imponerad av romarnas skicklighet, som byggt den nästan tvåtusen år tidigare. Ett riktigt slott reste sig precis bakom den, Castello Sirmione fick hon veta, men det överskuggade inte den fantastiska anblicken av villan.

"Det är faktiskt ingen grotta", mumlade Will i hennes öra och slog följe med henne när de gick mellan höga valvbågar. "Det är bara rankorna som växer över alltihop som får det att kännas som om det är under jord."

"Den är ganska vidsträckt. Tänk att en enda familj bodde här!", sa hon och såg sig omkring på det väldiga området.

Will stoppade händerna i fickorna. "Den ser ut att vara ungefär lika stor som Balford Priory", sa han. "Som förstås inte ligger i ruiner."

"Och som inte heller är riktigt lika gammalt, skulle jag tro?", retades hon försiktigt i hopp om att få se honom le. De hade alla haft en så trevlig tid vid sjön, förutom Will, som verkade ha blivit alltmer tillbakadragen och vresig för varje dag som gick.

"Delar av det är från elvahundratalet." Will stannade till för att titta in genom en valvbåge till ett mörkt, grottliknande utrymme. "Titta, det här måste vara där en av de varma källorna kommer upp till ytan."

En tunn ånga hängde i luften över en damm med mörkt vatten med en sönderfallande tegelkant. Trots dagens hetta kröp plötsligt en kyla längs Dianas ryggrad; hon tog ett hastigt steg bakåt och snubblade på den ojämna marken och föll baklänges med ett skrik.

Wills reaktion var blixtsnabb; han virvlade runt och grep tag i henne, en stark hand slöt sig om hennes handled, den andra om hennes rygg, han drog henne upp igen och hon vacklade framåt, krockade med honom och grep tag i framsidan av hans väst.

”Är du oskadd?”, frågade han ivrigt, och hon kunde bara stirra upp på honom, chockad och darrande.

”Ja ... jag ... jag bara snubblade.”

”Jag har dig.” Han hade släppt hennes handled, men höll kvar sin andra arm runt henne, stark och stadig, och höll henne tryckt mot sin kropp.

Aldrig i sitt liv hade hon stått så nära en man, tillräckligt nära för att se guldfläckarna i det djupblå i hans ögon, känna värmen från hans kropp genom kläderna. Det fina sidenet i hans väst skrynklades mellan hennes fingrar när hon klamrade sig fast vid honom, och dunkelt blev hon medveten om att hon borde släppa taget, borde ta ett steg tillbaka, skapa ett anständigt avstånd mellan dem.

Hon rörde sig inte, och det gjorde inte Will heller. Han stirrade ner på henne, med läpparna lätt isär som om han var på väg att tala, men han sa ingenting.

Diana fuktade sina torra läppar och viskade: ”Will?”

Fortfarande talade han inte, men hans blick mörknade, ögonlocken sjönk en aning, och han lutade sig ner mot henne, böjde på huvudet.

*Tänker han ... kyssa mig?*

"Där är ni ju!", ropade en röst i närheten, och Will släppte Diana och tog ett snabbt steg bakåt, lade händerna bakom ryggen och vände sig bort från henne, så snabbt att hon svajade till, tillfälligt ostadig utan hans stöd.

"Gick ni vilse?" Det var Valentina och Andrea som hade kommit för att hitta dem. Valentina såg nyfiket från Diana till Will innan hon hakade loss sin arm från sin man och kom fram för att ta Dianas. "Vi har letat efter er överallt! Mario vill visa er sitt favoritställe!"

Diana såg sig över axeln på Will när Valentina halvt drog henne med sig. Han rörde sig inte, stod med axlarna hopsjunkna och stirrade in i det mörka rummet med dammen. Hon kände sig fullkomligt underlig, nästan frånkopplad från sin kropp, och ändå surrade varje nerv av intensitet, varje del av henne intensivt medveten om att hon bara för några ögonblick sedan hade varit pressad mot hans långa, starka kropp.

*Han kan väl inte på allvar nästan ha kysst mig.* Tanken var så löjlig att hon tvingade sig själv att avfärda den. Han hade bara fångat henne efter att hon snubblat, och hade förmodligen varit på väg att fälla någon spydig kommentar om hennes klumpighet. Det hade inte betytt någonting; Valentina hade ju inte ens lagt märke till deras närhet, och det skulle hon väl ändå ha gjort!

"Jag hittade henne!", ropade Valentina till sin bror, och Mario vände sig om för att möta dem med ett brett leende och erbjöd sin hand för att hjälpa Diana uppför en brant trappa av sönderfallande stensteg.

Han försäkrade henne om att trappan var säker och att han inte skulle låta henne falla, ledde henne till toppen och pekade ut utsikten han ville visa henne, en vacker vy över hans slott på andra sidan sjön.

Diana mumlade lämpligt entusiastiska lovord över utsikten och höll sig i Marios arm eftersom hon inte hade något val. När de började gå nerför trappan igen, fick hon syn på Will nära foten av den, som iakttog dem med armarna i kors och pannan i djupa veck. Hon gav honom ett trevande leende, men han vände sig bort och spatserade iväg, ensam.

"Kom, mina tjänare har förberett en picknick för oss", tillkännagav Mario, och Diana hade inget annat val än att gå med honom till platsen där filtar hade lagts ut i skuggan av några stora olivträd, och picknickkorgar öppnats för att avslöja flaskor med vin och brödlimpor.

Will anslöt sig inte till sällskapet som slog sig ner för picknicken, utan fortsatte att utforska ruinerna ensam, och trots den glada stämningen bland de unga som satt under olivträden, pratade och skrattade medan de åt och drack, önskade Diana att hon istället gick med Will. Hon kom på sig själv med att iaktta honom, hans långa gestalt rak och stark när han rörde sig längs en uråldrig, övervuxen mur.

"Du verkar frånvarande", sa Valentina och flyttade sig för att sitta bredvid Diana, och hon blinkade och frammanade ett leende för sin vän.

"Jag bara insuper atmosfären", sa hon vagt, och Valentina nickade och accepterade förklaringen.

"Vi måste snart ge oss av. Min bror tror att ett eftermiddagsåskväder kan blåsa in längs sjön, och vi vill inte bli överraskade på vattnet om det gör det."

"Självklart", sa Diana, och hennes blick gled tillbaka till Will igen.

Valentina snörpte på munnen och sa sedan illmarigt: "Balford, han siktar mycket högt när det gäller sina framtidsutsikter för giftermål, tror jag. Han tackade ju nej till Chiara, och hon är syster till en hertig. Lady Elspeth säger att han siktar på en allians med en kunglig familj, kanske den österrikiska."

Plötsligt fann Diana det svårt att andas och var tvungen att svälja flera gånger innan hon var säker på att hennes röst skulle låta normal när hon talade. "Han är en hertig, och det finns väldigt få av dem i England som är tillgängliga. Det är fullt möjligt att den engelska kronan skulle be honom att gifta sig med en utländsk prinsessa för att befästa en allians."

Valentina nickade med en medkännande min. "Jag hade tur att Andreas far valde mig åt honom."

"Och ännu mer tur att du älskar honom, och han dig", påpekade Diana.

"Verkligen", höll Valentina med och vände ett förälskat leende i sin makes riktning. "Du vet ... Jag älskade honom inte genast. Först tyckte jag om honom, och respekterade honom. Kärleken kom senare."

"Ja", sa Diana mjukt och tvingade sig själv att se bort från Will, med ett värkande hjärta. "Jag tror att det är så det brukar fungera."

Diana passade in här, tänkte Will när han iakttog henne i ögonvrån. Sittande mellan Valentina och Mario konverserade hon med syskonen på en italienska som nu var nästan flytande, hennes späda händer rörde sig uttrycksfullt i luften framför henne när hon talade. Mario kunde inte slita blicken från henne, vilket väl bara tyddepå att den unge greven hade utmärkt smak, antog Will. Mario hade sett Dianas förträffliga egenskaper från första stund. Han skulle uppskatta henne som hon förtjänade att uppskattas, behandla henne som en drottning.

Will sparkade vresigt till en liten sten, utan någon särskild anledning annat än att den låg i hans väg. Han insåg fullt ut att det var hans eget dumma fel att Diana hade en dålig uppfattning om honom. Han hade varit odräglig vid deras första möte, av anledningar som nu i efterhand verkade fåniga och småsinta. Det fanns helt enkelt ingen ursäkt för ett sådant oherremanslikt uppförande. Han hade tur att hon ens nedlät sig till att tala med honom, även om han antog att det skulle ha varit ganska besvärligt om hon inte gjorde det, med tanke på hur mycket de tvingades umgås här i Italien. Hans högre rang innebar att det ändå inte var ett verkligt alternativ för henne att ignorera honom.

Han suckade och sparkade till en annan sten, ryckte till en aning när någon slog följe med honom vid hans andra sida. Han sneglade åt sidan och höjde ögonbrynen mot Clarissa, erbjöd henne automatiskt sin arm. Hon tog den inte, utan viftade bort honom med ett leende.

"Tack, jag är ganska säker på foten."

Det var hon också. Han såg på när hon dansade uppför en trappa med låga, sönderfallande steg, vig och graciös, och undrade varför ingenting hos henne fick hans hjärta att slå snabbare. Clarissa var så lik sin syster, och det var bara lite mer än ett år mellan dem i ålder, ändå var det Diana han längtade efter. Diana som förmodligen skulle ha snubblat halvvägs uppför den där trappan, och han skulle ha varit tvungen att fånga henne. Minnet av hur hon hade känts i hans armar fick hans kinder att blossa scharlakansrött. Han hade nästan kysst henne; vad i herrans namn hade han tänkt på? Tack gode Gud för att Valentina hade ropat just i det ögonblicket, annars skulle Will ha gjort något outsägligt dumt och förmodligen fått en välförtjänt örfil för det.

"Kom och titta", ropade Clarissa ner till honom. "Det är en vacker utsikt härifrån."

"Castello Bardolino igen?", frågade Will surt, men han började gå uppför trappan.

"Nej." Clarissa såg ut som om hon skulle börja skratta, men hon höll sig. "Vi är på fel sida av villan för det, tror jag. Nej, det är en vacker liten kyrka, precis på andra sidan vattnet."

När han kom upp till toppen av trappan såg han att hon hade rätt. Han såg också något som oroade honom; svarta åskmoln som samlades i norr, över bergen vid sjöns bortre ände.

"Jag gillar inte de där molnen", mumlade han, precis när ett rop nådde dem från nedanför.

"Det är morbror Alex", sa Clarissa i onödan, eftersom Will nu kunde se Glenkellie stå vid foten av muren.

"Det är ett oväder på väg. Mario säger att vi kan hinna tillbaka till slottet innan det bryter ut, men vi måste ge oss av, nu." Alex pekade mot båtarna.

"Vi är på väg", ropade Clarissa, och den här gången tog hon emot Wills erbjudna arm när de gick ner och anslöt sig till de andra som skyndade tillbaka till båten. Mario hjälpte Diana, och Wills lust att själv gå och hjälpa henne var stark, men han höll sig tillbaka. Tills hon snubblade och föll, raklång på marken, och då kastade sig Will nästan fram och svepte upp henne i sina armar.

"Är du oskadd?", frågade han bryskt. "Ni borde ha fångat henne!", slängde han en anklagande blick på Mario, som såg skamsen ut.

"Det är ingen fara med mig", försökte Diana insistera, men han kunde se ett blödande skrapsår i hennes handflata.

Han vägrade att sätta ner henne utan steg snabbt till den första båten och lyfte in henne, klättrade i efter henne och drog fram sin näsduk ur fickan.

”Du blöder”, sa han kortfattat när hon försökte dra sin hand ur hans grepp, och hon flämtade till och såg ner. Hennes ansikte blev alldeles vitt när hon såg blodet sippra från hennes handflata och droppa ner för att fläcka hennes klänning.

”Åh ... jag ... jag tycker inte om att se blod ...”

”Det gör inget om du behöver svimma”, sa Will bryskt och täckte snabbt hennes hand med sin näsduk. ”Jag fångar dig.”

”Nå, det var då en stor förändring i attityd”, sa en road röst, och han sneglade upp och såg Marianne slå sig ner på andra sidan om Diana. Hon hade tygservetter i handen, uppenbarligen från picknickkorgen, och sträckte sig för att lyfta hans näsduk och kontrollerade snabbt Dianas hand. ”Inte så farligt, men jag skulle vilja rengöra och linda om det här. Titta inte om du inte tycker om blod, Diana. Prata med henne, Balford. Och ja, om hon svimmar, var snäll och fånga henne. Jag lovar att jag inte kommer att tvinga dig att gifta dig med henne.”

Blicken i markisinnans ögon sa att hon var väl medveten om att han inte skulle behöva någon sådan tvångsåtgärd för att be om Dianas hand.

”Var inte löjlig, faster Marianne!”, Dianas röst var gäll, och hon vägrade att möta Wills blick. ”Jag är säkerligen den sista kvinnan i världen som hans nåd skulle kunna övertalas att gifta sig med!"

Båten var nu i rörelse; Mario och två av hans vänner hissade snabbt seglen och justerade dem för att fånga den tilltagande brisen. Will kastade ännu en blick på åskmolnen och undrade om de verkligen skulle hinna tillbaka till slottet innan ovädret slog till. Kanske, bedömde han, och hoppades att Mario var en god seglare.

Marianne använde Wills näsduk för att rengöra smuts och grus från Dianas hand innan hon noggrant lindade in den i en av servetterna och bad sedan att få se hennes andra hand.

"Den är oskadd", sa Diana och visade henne den. "Jag tror att den landade i lite gräs."

"Och dina knän?"

Diana rodnade och sneglade på Will. "Jag är säker på att de är oskadda."

"Jag tror nog att jag borde ta en titt. Om ni ville vara så vänlig att vända oss ryggen, Balford, men stanna precis där – se till att ingen annan får en skymt."

Will var ganska säker på att Marianne skrattade i mjugg åt honom, men han vände galant ryggen till och spände blicken i Mario när greven kastade en blick i deras riktning. Mario vände sig hastigt bort, ryckte i ett rep för att justera seglen, och Will hummade för sig själv.

"Allt är bra", sa Marianne, och Will väntade artigt ett ögonblick eller två innan han vände sig om igen. Diana rodnade fortfarande och undvek hans blick medan hon drog kjolarna tätt om sina ben, och han led med henne för hennes förlägenhet och önskade att han visste vad han skulle säga för att få henne att må bättre.

De hann tillbaka till träbryggan nedanför Castello Bardolino i grevens tid, eller kanske inte ens det, för stora regndroppar hade redan börjat falla när de klev ur båten och skyndade upp mot slottets skyddande murar. Will tvekade inte innan han lade sin hand under Dianas armbåge för att hjälpa henne, istället för att ta hennes skadade hand på sin arm. Hon kastade en sidoblick på honom och log sedan, oväntat.

"Du var ganska hjältemodig idag, Will."

"Hjältemodig?" Han blinkade mot henne.

"Du räddade mig från att falla en gång, och sedan undsatte du mig när jag faktiskt föll. Jag skulle ha haft en mycket obekvämare dag utan ditt ingripande."

Han ryckte tafatt på axlarna. "Det var inte mer än vad vilken gentleman som helst borde göra."

"Kanske", medgav hon, "men det var du som gjorde det. Du, som är fullkomligt trött på unga damer som faller för dina fötter."

"Som med avsikt faller för mina fötter", rättade han. "Oavsiktliga fall är något helt annat, och jag känner dig tillräckligt väl vid det här laget för att vara säker på att du aldrig skulle skämma ut dig så mycket som att medvetet kasta dig för någons fötter."

”Jag gör det bara regelbundet av misstag”, sa hon med ett snett leende. ”Särskilt för dina, verkar det som, vilket jag hjärtligt ber om ursäkt för.”

”Jag ber dig, gör inte det. Jag hoppas att jag alltid kommer att finnas där för att fånga dig.”

Uttalandet, en ren och enkel sanning, tycktes nästan hänga i luften mellan dem. Dianas ögon blev runda av förvåning när hon stirrade upp på honom ... och sedan ropade Marianne på henne att komma in och byta klänning, och ögonblicket var förlorat.

# KAPITEL TRETTON

TIDEN VAR INNE DÅ han måste fatta ett beslut, insåg Will. Lord Glenkellie gav honom allt oftare skarpa blickar så fort han och Diana ens befann sig i samma rum, och även om markisen ännu inte hade sagt något undrade han uppenbarligen vilka Wills avsikter var.

Morgonen efter sällskapets utflykt till Grotte di Catullo sökte Will därför efter Alex. En hjälpsam tjänare berättade att lord Glenkellie befann sig i biblioteket, och Will styrde stegen mot det stora rummet en trappa upp, ett rum som var fyllt med nästan fler målningar än böcker. Will uppskattade konstverken, men han ogillade grevens underlåtenhet att hålla sig med ett anständigt bibliotek. Han hade inte hittat en enda bok i det som var utgiven under de senaste tio åren.

Han sträckte sig efter handtaget för att öppna dörren, men stelnade till vid ljudet av röster därinne. Den ena var Alex, vars precisa, korthuggna tonfall som hade kommenderat män i strid var tydlig även när han talade italienska istället för sitt modersmål engelska. Den andra, yngre och ljusare, snabbare och mer impulsiv, tillhörde Mario Maccarone, greve av Bardolino och ägare till slottet de befann sig i.

"Jag är medveten om att ni är lady Dianas förmyndare i hennes föräldrars frånvaro", sade Mario, "och därför vänder jag mig till er med min formella begäran om hennes hand i äktenskap."

Wills hjärta stannade. Med handen på dörrhandtaget kämpade han för att dra efter andan medan han väntade på Alex svar. Alex kunde väl knappast ge annat än ett jakande svar; Mario var ett gott parti för Diana på alla sätt och vis, även om han var ett par år yngre än hon.

"Jaså", var allt Alex sade, och Mario fortsatte genast, som om han var rädd att han inte hade varit tydlig nog i sin förklaring.

"Från första stund ert sällskap anlände har jag varit förtrollad av lady Dianas grace och charm. Jag kan inte längre föreställa mig detta slott utan henne. Till och med mina hundar är helt betagna i henne!"

Alex gav ett obestämt ljud ifrån sig. Will var oerhört frestad att trycka upp dörren lite grann för att försöka se Alex min, men risken var alldeles för stor att någon av männen skulle få syn på honom.

"Ger ni ert godkännande till äktenskapet, lord Glenkellie?" frågade Mario och lät lite desperat efter att tystnaden hade varat i ytterligare någon minut.

"Jag har inga invändningar", sade Alex, "och ni har rätt i att jag för närvarande är Dianas lagliga förmyndare. Med det sagt har jag försäkrat henne om att jag inte kommer att påtvinga henne min vilja, och därför spelar min åsikt ingen som helst roll i denna fråga. Jag överlåter helt och hållet beslutet i Dianas händer."

Mario stammade fram ett tack, och Will backade från dörren, vimmelkantig av chock. Han var tvungen att komma till Diana, och det genast, för inget var mer säkert än att Mario skulle rusa raka vägen till henne och fria. Will vände på klacken och halvsprang nerför korridoren, desperat att hinna fram till Diana först.

Han visste att hon brukade äta frukost med sin syster på sin balkong om morgnarna, och hoppades att hon fortfarande var kvar där. Hennes kammarjungfru såg förvånad ut när hon såg honom vid dörren, men bad honom vänta medan hon såg efter om hennes matmor kunde ta emot honom.

"Will?" sade Diana när hon kom till dörren, och hennes ögon vidgades när hon såg hans ansikte. "Är det något som har hänt?"

"Får jag tala med dig enskilt ett ögonblick?" frågade han.

Hon tvekade, men stängde sedan dörren bakom sig och lade handen på hans arm. "Följ med mig."

Han skulle ha föredragit att vara någonstans där Mario inte kunde stöta på dem, men han förstod mycket väl Dianas motvilja att bjuda in honom till sina rum. Han strök sin fria hand över ansiktet och försökte finna de rätta orden, men kunde bara klumpigt haspla ur sig: "Vill du gifta dig med honom?"

En rynka uppstod mellan hennes ögonbryn. "Vem?"

"Greven, Mario. Vill du gifta dig med honom?"

Hon såg lätt misstrogen ut, som om tanken aldrig ens hade slagit henne. "Nej, självklart inte. Varför frågar du?"

"För att han just i detta nu ber lord Glenkellie om din hand. Så, eh, du kanske vill vara beredd på att bli tillfrågad."

Han höll på att klanta till det här rejält, insåg Will. Han ville be Diana att tacka nej till Mario och välja honom istället, men han verkade inte kunna finna orden.

Diana stirrade upp på Will, oförmögen att komma på vad hon skulle säga. Hur skulle hon kunna förklara att hon aldrig ens kunde överväga Mario när hennes hjärta tillhörde en stel engelsk hertig som inte var på jakt efter en hustru? Att även om hon älskade Lombardiets böljande kullar, svepande vingårdar och alpina ängar, så var och skulle hennes hem alltid förbli England?

"Tack för varningen", sade hon till slut. "Jag ska förbereda mig och finna orden för att tacka nej på ett taktfullt sätt."

"Jag skulle kunna skrämma bort honom om du vill", erbjöd han, och impulsivt klämde hon hans arm.

"Det är mycket vänligt av dig att erbjuda, men om jag på något sätt oavsiktligt har gett honom intrycket att jag skulle välkomna hans närmanden, måste det vara jag som varsamt befriar honom från den föreställningen."

”Jag skulle inte ha något emot det”, muttrade han och hans blick mötte hennes. ”Säg åt honom att du inte är för sådana som han.”

”Sådana som han? Låt inte Valentina höra dig!” Diana skakade på huvudet och tänkte på sin väns reaktion – Valentina hade inte gjort någon hemlighet av att hon gillade Marios beundran för Diana. ”Mario är greve, en förmögen sådan dessutom, och jag är dotter till en earl – det skulle vara ett synnerligen passande parti!”

”Men du skulle kunna få så mycket bättre!”

”Var inte löjlig.” Hon skakade på huvudet. ”Jag gjorde bort mig under min enda korta sejour i London och visade mig vara alldeles för naiv för Venedig. Jag är inte tillräckligt rik eller vacker för att gifta mig väl. Att bli contessa här skulle vara det bästa jag någonsin kunde hoppas på.”

”Och ändå kommer du att tacka nej till honom?”

Han verkade argumentera för att hon skulle gifta sig med Mario, och om hennes mor fick nys om att hon hade tackat nej till en italiensk greve skulle Diana visserligen aldrig få höra slutet på det, men efter att ha lärt känna Will visste Diana att hon inte kunde nöja sig med något mindre än kärlek. Det var möjligt, antog hon, att hon en dag skulle kunna bli kär i en annan man, men att gifta sig med Mario när hon inte kände mer än en mild, systerlig tillgivenhet för honom var otänkbart.

”Jag skulle inte kunna bli lycklig som hans hustru”, sade hon slutligen. Hon försökte sig på ett svagt leende och försökte skämta. "Jag är inte mer redo för äktenskap än vad du är, verkar det som."

Hans min var helt allvarlig när han såg ner på henne, men han nickade till slut. "Du har mitt stöd i vad du än önskar göra, Diana. Om du vill lämna slottet efter att ha avvisat Marios frieri, står jag till ditt förfogande för att se till att du kommer tryggt till Venedig – eller England, om du föredrar det."

Hon hade inte ens tänkt på det, men hon antog att det mycket riktigt skulle bli pinsamt att stanna kvar på Castello Bardolino efter att hon hade avvisat Mario. Hon var övertygad om att Alex och Marianne skulle stödja hennes beslut och visste att hon inte skulle behöva be Will om hjälp, men hon blev ändå rörd av hans erbjudande.

"Du anar inte hur mycket jag uppskattar din omtänksamhet, Will. Din vänskap har utan tvekan varit den största skatt jag funnit i Italien."

Han rodnade lite och tittade blygt bort. "Jag är inte... Jag... Jag kommer alltid att vara din vän, Diana. Oavsett vad."

"Lady Diana!" Marios entusiastiska rop nådde dem.

Diana ryckte till och såg upp på Will igen.

"Vill du att jag stannar kvar hos dig?" frågade han med låg röst. "Eller så skulle jag kunna..."

"Jag måste göra det här." Hon klämde hans arm en sista gång innan hon släppte den. "Tack. För allt." Hon uppbådade ett leende, lämnade hans sida och gick mot den väntande Mario. "God morgon, mylord. Vilken vacker dag det är. Ska vi promenera på terrassen?" Det var en lagom offentlig plats, bedömde hon. Hon gav honom i alla fall ingen möjlighet att föreslå ett alternativ, då hon tog hans arm och marscherade mot trappan.

"Självklart", sade Mario tjänstvilligt.

Det fanns ingen på terrassen ännu, vilket Diana antog var bra. Mario skulle troligen bli åtminstone en aning upprörd över hennes avslag, och det sista hon ville var att han skulle behöva skämmas inför gästerna i sitt eget hem.

Mario såg sig dock omkring som om han önskade att det hade funnits andra där för att bevittna det hela, och hon undrade om han trodde att hon skulle vara mer benägen att acceptera honom inför andra. Det var fullt möjligt att det inte ens hade slagit honom att hon skulle kunna tacka nej, tänkte hon ironiskt. Hon var utomordentligt lyckligt lottad som inte skulle pressas att acceptera honom.

"Jag måste tala om för er att jag från första stund ni anlände hit har varit helt hänförd av er", började Mario, vände sig mot henne och grep hennes händer. Hon öppnade munnen i ett försök att avbryta honom, men han dundrade på, talade snabbt, orden forsade ur honom. "Jag kan inte föreställa mig mitt liv utan er i det, så snälla, säg att ni accepterar mig, accepterar min hand och mitt hjärta!"

"Sluta", sade Diana skarpt när han såg ut att vilja fortsätta sitt passionerade tal, och han stannade upp med öppen mun. "Mario", sade hon med mjukare ton. "Ni är mycket rar, och ni har varit den mest älskvärda och generösa värd vi någonsin kunnat önska oss, men jag är rädd att jag inte kan acceptera ert frieri."

Hans mörka ögon smalnade. "Inte kan, eller inte vill?" frågade han.

"För min del är det ingen skillnad. Jag kommer inte att acceptera eftersom jag inte kan vara den hustru ni förtjänar. Ni förtjänar det er syster har med Andrea; ett äktenskap byggt på ömsesidig tillgivenhet och beundran." I ett försök att mildra slaget sade hon: "Jag tvivlar inte på att ni snart kommer att finna en ung dam som kommer att älska och avguda er som ni förtjänar; men den damen är inte jag."

Han såg ganska nedslagen ut, men underligt nog, tyckte hon, inte särskilt förvånad, som om han halvt hade förväntat sig att hon skulle tacka nej. Han kysste hennes hand, förklarade sig helt förkrossad på sitt typiskt överdådiga sätt, och sade sedan något som hon inte riktigt förstod.

"Jag tror jag visste från början att jag inte kunde konkurrera. Jag önskar min rival all framgång, även om jag avundas honom från djupet av mitt hjärta." Med sammanbitna läppar bugade han sig innan han vände sig om och skyndade iväg med böjda axlar, och lämnade Diana stirrande efter honom, fullständigt förbryllad.

"Vilken rival?" sade hon till hans retirerande rygg, men han vände sig inte om.

*Han kan bara mena Will, men... han har fått en helt felaktig uppfattning om vår vänskap.* En svartsjuk man var inte helt rationell, antog hon.

När hon vände sig om för att gå in i slottet igen stötte hon på Valentina vid dörren. Den andra flickan omfamnade henne och frågade upphetsat:

”Har du sett min bror? Har han talat med dig?”

Självklart hade Mario berättat för Valentina att han tänkte fria, insåg Diana. Hon hade förmodligen uppmuntrat honom att göra det. Diana, som värdesatte Valentinas vänskap, avskydde att behöva meddela nyheten.

”Det gjorde jag... och Valentina, jag är ledsen, men jag var tvungen att tacka nej.”

Valentinas mun föll upp och hennes ögon spärrades upp. ”Tackade du nej till honom?” sade hon med en ton av ren misstro. När Diana sakta nickade, slog Valentina handen för munnen med ett nödrop och rusade sedan förbi henne nerför terrassen, i samma riktning som Mario hade tagit när han gått.

”Jag försökte faktiskt tala om för henne att detta skulle hända”, sade en röst torrt, och Andrea klev ut ur huset och skakade på huvudet. ”Hon var så förtjust i tanken på att hennes kära vän skulle gifta sig med hennes bror och stanna kvar här i hennes hem, att hon faktiskt inte övervägde om han passade dig överhuvudtaget.”

”Han är en mycket trevlig ung man”, sade Diana diplomatiskt, och Andrea skrattade.

”Det är han, och om några år kommer han att hitta en dam som passar honom och de kommer utan tvekan att bli mycket lyckliga.”

”Jag insåg inte hans avsikter att fria”, medgav Diana, ”annars skulle jag ha vidtagit åtgärder för att mer bestämt avråda honom innan det gick så här långt. Jag skulle inte för ett ögonblick vilja att han blev sårad.”

Andrea viftade med handen och avfärdade hennes oro. ”Det var åtminstone till hälften Valentinas idé”, noterade han, ”och det skadar henne inte alls att en av hennes planer inte går precis som hon vill. Jag älskar henne, men jag medger att hon kanske har fått sin vilja fram lite för ofta.”

Det var ett trevligt sätt att säga att Valentina var lite bortskämd, antog Diana. Hon sade ingenting, och Andrea log svagt.

”Våra familjer är sammanlänkade, Diana, och även om jag skulle ha glatt mig åt en närmare förbindelse genom ditt äktenskap med Mario, har du agerat med stor integritet genom att följa ditt hjärta och tacka nej till honom. Jag tror att ni båda kommer att bli lyckligare av det, även om han inte förstår det än.”

”Tack för ditt stöd, särskilt eftersom vi egentligen inte är familj”, kände sig Diana tvungen att påpeka.

”Alex är min familj, och han betraktar dig som *sin* familj. Det räcker gott för mig.” Andrea ryckte på axlarna, med en glimt i ögat. ”Ångra inte att du tackade nej till Mario. Jag ska se till att Valentina inte surar över det alltför länge.”

Hon sträckte sig upp för att impulsivt kyssa hans kind, och Andrea småskrattade.

”Kanske vi ändå kan bli närmare förbundna, va? Will är ju också en del av min familj.”

”Åh!” Diana kände hur kinderna hettade. Hon skakade häftigt på huvudet. ”Alla verkar ha en helt felaktig uppfattning. Det finns inget annat än vänskap mellan Balford och mig, det försäkrar jag dig!”

”Är det så?” Andrea höjde ett mörkt ögonbryn.

”Ja! Vi skulle inte passa alls”, insisterade hon. ”Jag är helt olämplig som hertiginna, för det första.”

Han såg ganska cynisk ut, men bugade på sitt vanliga artiga sätt och sade: ”Om du säger det så.”

”Jag ber att få ursäkta mig.” Diana bestämde att det var dags att fly, innan hon sade något hon inte menade. ”Jag måste hitta min faster.”

Andrea nickade. ”Du kanske vill meddela henne att jag har fattat ett beslut angående vår avresa till Venedig”, noterade han. ”Vi reser om en vecka, och du är naturligtvis välkommen att resa med oss.”

”Jag tror snarare att lord Glenkellie har för avsikt att resa direkt till Florens, istället för att återvända till Venedig”, sade Diana, och kände sig i sitt stilla sinne mycket tacksam för att deras framtida väg redan var bestämd. Att återvända till Venedig med Andrea och Valentina skulle bli mycket pinsamt nu när hon hade tackat nej till Mario.

# KAPITEL FJORTON

MARIANNES REAKTION PÅ DIANAS blyga erkännande att hon hade tackat nej till Marios frieri var allt Diana hade kunnat hoppas på. Marianne reste sig från sin stol, tog Diana i en fast omfamning och gav henne en rejäl kram.

"Det gjorde du rätt i", sa Marianne. "Om du hade bestämt dig för att acceptera honom skulle jag ha gjort mitt bästa för att prata dig ur det."

"Verkligen?"

"Verkligen! Åh, han är trevlig nog och skulle utan tvekan behandla dig väl, men vem som helst kan se att han inte precis får ditt hjärta att slå snabbare. Jag var fången i ett kärlekslöst äktenskap första gången, Diana. Nu när jag har funnit min hjärtas glädje med Alex skulle jag inte önska dig något mindre." Med en sista kram släppte Marianne henne.

Diana fick kämpa för att hålla tillbaka tårarna. "Tack", viskade hon hest, och Marianne kysste hennes kinder med ett varmt leende.

"Nej, nej, min kära. Du har gjort helt rätt, även om jag starkt måste föreslå att vi alla ingår en pakt om att aldrig nämna det för din mor. Lavinia skulle kunna vägra att någonsin träffa mig igen om hon upptäckte att jag inte bara tillät, utan uppmuntrade dig att tacka nej till hans frieri!"

Det låg lite för mycket sanning i det för att det skulle vara ett skämt, men Diana skrattade ändå. "Jag har verkligen ingen avsikt att någonsin låta henne få veta att jag tackade nej till möjligheten att bli grevinna!"

"Gud förbjude tanken!" Marianne skrattade med henne.

Diana blev dock snabbt allvarlig igen och erkände: "Jag känner mig så skyldig gentemot Valentina. Hon blev upprörd, och hon har varit så oerhört snäll och gett Clarry och mig sina klänningar."

"Och det skulle tvinga dig att gifta dig med hennes bror?" Marianne höjde på ett ögonbryn.

"Tja, nej, men ..."

"Inga men, min kära. Mario hade en ärlig chans att vinna ditt hjärta, och det gjorde han inte. Du var till och med välvilligt inställd till honom på grund av din vänskap med Valentina och hennes uppenbara entusiasm för en potentiell förening. Du kan inte ta på dig skulden för att saker och ting inte blev som Valentina ville. Om jag har lärt mig något i mitt liv så är det detta: fatta inte viktiga beslut om din framtid med hänsyn till någon annans lycka och bekvämlighet än din egen. I den mån du har makten att staka ut din egen kurs, låt inte någon annans önskningar styra din väg."

Det var ett utmärkt råd, tyckte Diana, och kände sig dubbelt tacksam för att Alex och Marianne hade gett henne friheten att göra sina egna val utan att försöka påverka henne på något sätt.

"Alex och jag har redan diskuterat vår planerade avresa", fortsatte Marianne. "Faktum är att Alex sa att vi borde stanna lite längre för att ge dig tid att bestämma dig angående Mario, men nu när ditt beslut är fattat tror jag att vi kommer att förbereda oss för att åka inom de närmaste dagarna. Hans mor skickade ett brev som vi fick igår. Hon förberedde sig för att återvända till Venedig, för att därifrån ta ett skepp och segla runt till Florens, när det skickades. Hon kommer att vara tillbaka i Florens innan vi kommer dit, eftersom vi tänker resa landvägen."

Lättad över att hon inte skulle behöva stanna länge i den besvärliga situation som säkerligen skulle uppstå här på Castello Bardolino, tackade Diana Marianne översvallande igen innan hon återvände till sitt rum. Bäst att hålla sig undan en dag eller så åtminstone, bedömde hon.

Clarissa gjorde henne sällskap, men till Dianas lättnad varken bad hennes syster henne att gå igenom allt igen eller retade henne. Istället lade Clarissa bara armen om Dianas midja och slog sig ner bredvid henne på schäslongen och förkunnade att hon såg fram emot att tillbringa dagen i sin systers sällskap.

Valentina kom på besök på eftermiddagen, och Diana stelnade till i väntan på ett djupt pinsamt möte, men Valentina var ganska dämpad. Andrea hade pratat med sin fru, gissade Diana, och Valentina uttryckte bara kort sin

besvikelse innan hon återigen bedyrade sin djupa tillgiven-
het för Diana och önskade henne all lycka.

”Andrea vill återvända till Venedig eftersom han har affärer
att sköta, så vi kommer att följa med er så långt som till
Verona. Andrea kommer att hjälpa Lord Glenkellie att
skaffa alla nödvändiga papper och tillstånd för er resa med
båt.”

”Åh, vi ska inte åka båt”, sa Diana, ”vi ska resa landvägen.”

Valentina log åt det. ”En del av vägen, men Italien har
utmärkta seglingsbara floder. Ni kommer att spara några
dagar och ha det bekvämare om ni tar en båt från Verona
så långt som till Rovigo.”

”Jag måste titta på en karta”, insåg Diana, och Valentina
skickade genast en tjänare för att hämta en.

Avstånden var inte så stora som Diana hade förväntat sig.
Fågelvägen såg Rovigo ut att vara en rejäl omväg, tyckte
hon, men Valentina insisterade på att det skulle vara myck-
et bekvämare att resa från Verona till Rovigo med flodbåt
på Adige och sedan ta en vagn söderut till Ferrara, därifrån
till Bologna, och slutligen korsa Apenninerna till Florens.

”Ni kommer att behöva övernatta någonstans på resan
från Bologna till Florens”, sa Valentina klokt. ”Troligtvis
två gånger. Jag har aldrig rest den vägen, men Andrea vet
var ni borde stanna. Han skriver brev som Lord Glenkellie
kan ta med sig för att visa upp för ämbetsmän längs er
resa när ni korsar från ett distrikt till ett annat. Familjen
Franchetti har släktingar på viktiga positioner över hela
Italien, ni borde inte få några problem.”

"Låt oss hoppas inte." Diana studerade kartan och tittade på städerna de skulle besöka längs den rutt Valentina beskrev. "Har du någonsin varit i Bologna? Vad finns det att se där?"

De tillbringade en trevlig timme med att diskutera resor Valentina hade gjort med sin far några år tidigare, och när den andra kvinnan gick kände sig Diana åtminstone något mer tillfreds med att deras vänskap inte var oåterkalleligen bruten.

En vecka efter att Diana hade tackat nej till Marios frieri lämnade de Castello Bardolino. Det var nu i början av oktober och vädret började bli kyligt, med grå moln som ständigt svepte över de närliggande bergen. Om de väntade mycket längre skulle vädret göra överfarten av Apenninerna till en obehaglig och riskabel historia, varnade Andrea dem under de två dagar de stannade i Verona för att ordna tillstånd och resehandlingar för sin resa.

Tack och lov hade Mario inte valt att lämna sitt slott för att följa med dem, trots Valentinas böner om att hennes bror skulle tillbringa vintern med dem i Venedig. Han hade inte besvärat Diana igen, till hennes intensiva lättnad, och hade nådigt accepterat hennes avslag utan invändningar, även om han följde henne med sorgsna ögon när de befann sig i samma rum. Hon hade tagit farväl av honom med värme, men utan den minsta gnutta ånger över sitt beslut, och red bort från Bardolino utan att se sig om.

Will hade undvikit henne ända sedan den morgonen då han hejdade henne och varnade henne för att förbereda sig på Marios frieri. Hon var inte säker på varför, men fruktade att han kanske trodde att hon tänkte lägga an på honom. Det hade blivit alltmer uppenbart att åtminstone Valentina trodde att det var precis vad hon planerade att göra, oavsett hur många gånger Diana protesterade att Will bara var en vän.

Flodbåtarna på Adige var större än Venedigs gondoler, men utformade i nästan identisk stil. Diana var helt förtjust i dem och fann det ytterst angenämt att sakta flyta med strömmen och se det charmiga landskapet passera förbi. Hon tänkte att det troligen hade gått snabbare på hästryggen men Valentina hade rätt; detta var ett mycket trevligare sätt att resa.

Sällskapet skildes åt i Rovigo, där Andrea och Valentina fortsatte nedför floden varifrån de så småningom skulle nå havet och återvända till Venedig med båt, medan den engelska delen av gruppen gick i land för att möta upp hästarna och vagnen som Alex hade skickat bud om att ha redo för dem.

Diana tog farväl av Valentina, som jämrade sig dramatiskt och klamrade sig fast vid hennes hals. Diana kände sig själv lite tårögd; hon hade inte förväntat sig att få en så nära vän i Italien och Valentina, trots alla sina manipuleringar i försöken att para ihop Diana med sin bror, hade verkligen blivit henne kär.

"Vi kommer att ses igen, hoppas jag, min kära", sa hon till den snyftande hertiginnan. "Nästa sommar, övertala Andrea att ta med dig till England. Du kommer att bli Londons stora samtalsämne."

"Jag ska öva på min engelska hela vintern", lovade Valentina genom tårarna, och Diana kysste hennes kinder ömt innan hon tog emot Alex hand och klev av flodbåten och upp på kajen.

Will var den siste att gå i land, omfamnade Valentina och utbytte en broderlig kram med Andrea innan han klev upp på kajen bredvid Diana. Hon log trevande mot honom, men han tittade bort och gick mot platsen där två hästar väntade bredvid ett par vagnar, en vagn för damerna och den andra för deras bagage och de två tjänare som följde med dem, Mariannes trogna kammarjungfru Jean och Alex betjänt Simons, som båda hade rest med sällskapet hela vägen från England.

Medan hon satte sig bredvid Clarissa stirrade Diana frånvarande ut genom fönstret när vagnen satte av, och undrade olyckligt om det fanns något sätt att återfå den otvungna vänskap hon äntligen hade funnit med Will. Kanske tyckte han att hon borde ha accepterat Mario? Oavsett hur man såg på saken hade det varit ett bra parti. Ändå var det Will som hade varnat henne att förbereda sig för Marios frieri, som till och med hade erbjudit sig att avstyra honom. Hade kommenterat att hon kunde få bättre. Trodde han att hon hade tagit den kommentaren som en uppmuntran att rikta in sig på Will själv? Hade Andrea eller Valentina sagt något till honom?

Hon drog en olycklig suck, med blicken fäst på Wills långa, rakryggade gestalt när han red bredvid Alex och samtalade med honom. Hon saknade att samtala med honom, saknade deras vänskap.

”Det var en rejäl suck, Diana”, noterade Marianne, inte ovänligt. ”Jag är säker på att du kommer att se Valentina igen, vet du. Hon verkade ganska förtjust i idén att besöka England. Och du kommer att kunna skriva till henne.”

”Absolut”, instämde Diana, samlade sig och klistrade på ett leende. ”Hon har blivit en kär vän och jag kommer att sakna hennes sällskap.” Åtminstone gav deras avsked en ursäkt för hennes melankoli och hon behövde inte låtsas vara helt förtjust över att vara på resande fot igen.

Sällskapet stannade på ett hotell strax söder om Rovigo som Andrea hade rekommenderat dem innan de dagen därpå fortsatte till Ferrara och korsade den mäktiga floden Po på en bro som hade stått där sedan romartiden. De stannade två dagar i Ferrara och tog sig tid att besöka Castello Estense, den medeltida fästningen med vallgrav i stadens hjärta.

Och under varje minut av varje dag var Will plågsamt, olidligt medveten om Diana. Om förundran i hennes ansikte när hon beundrade arkitekturen i Ferraras storslagna katedral. Om sättet hennes ögon slöts och hon suckade av förtjust lycka när hon för första gången smakade den lokala delikatessen *panpepato*, en kompakt frukt- och nötkaka kryddad med peppar och kanel och rullad i choklad. Impulsivt betalade han en kock en ansenlig summa för att skriva ner receptet åt honom, och ägnade sedan två dagar åt att våndas över hur han på något sätt skulle kunna se till att det levererades regelbundet till Diana i England innan han motvilligt accepterade att han inte kunde göra något sådant.

Varje gång han såg på Diana hörde han de ödesdigra orden igen, orden hon hade sagt när han varnade henne för Marios förestående frieri.

*"Jag är inte mer redo för äktenskap än du, verkar det som."*

Hur skulle han kunna berätta för henne att hans känslor för äktenskap hade förändrats helt sedan han träffade henne igen i Venedig? Att han hade lämnat England helt besluten att undvika att bli fast för så länge han bara kunde, men nu var allt han kunde tänka på hur mycket han ville vara gift ... så länge Diana var hans brud?

Han hade försökt antyda sin förtjusning i henne den dagen de besökte Grotte di Catullo, men han hade som vanligt varit klumpig med orden och hon hade bara tittat på honom med uppspärrade, förbryllade ögon, uppenbarligen utan att förstå hans mening, eller tolkat den endast som vänskap.

Hans häst gnäggade och gick åt sidan under honom, och Will insåg att han höll i tyglarna med vitnande knogar och klämde åt den stackars hästens sidor med benen. Han andades ut en suck, tvingade sig att slappna av och klappade hästens hals. De var nästan framme i Bologna, vars väldiga murar reste sig framför dem, där de skulle tillbringa tre eller fyra dagar med att utforska innan de gav sig av för att korsa Apenninerna.

"Allt väl där, Balford?" frågade Alex, som red bredvid honom.

"Självklart. Lite kallt, bara." Will låtsades huttra lätt. "Vädret håller sannerligen på att slå om till höst, även så här långt söderut som vi är."

Alex var den sista personen han vågade prata med om sina känslor. Även om Alex och Marianne hade tillåtit Diana att tacka nej till Marios frieri, var det en värld av skillnad mellan en italiensk greve och en engelsk hertig, och det visste Will. För tusan, Alex hade ju nästan redan gett honom tillåtelse att fria till Diana! Om Will antydde att han ens övervägde det, skulle Diana säkerligen utsättas för ett visst tryck att acceptera honom, och det var det sista han ville.

Han suckade, manade fram ett litet leende mot Alex och fiskade i sin rock efter sitt paket med identitetshandlingar när de närmade sig den livliga stadsporten. Vakterna lät de flesta människor passera obehindrat, men de rätade på sig vid åsynen av en grupp resenärer på fina hästar med kvalitetsvagnar.

Alex och Will utbytte cyniska blickar. De hade redan lärt sig att några mynt i rätt händer fick allt att gå mycket smidigare, även om deras papper var i perfekt ordning. Om de ville komma in i staden, hitta sitt hotell och få sitt sällskap tryggt installerat i varma rum innan mörkret föll, var det dags att stoppa händerna i fickorna, eller sitta och vänta i timmar medan deras bagage genomsöktes efter 'kontraband' som inte kunde definieras exakt när de frågade vad exakt vakterna kunde tänkas leta efter.

Inom en timme stannade de framför det mycket storslagna Hotel Grande Albergo Imperiale vid Piazza del Nettuno, men en blick på den magnifika statyn av Neptunus som stod högt över en fontän på torget fick dem alla att genast glömma sin trötthet och iver att komma inomhus.

"Men Neptunus måste vara mer än tre och en halv meter hög!" förundrades Diana och gick mot statyn med ansiktet vänt uppåt och ögonen vidöppna av förundran. Will grep instinktivt hennes arm och fick henne att stanna, och en häst och vagn skramlade förbi och var nära att köra över hennes fötter.

"Åh!" Chockad ryggade Diana tillbaka och krockade med Wills bröst. Han drog henne skyddande intill sig innan han kom på sig själv och tog ett steg tillbaka för att skapa ett respektabelt avstånd mellan dem.

"Här, tillåt mig att eskortera dig över."

"Tack!" Hon såg lite chockad ut och höll hårt i hans arm när han mer försiktigt ledde henne över till fontänen. "Jag borde ha varit mer försiktig, men jag blev helt överraskad av statyn. Hur gammal tror du att den är?" Hon lutade huvudet bakåt igen för att blicka upp mot bronsjätten.

"Ungefär tvåhundrafemtiosju år", sa Will med oberörd min.

"Det var märkligt exakt!" Hon vände på huvudet för att se på honom, och han kunde inte hålla tillbaka sitt skratt när han pekade på de romerska siffrorna som var inristade i marmorkaret vid statyns fot.

”Åh, du är en fruktansvärd retsticka!” Hon skrattade dock, innan en plötslig rodnad steg upp på hennes kinder. ”Herregud. Det är en ganska *chockerande* skulptur, att stå på ett offentligt torg i ett katolskt land, tycker du inte?”

Will följde hennes blick och såg vad hon tittade på; vattennymferna i brons som omgav statyns bas avbildades när de kupade sina egna bröst, med vatten som sprutade fram från deras bröstvårtor. Neptunus själv var naken, kunde han se från den här vinkeln, även om hans privata delar var måttligt stora jämfört med en del annan konst han hade sett.

”För att vara en katolsk skulptur är den rentav hednisk”, instämde han och valde att kommentera det faktum istället för skulpturernas ganska erotiska natur. ”Men å andra sidan har mytologi alltid varit ett populärt ämne för konstnärer av alla slag.”

Alex hade nu lagt märke till nymfernas ganska explicita poser och förklarade hastigt att det började bli alldeles för kallt för damerna att vara utomhus, lade en bestämd hand på både Dianas och Clarissas axlar och marscherade dem mot hotellet. Med ett roat leende erbjöd Will sin arm åt Marianne, som helt uppenbart kvävde sitt skratt, och följde dem in i hotellets varmt välkomnande interiör.

# KAPITEL FEMTON

Morgonen därpå gav de sig iväg som grupp för att utforska Bologna. Ett fint regn hade börjat falla under natten, men de upptäckte snart att vädret knappt skulle påverka dem alls, eftersom varje gata i staden verkade vara kantad av portiker. De promenerade miltals under dem, beundrade de fina butikerna, besökte kyrkor och steg in på konstakademien, som Diana till sin besvikelse fann inte var överdrivet rikt försedd med skön konst.

När de var på väg tillbaka till hotellet senare på eftermiddagen var de två männen ivriga att besöka stadens högsta sevärdheter, två fyrkantiga tegeltorn, varav åtminstone ett var synligt från nästan vilken punkt som helst i staden.

”Det är ungefär trehundratjugo fot högt, har jag förstått”, sa Will när de slutligen närmade sig foten av det högre tornet. ”Det högsta tornet i Italien, men inte den högsta byggnaden – kupolen på Peterskyrkan når högre.”

”Det är inte rakt.” Diana lade huvudet lätt på sned och kisade. ”Inget av dem är det!” Trots att det mindre tornet bara var en tredjedel så högt tyckte hon att det faktiskt lutade ännu mer, och toppen krängde svindlande över deras huvuden där de stod vid dess fot.

Det fanns ett skomakarstånd precis innanför ingången till det högre tornet; mannen förklarade att han hade hand om byggnaden, som kallades Asinellitornet. De blev förvånade när de fick veta att det var ungefär sjuhundra år gammalt, men när Diana såg på den rangliga trätrappan som slingrade sig upp inuti byggnaden kunde hon mycket väl tro det.

Skomakaren talade om för Will att det kostade en liten slant att gå upp i tornet, och Will stack handen i fickan och fiskade fram några mynt. Han tittade ner på dem och höll på att välja ut några, uppenbarligen för att betala mannen, och utan att tänka sig för sträckte Diana ut handen för att röra vid hans arm.

"Åh Will, gör det inte", sa hon. "Inte nog med att tornet lutar, den där trappan ser inte det minsta säker ut. Snälla du." Hon lade sin lediga hand på bröstet i ett fåfängt försök att stilla hjärtat, som började bulta alldeles för snabbt av skräck vid tanken på att han skulle klättra upp för de skrangliga trappstegen, och kikade upp i det dunkla, dammiga mörkret. "Klättra inte upp dit. Jag skulle oroa mig för dig varje steg tills du var säkert nere igen."

Så fort hon hade talat färdigt insåg hon att hon hade gått för långt, att hon inte hade någon rätt att be honom att inte göra någonting. Hon förväntade sig fullt ut att han skulle skratta och avfärda hennes oro och blev förvånad när han hejdade sig och studerade henne ett ögonblick med sina slående, djupblå ögon. Och sedan valde han ut några mynt, släppte tillbaka de andra i fickan och betalade skomakaren.

"Tack för informationen, herrn. Jag tänker dock inte klättra idag."

"Det är en mycket fin utsikt från toppen", hävdade mannen och stoppade snabbt på sig mynten.

"Utan tvekan, men om några dagar ska vi bestiga Apenninerna, som är ännu högre, och där finns gott om fina utsikter." Med en sista blick uppåt gav Will Diana sin arm och eskorterade henne ut.

Hon var inte riktigt säker på vad hon skulle säga till honom. De hade knappt talat med varandra på flera dagar, men hon var helt säker på att han hade övergett sin plan att klättra upp i tornet enbart för att hon hade bett honom om det. Hon kände sig nu skyldig för att hon berövat honom det nöje han utan tvekan skulle ha fått av äventyret, även om den äckliga känslan i magen vid tanken på att han skulle gå uppför de förfallna trapporna åtminstone höll på att avta.

"Tycker du inte särskilt mycket om höjder?" frågade Will när de lämnade tornets dörröppning och klev åt sidan då en grupp unga män kom för att gå in, knuffandes på varandra och pratandes högljutt.

"Jag ogillar bara höjder om jag tror att det finns en verklig risk att falla. Erkänn, de där trapporna såg ganska förfallna ut!"

"Det gjorde de. Förvånande i ett land med ett överflöd av marmor och sten att bygga med, och med tanke på tornets ålder; man skulle ha trott att trapporna nu skulle ha ersatts med något mer rejält." Han lade sin hand över hennes där den vilade på hans ärm, och trots att båda bar handskar kände hon värmen från hans beröring. "Jag skulle ärligt talat inte ha tänkt två gånger på att klättra uppför dem, men jag skulle inte för ett ögonblick vilja göra dig orolig för min skull."

"Jag var fånig, och nu känner jag mig skyldig för att jag fick dig att gå miste om en intressant upplevelse", erkände Diana.

Will skrattade mjukt och skakade på huvudet. "Det är knappast något jag har sett fram emot hela resan, bara ett infall när jag hörde att det var möjligt att klättra upp! Du har dessutom förmodligen räddat mig från ömma ben imorgon. Femhundra steg upp och ner igen skulle vara ganska utmattande."

Hon accepterade hans beslut som fattat och tillät sig ett litet leende i gengäld. Clarissa kom då fram till Wills andra sida och tog hans andra arm, pladdrande ivrigt om allt de hade sett den dagen, och han vände sin uppmärksamhet mot henne eftergivet, och lämnade Diana ensam med sina tankar.

Åtminstone talade han med henne igen, och verkade faktiskt ha tagit hänsyn till hennes känslor när han ändrade sig om att klättra i tornet. Hon skulle få nöja sig med det. Hennes känslor var en hopplös härva när det gällde honom, men avståndet han hade skapat mellan dem sedan hon avböjt Marios frieri hade smärtat henne djupt.

När de gick tillbaka till hotellet längs ännu en av Bolognas långa portikförsedda gator, glada över taket eftersom regnet hade börjat falla mjukt, tillät Diana sig att hoppas att hennes vänskap med Will kanske kunde återupplivas. Om hon skulle försäkra honom om att han inte riskerade att hon skulle försöka snärja honom, behövde han inte längre bekymra sig om att hålla ett korrekt avstånd och de kunde vara otvungna med varandra som de hade varit tidigare.

"Jag ser verkligen fram emot att komma till Florens, gör inte du det, Clarissa?" Hon tittade över Will på sin syster och talade glatt när de närmade sig hotellet. "Morbror Alex säger att hans faster ser sig själv som en äktenskapsmäklerska och utan tvekan kommer att känna till ett antal lämpliga unga män som hon är ivrig att presentera för oss."

Will stelnade till, och hon sa snabbt: "Fast hon vet förstås inte ens att du följer med oss, Will, så du behöver inte frukta att hon kommer att ha en parad av unga damer redo att kasta efter dig."

"Det är inte det jag är orolig för", sa han. "Men jag trodde du hade bestämt dig för att inte gifta dig med en italienare?"

"När sa jag det? Bara för att Mario inte passade mig, det är en ganska förhastad slutsats." Hon gav honom en näsvis blick. "Han var yngre än jag, och på intet sätt redo att stadga sig. Han skulle ha blivit en fruktansvärd make."

Will bara stirrade på henne ett ögonblick, uppenbart förbluffad, innan han sa långsamt: "Så ... du är ivrig att hitta en make i Florens?"

"Tja, om jag gör det, är jag åtminstone försäkrad om att jag kommer att få göra mitt eget val", sa Diana. "Om jag återvänder till England ogift är mitt öde långt mer osäkert.

Min far är angelägen om att befästa relationerna med ett antal framstående lorder; två döttrar i giftasvuxen ålder är alldeles för användbara för att slösas bort.”

”Jag förstår”, sa Will tyst, och sedan var de framme vid hotellet, en lakej öppnade dörren för dem, och Will släppte hennes arm.

Diana kände en märklig känsla av förlust när han klev tillbaka och gav henne och Clarissa en artig liten bugning.

”Varför sa du så?” väste Clarissa åt henne när de två gick uppför trappan, på väg till sitt gemensamma rum.

”Sa vad?” Diana låtsades vara ovetande.

”Varför sa du till Balford att du tänker låta Alex faster para ihop dig med någon florentinsk adelsman?”

”För att jag inte har något emot om hon gör det.”

”Förutom det faktum att ditt hjärta redan är upptaget av en väldigt *engelsk* lord!”

”Som inte söker en hustru!” Diana vände sig mot sin syster, hennes egen smärta fick henne att hugga till. ”Vartenda ord jag sa var sanningen, Clarry! Du vet att om vi åker hem ogifta kommer far och mor inte att tillåta mig, åtminstone, den minsta valfrihet i saken. Och du kommer också att få tala snabbt för att övertyga dem att låta dig få en säsong!”

Clarissa stelnade till, med läpparna lätt isär. ”Du tror verkligen det”, sa hon långsamt.

"Mor gjorde det helt klart innan vi åkte." Diana sjönk ner på sängen. "Hon sa åt mig att hitta en make, annars skulle en hittas åt mig."

Efter ett ögonblick satte sig Clarissa bredvid henne. "Balford tycker mycket om dig", sa hon.

"Vi är vänner, det är allt. Han har gjort det helt klart att han inte letar efter en hustru, och som hertig har han vissa skyldigheter. Lady Elspeth antydde att han kanske skulle gifta sig med en österrikisk prinsessa, för Guds skull; jag är fullständigt olämplig!"

Clarissa sa inget mer, men hon lade armen om Dianas axlar och kramade henne närmare, och erbjöd tröst och systerlig solidaritet. Med en suck vilade Diana huvudet mot sin systers.

"Jag önskar att det vore annorlunda", uttalade hon sanningen i en mjuk viskning. "Jag önskar att han älskade mig som jag älskar honom. Att han skulle strunta i sina skyldigheter att gifta sig väl och välja mig."

"Hertiginna av Balford", Clarissa kysste henne på kinden. "Tänk dig det!"

"Åh, nej." Diana skrattade. "Nej. Han skulle faktiskt göra klokt i att inte välja mig. Jag skulle vara en fruktansvärd hertiginna."

"Du skulle vara helt magnifik", insisterade Clarissa lojalt, "och Balford är en dumbom om han inte väljer dig."

”Du får inte prata med honom om det, Clarry!” Diana, som kände sin frispråkiga syster alltför väl, grep Clarissas hand i sin och klämde den hårt. ”Du *får* inte. Lova mig!”

Clarissa suckade. ”Du gör ett misstag.”

”Lova mig.”

”Mycket väl, jag lovar.”

Diana fortsatte att stirra på henne tills Clarissa suckade igen och utvecklade. ”Jag lovar att jag inte ska tala med Balford om att jag tycker att du skulle vara den perfekta hertiginnan för honom, och att jag tycker att han borde gifta sig med dig så snart han bara kan ordna det.”

”Clarry!”

”Jag lovar att jag inte heller ska nämna något om att du är huvudstupa förälskad i honom.”

”Gud bevare mig från påträngande systrar!” Diana kunde inte låta bli att le. ”Allt kommer att bli bra, Clarry. Saker och ting kommer att ordna sig. Jag är säker på det.”

Clarissa såg inte så säker ut, men hon lutade sig tillbaka mot Diana. ”Om inget annat kommer den här resan att bli ett äventyr vi minns hela livet, eller hur?”

”Det kommer den sannerligen att bli.” Diana tittade ut genom fönstret i deras rum, rummet som vette rakt ut mot piazzan utanför, med den gigantiska statyn av Neptunus och hans vågade nymfer. ”Vi ska inte berätta för mor om just den utsikten, hm?”

Clarissa brast ut i fnitter och Diana log, nöjd med att hennes syster hade övergett ämnet. För tillfället, åtminstone.

# KAPITEL SEXTON

Två dagar senare var sällskapet åter på väg och lämnade Bologna för den sista etappen av sin resa till Florens. På flacka vägar hade det kanske varit möjligt att klara avståndet på en enda dag, men vägarna var långt ifrån flacka när de började bestiga Apenninerna, och man spände oxar framför vagnhästarna för att hjälpa dem uppför den branta stigningen.

De stannade vid den första bergstoppen för att med vördnad blicka ut över utsikten. Slätterna bredde ut sig framför dem, skimrande i morgonsolens ljus, och den muromgärdade staden Bologna såg nästan ut som en barnleksak från deras höga höjd. Vinden var bitande kall och Diana rös där hon stod bredvid vagnen. En mild beröring på hennes axel fick henne att vända sig om och se Will stå där och lägga en filt omkring henne.

"Du borde inte stå i vinden för länge", sa han. "Du kommer att bli förkyld."

"Herregud", muttrade Clarissa otåligt och inte alls tyst för sig själv. Trots att hon bara stod tre meter bort hörde varken Will eller Diana henne, båda alltför upptagna med att titta längtansfullt på varandra. ”Varför säger inte bara en av dem något?”

”De kommer dit tids nog”, sa Marianne på hennes andra sida, och Clarissa hoppade till. Hon hade inte hört Marianne komma fram till henne, hennes steg var så tysta. ”Lägg dig inte i, Clarissa. Jag vet att det är frestande att försöka hjälpa saker på traven, men du skulle kunna göra mer skada än nytta.”

”De är båda så dumma.” Clarissa rynkade pannan. ”Och nu ljuger Diana för honom.”

Marianne höjde på ögonbrynen. ”Om vad då?”

”Hon sa till honom att hon planerar att hitta en make i Florens, annars kommer våra föräldrar troligen att ha ordnat med någon hon måste gifta sig med när vi kommer hem!”

Suckande lade Marianne armen i Clarissas. ”Jag är ledsen att behöva säga det, min kära”, sa hon, ”men det är högst troligt att dina föräldrar har gjort just det. Varför skulle inte Diana få göra sitt eget val, om hon hittar en trevlig gentleman i Florens?”

”För att hon är kär i Balford!” Clarissa stampade med foten.

”En man som har gjort klart att han inte är redo att gifta sig”, påpekade Marianne vänligt.

”Han skulle ändra sig, om hon bara gav honom lite uppmuntran”, insisterade Clarissa envist. ”Du måste ju se hur han tittar på henne!”

"Jag har sett det, och Alex har pratat med honom om det, och hans svar var att han inte är redo att gifta sig."

"Var det?" Clarissas steg vacklade.

"Du måste lita på att vi vill ditt bästa, älskling." Marianne klämde hennes arm och manade henne att kliva in i vagnen igen. "Och du måste också acceptera att vi inte alltid är fria att följa våra hjärtan."

"Det är inte rättvist!"

"Vad är inte det?" frågade Diana och klev in från andra sidan.

Clarissa ville inte erkänna för sin syster att hon hade pratat med Marianne om Dianas romans med Balford - eller snarare, det totala misslyckandet med den - så hon hittade snabbt på ett klagomål om att hon inte skulle få gå på baler när de nådde Florens, eftersom hon fortfarande inte hade fyllt arton.

Diana höll genast med om att det inte var rättvist och vände sina bästa övertalningsargument mot Marianne, som gav Clarissa en sträng blick. Clarissa svarade med sin bästa oskyldiga min, medveten om att hennes faster inte var riktigt arg på henne.

De övernattade i en liten by vid namn Pietramala, där de ändå var tvungna att stanna eftersom det var platsen för Toscanas tullhus vid gränsen. Alex hade gjort efter-forskningar och upptäckt att det var den klart mest rekom-menderade platsen att stanna över natten på, eftersom det fanns ett mycket bekvämt värdshus där. De blev glada över att upptäcka att rapporterna stämde. Värdshuset hade gott om välutrustade rum och mjuka sängar, och värdshusvärdens fru var en utmärkt kock.

Som överallt annars där de hade varit i Italien var vinet både utmärkt och rikligt, och efter middagen insåg Diana att hon kanske hade druckit lite för mycket, när hon reste sig från sin stol och svajade till något.

”Jag tror jag skulle vilja ta en liten promenad ute innan jag går och lägger mig”, erkände hon, ”annars kommer jag att känna mig yr när jag lägger mig ner.”

”Var snäll och låt mig eskortera dig”, sa Will omedelbart och överraskade henne.

”Åh, jag är säker på att jag klarar mig själv, snälla, gör dig inget besvär”, sa hon, men han tog redan hennes hand för att lägga den på sin arm.

”Jag skulle vara försumlig i min plikt som gentleman om jag lät dig gå ut ensam i natten”, sa han, ganska milt. ”Även om vi blev försäkrade om att banditer inte längre hemsöker denna väg, är en vacker ung kvinna som vandrar omkring ensam en frestelse för varje man som kanske inte är överdrivet tyngd av moral eller samvete. Och tyvärr finns sådana män överallt.”

”Femton minuter, Balford”, sa Alex, ”och sedan måste jag komma och leta efter dig.”

”Det är ändå för kallt för att vara ute längre än så.” Will tog Dianas kappa från kroken vid dörren och höll fram den åt henne innan han ryckte på sig sin egen överrock.

Hon knöt hättans band under hakan och tänkte roat att hon knappast behövde skydda ansiktet från solen, men huvudbonaden kunde kanske hålla henne varm.

”Du ler”, noterade Will när han öppnade dörren och ledde henne ut. ”Vad är det som har roat dig?”

Hon flämtade till när en iskall vindpust träffade hennes kinder. ”Åh, inget av betydelse. Herregud, vad den är isig!”

”Verkligen.” Han stängde dörren bakom dem och tog hennes arm igen och ställde sig tätt intill. Som han stod misstänkte hon att han försökte skydda henne från vinden, men kylan fick henne redan att må bättre och motverkade vinets överhettande, sövande effekter.

”Låt oss gå mot kyrkan.” Hon pekade uppför den smala, kullerstensbelagda gatan. ”Det är bara några få steg; vi kan gå dit och tillbaka inom en kvart, med lätthet.”

Även om det var mörkt var vägen tydlig nog, gyllene ljus från ljus och eldar strömmade ut genom fönstren på husen som kantade gatan. Arm i arm gick de uppför den branta sluttningen till kyrkan och stannade på torget framför den.

”Tror du att det kan komma snö?” sa Diana och bröt tystnaden.

Will tittade upp och skakade sedan på huvudet. ”Det är kallt nog, men titta upp.”

Hon gjorde det och flämtade till vid synen av himlen, inte ett enda moln i sikte, stjärnorna så klara och täta i svärtan att det nästan verkade som om hela himlen brann i ett vitt ljus.

"Jag har aldrig sett stjärnorna så ljusa", viskade hon, nästan vördnadsfullt.

"Inte jag heller." Will vände sig något, fortfarande blickande uppåt, och på något sätt stod de nu bröst mot bröst, med Wills händer kupade om hennes armbågar medan de båda stirrade in i den svindlande uppsättningen av ljus ovanför dem.

Diana kände det som om hon drunknade i stjärnljuset, föll in i dess oändlighet, med Wills händer som det enda ankaret som höll henne kvar på jorden. Hon lutade sig instinktivt framåt, sökte mer kontakt, pressade sig mot honom, och han böjde ner huvudet för att titta på henne.

"Diana", sa han mjukt, hans röst ett lågt, hest muller, och sedan släppte han hennes armbågar.

För ett ögonblick vacklade hon, berövad hans stöd, men det var bara för ett kort ögonblick, för han hade bara släppt taget för att kunna slå armarna om henne och hålla henne så nära som hon någonsin varit en annan människa. Hon kunde knappt andas av närheten, och sedan glömde hon helt bort hur man andades, för Will böjde ner sitt huvud och pressade sina läppar mot hennes.

Hans mun kändes het, nästan brännande mot hennes kalla läppar, och hon frös till i total chock. Han drog sig omedelbart tillbaka, hans armar föll från henne så plötsligt att hon stapplade till.

"Herregud", sa han, hans röst hes och rå av känslor. "Jag är så ledsen. Jag menade inte att göra så, Diana... jag hoppas du kan förlåta mig."

Hon tog ett djupt andetag och försökte samla sig. Hon sa strängt till sig själv att det inte hade betytt något. Han var en ung man som hade befunnit sig ensam under stjärnorna med en ung kvinna. En kyss var fullkomligt naturlig under omständigheterna. Han ångrade det uppenbarligen redan nu, förtvivlad över att ha utnyttjat situationen, och möjligen väckt förväntningar hos henne som han inte hade för avsikt att uppfylla.

"Självklart är du förlåten." Hon ansträngde sig för att hålla rösten jämn, lätt och road. "Vi har båda druckit lite för mycket vin; jag känner mig nästan berusad av stjärnljuset! Låt oss gå tillbaka, dock. Annars kommer kanske min morbror och letar och får helt fel intryck."

"Självklart", sa Will med en besynnerligt neutral ton, och sedan tog han hennes arm och vände tillbaka mot värdshuset.

Kyssen, hur kort den än var, hade skakat Will i grunden. Berusad av stjärnljuset, hade Diana sagt, och det var precis så han hade känt sig, men det var berusad av hennes närvaro, av sättet hon hade lutat sig så tillitsfullt mot honom medan hon blickade upp mot den skimrande himlen. Hjälplöst under hennes förtrollning hade han betraktat hennes ansiktsdrags delikata perfektion och tappat besinningen helt.

Hennes läppar hade varit så mjuka under hans, hennes kropp så eftergiven när han drog henne intill sig, för det korta ögonblicket innan hon stelnade till och han kom till sans. En sekund till och hon skulle utan tvekan ha smällt till honom för hans djärvhet att stjäla en kyss. Allt han kunde tänka på var att be om ursäkt.

Tonen med vilken hon hade accepterat hans ursäkt och avfärdat kyssen krossade honom fullständigt. Det var uppenbart att hon inte tyckte att det var något särskilt; han var utan tvekan knappast den förste dumbommen som försökt stjäla en kyss från henne under stjärnorna. Mario hade säkert gjort precis samma sak!

Värdshusets dörr öppnades precis när de nådde den, och där stod Alex, uppenbarligen på väg ut för att leta efter dem. Han log och nickade gillande när han såg dem där.

"Bra. Marianne och Clarissa har gått upp, Diana, om du är redo att ansluta dig till dem."

"Ja", sa hon och släppte Wills arm. Hon gick iväg utan att säga godnatt, utan så mycket som en blick bakåt, och han ville sträcka ut handen och dra henne tillbaka, dra in henne i sin famn och smaka hennes mjuka läppar igen, ordentligt den här gången. Även om att göra det framför hennes morbror bara kunde leda till en enda slutsats.

"Jag tror jag promenerar lite till", sa Will till Alex och ignorerade den andre mannens frågande blick. "Jag är inte trött än."

"Jag går med dig", sa Alex, till hans förskräckelse. "Det känns synd att ha tagit på mig hatt och rock i onödan."

Säker på att han skulle bli utfrågad igen kunde Will inte slappna av när de båda gick tillbaka uppför den kullerstensbelagda gatan till kyrkan igen. Alex sa ingenting förrän de nådde torget, och då talade han till synes slumpmässigt, utan att titta på Will, utan blickade upp mot stjärnorna.

"Jag gjorde lite efterforskningar när vi var i Venedig. Eftersom Italien är ett katolskt land var jag nyfiken på hur två engelska medborgare som råkar vara protestanter skulle kunna vigas i en juridiskt erkänd ceremoni. Om en situation skulle uppstå där två sådana personer skulle vilja det, förstås."

Will var glad över mörkret. Det betydde att Alex inte kunde se den flammande röda färgen som hade svämmat över hans ansikte. Han sa ingenting, oförmögen att lita på sin röst.

"Det visar sig att allt ett sådant par behöver göra är att hitta en anglikansk kaplan - det finns ju en vid varje ambassad Hans Majestät upprätthåller - för att viga dem, och låta kaplanen ge dem ett certifikat att registrera när de återvänder till England, i International Memoranda som förvaras vid Doctors' Commons, vilket är ett register över födslar, vigslar och dödsfall för brittiska medborgare utomlands."

"Jag förstår", sa Will när Alex pausade meningsfullt, uppenbarligen i väntan på hans svar. Hans röst kom ut irriterande pipig, och han pressade ihop läpparna.

"Kostnaden för att registrera ett sådant dokument är ett pund. Vilket mycket väl kan överstiga medlen för vissa sjömän i Royal Navy eller en handelsflotta som har tagit fruar utomlands, förstås, men ligger förvisso väl inom en adelsmans medel vars arvinge måste vara otvivelaktigt legitim."

Will gav ifrån sig ett obestämt ljud i halsen.

Alex suckade, vände sig mot honom och talade mer rakt på sak. "Jag kan inte tvinga dig att gifta dig med henne, Balford. Men om du inte kan se att Diana Creighton är en fin ung kvinna som skulle bli en exceptionell hustru åt dig, är du en mycket större dumbom än jag tog dig för."

"Jag *ser* det", utbrast Will, oförmögen att hålla tyst en sekund längre. "Självklart gör jag det! Men jag skulle inte för allt i världen vilja att hon kände sig *tvungen* att acceptera mig."

"Aha." Alex ton förmedlade djup förståelse, och sedan sa han: "Men om du inte friar alls, kan hon ju inte acceptera, eller hur? Låt mig göra en sak klar. Min fru och jag skulle aldrig pressa Diana att acceptera någon hon inte av hela sitt hjärta ville gifta sig med. Som du utan tvekan förstår, kan detsamma inte sägas om hennes föräldrar."

Will nickade. "Ja, det gjorde hon klart när hon förklarade att hon ämnar söka en make i Florens."

"Sa hon...? Självklart gjorde hon det. Hon vill inte att du ska känna dig tvingad att fria."

Wills mun föll upp vid Alex torra iakttagelse. *Kan det verkligen vara sant?*

Alex iakttog honom skarpt. "Vi har ingen avsikt att berätta för Dianas föräldrar om greven av Bardolinos avvisade frieri. Eller om något annat frieri Diana kan få, om inte och förrän hon väljer att acceptera en friare."

Will stod stum och försökte tänka igenom konsekvenserna av vad Alex just hade berättat för honom. Markisen iakttog honom ett ögonblick till innan han klappade en stark hand på Wills axel.

"Jag förstår inte helt varför du inte redan har framfört ditt frieri, men ifall du väntade på mitt uttryckliga tillstånd, så har du det. Allt jag ber om är att om du inte tänker fria, att du när vi når Florens, taktfullt drar dig undan från vårt sällskap."

Chocken över förfrågan, tillsammans med en instinktiv avvisning, sköljde över Will. Han förstod naturligtvis varför Alex bad om detta - en ogift hertig som hängde kring Diana skulle troligen skrämma bort ett antal potentiella friare - men blotta tanken på att hålla sig undan för att lämna fältet fritt för en svärm av florentinska beundrare att uppvakta Diana fick honom att känna sig ganska illamående.

I det ögonblicket blev allt helt klart för Will. Han måste förklara sina avsikter, och så snart som möjligt, och göra det klart för Diana att det inte skulle bli några konsekvenser om hon skulle välja att avvisa hans frieri. Och om hon avvisade honom, ja, då skulle han göra som Alex hade begärt och hålla sig undan. Med ett brustet hjärta tvivlade han på att han ändå skulle kunna tillbringa en timme till i hennes sällskap.

"Nåväl, med min underbara fru som väntar på mig, går jag och lägger mig." Alex släppte hans axel. "Frys inte ihjäl här ute medan du bestämmer dig."

# KAPITEL SJUTTON

WILL SOV DÅLIGT, MEN inte för att han fortfarande brottades med sitt beslut eller på grund av någon bristande bekvämlighet i värdshusets sängar. Nej, han låg vaken halva natten och stirrade ut genom det lilla fönstret på de klara stjärnorna medan han planerade exakt hur han skulle kunna få vara helt ensam med Diana för att tala för sin sak, och repeterade precis vad han skulle säga när han väl fick chansen.

Det var först tidigt på morgonen han till slut somnade. När Alex betjänt kom in för att väcka honom i tid för deras planerade avfärd steg han dock upp, fylld av ny energi och spänd inför den kommande dagen. En sak hade han förvisso bestämt sig för: han skulle fria till Diana innan de nådde Florens följande dag.

Vid frukosten insåg han förstås att det första han var tvungen att göra var att övervinna den extrema stelhet som hans dumdristiga stulna kyss kvällen innan hade skapat. Diana ville inte ens se på honom, utan kurade ihop sig i ett hörn och höll sig klistrad vid Clarissa. Bäst att inte pressa på, bestämde Will, när hans glada morgonhälsning bara möttes av ett mumlande svar och en nedslagen blick. Han skulle finna ett tillfälle att tala med henne i enrum senare under dagen.

Vägen genom bergen fortsatte att vara brant och stenig, även om Will tyckte att vägarna var ganska väl underhållna. De hade kunnat tillryggalägga resten av avståndet till Florens på en dag, men de hade blivit informerade om att det fanns en intressant sevärdhet kallad Monte di Fò, en riktig vulkan som det var möjligt att gå ända fram till. Även om den bara låg någon kilometer från vägen fanns det ingen stig som var framkomlig ens till häst, och det var en ganska besvärlig klättring genom klipporna för att nå platsen. Värdshusvärden från Pietramala hade skickat med sin tonårige brorson som guide, och pojken hoppade och skuttade mellan klipporna smidig som en bergsget.

Will höll ett vakande öga på Diana och hoppades nästan att hon skulle bestämma sig för att hon behövde hans hjälp, men hon och Clarissa verkade ganska bekväma med att hjälpa varandra över klipporna och stenarna på stigen tills de slutligen nådde toppen av kullen och såg ner i den gapande öppningen.

"Åh", sa Diana besviket. "Jag förväntade mig att se brinnande orange lava ... herregud! Såg du det där?"

Will hade sannerligen sett det, en stöt av flammande gas som kom ur öppningen så nära att de kunde känna hettan. Han kastade sig instinktivt fram, i avsikt att dra undan Diana, men hon hade redan tagit ett steg tillbaka och dragit Clarissa med sig.

”Usch, det stinker ruttna ägg!” ropade Clarissa och backade snabbt. De två systrarna skrattade och flyttade sig till ett säkrare (och mindre illaluktande) avstånd.

Lättad över att Diana inte längre stod så nära öppningen gav Will efter för sin egen nyfikenhet och gick lite närmare. Den lokale pojken stod nästan vid kanten av öppningen och verkade inte tro att han var i någon fara, så Will gick också fram för att titta. Åtminstone tills han råkade titta upp på Diana och såg henne stirra på honom med samma blick som hon hade haft vid foten av tornet i Bologna, när hon hade bett honom att inte klättra uppför den förfallna trappan.

*Hon är rädd för min skull*, tänkte Will, och sedan, med en blixtsnabb insikt, insåg han: *hon är rädd för att hon bryr sig om mig.*

Utan att tveka ett ögonblick flyttade han sig från öppningen och gav Diana ett lugnande leende. Hennes leende tillbaka var ett av lättnad, innan hon hastigt såg bort och undvek hans blick igen.

*Hon bryr sig om mig.* Han bar med sig den insikten som en skatt hela vägen tillbaka till vägen. Det kanske inte var den desperata kärlek han kände för henne, men han var övertygad om att de kunde bygga ett äktenskap grundat på vänskap och ömsesidig respekt, ett mycket bättre sådant än vad de flesta adliga någonsin skulle få uppleva.

Vädret försämrades under den fortsatta resan, och när de nådde värdshuset i Le Maschere där de planerade att övernatta regnade det kraftigt. Genomblöt och irriterad klev Will ner från sin våta och trötta häst och lämnade den tacksamt över till en stalldräng innan han gick in i förhoppningen om att varma bad hörde till de bekvämligheter värdshuset kunde erbjuda.

Ett varmt bad blev verkligen snabbt tillgängligt, följt av en utmärkt middag bestående av löksoppa toppad med smält ost, kaninpaj, bräserade oliver och en utsökt pastarätt med en kryddig sås på bönor och tomater, allt serverat med ännu mer förträffligt italienskt vin. Hungrig från dagens ansträngningar åt Will glupskt, rensade sin tallrik och tog tacksamt emot en andra portion.

Diana satt längst bort vid bordet från honom, och rummet var bara upplyst av några få ljus, så det var inte förrän han slutligen hade lagt ifrån sig besticken som han lade märke till att hon knappt hade rört maten framför sig, utan bara skjutit runt den på tallriken med gaffeln.

"Diana", sa han, "mår du riktigt bra?" Normalt sett åt hon ganska hjärtligt och uttryckte sin förtjusning över att prova lokala delikatesser.

När hon höjde blicken mot honom lade han märke till att den var glasartad. Hon var blek, och hennes hand darrade när hon förde den till pannan.

"Jag ... jag är inte riktigt ..." sa hon, och sedan fladdrade hennes ögonlock till och hon gled viljelöst från sin stol och landade i en klumpig hög på golvet.

Än en gång var Will för långsam för att fånga henne, men när han hoppade upp från sin stol och skyndade till hennes sida svor han att han aldrig skulle svika henne igen. Han lyfte upp henne i sina armar och tryckte en hand mot hennes panna, förskräckt över att upptäcka att hon brann av feber.

Mariannes hand var precis bredvid hans, och markisinnans ögon mötte hans med delad insikt. "Bär henne till hennes rum", instruerade Marianne, och Will nickade och reste sig upp, hållande Diana tätt mot sitt bröst.

Alex tog ett steg fram och gjorde en gest som för att ta Diana själv, och Wills armar slöts hårdare om henne. "Jag har henne", sa han och försökte hålla rösten stadig. "Snälla du", tillade han.

Alex backade utan ett ord och gick för att öppna dörren för honom, gick före honom uppför trappan och öppnade en annan dörr för att släppa in Will i Dianas rum. Marianne hade ropat på sin kammarjungfru och Jean var redan där och bäddade ner sängen så att han kunde lägga ner Diana, innan hon bestämt motade ut honom.

"Ta reda på om det finns en läkare här", sa Marianne när hon svepte förbi honom, och sedan stängdes dörren framför näsan på honom och han stod ensam kvar utanför.

Alex tröstade en förtvivlad Clarissa i salongen där de hade ätit; Will tittade in på dem en kort stund innan han gick för att leta efter värdshusvärden.

"En läkare?" Mannen skakade på huvudet och såg nästan road ut. "Inte i Le Maschere. I Florens."

"Hur långt är det?" Will var fullt beredd att sitta upp på sin häst och hämta en läkare.

”Sexton kilometer, men ni kommer inte att lätt hitta en läkare från staden som är villig att komma hela vägen hit ut. Men det finns nunnorna i klostret Bosco ai Frati; det ligger bara tre kilometer härifrån. De kommer, på morgonen.”

”Om vi skickar vagnen, skulle de komma ikväll? Lady Diana är mycket sjuk.”

Värdshusvärden ryckte på axlarna. ”Kanske. För en donation till deras orden.”

Will tänkte inte två gånger utan sträckte sig in i sin rock och drog fram sin börs. Han öppnade den och tömde hela innehållet på disken; en rejäl hög med guld och lite silver klirrade när mynten slog mot varandra. ”Skulle det räcka?”

Värdshusvärdens ögon spärrades upp. ”Jag tror att det skulle vara tillräckligt, mylord”, sa han med en lätt kvävd röst.

”Bra.” Will skyfflade tillbaka pengarna i börsen och tryckte den i mannens hand. ”Du följer med mig, för att övertyga dem. Nu går vi.”

Kusken var inte särskilt glad över att bli uppjagad från det bekväma rummet ovanför stallet där han hade installerat sig, men löftet om extra betalning fick honom slutligen upp på fötter, muttrande och skällande order till stallpojkarna när de selade på hästarna igen. Hästarna såg, om möjligt, ännu mindre imponerade ut än kusken över att behöva ge sig ut i regnet igen, nu dessutom i mörkret. Värdshusvärden tog dock fram flera extra vagnlyktor, och snart for de fram genom natten mot klostret, medan Will viskade tysta böner om att hans "donation" skulle vara tillräcklig för att övertyga nunnorna att komma.

Han hade inte behövt oroa sig. Uppenbarligen var hans oroliga min och stammande böner tillräckliga, för abbedissan tittade inte ens i börsen han räckte henne, utan vände sig bara om för att ge tecken åt ett par akolyter som skyndade iväg utan att ett ord behövde sägas.

Inom en halvtimme var de på väg tillbaka till värdshuset igen, den här gången med två nunnor sittande på det främre sätet, med en stor korg med medicinska förnödenheter fastkilad på golvet mellan deras fötter.

Det fanns ingen chans att Will skulle bli insläppt i Dianas rum, men lika omöjligt var det för honom att sova innan han fått några nyheter om hennes tillstånd. Han bad om en flaska vin och satt ensam i skänkrummet, smuttade på vinet och misslyckades med att koncentrera sig på boken han höll i knät.

Någon gång efter midnatt hörde han rörelse på övervåningen, dörrar som öppnades och stängdes innan allt tystnade igen. Sedan, några minuter senare, kom fotsteg nerför trappan och Marianne smög in i skänkrummet.

"Alex sa att han trodde att du fortfarande var vaken här nere." Hon såg på vinflaskan framför honom, hämtade en annan bägare från disken, hällde upp åt sig själv och tog en rejäl klunk. "Jag var redan ganska säker innan systrarna anlände på att Diana lider av influensa, men jag är tacksam för att du hämtade dem. De är skickliga sjuksköterskor och kommer att ta väl hand om henne."

”Jag borde inte ha hållit henne ute i kylan igår kväll”, oroade sig Will, men Marianne skakade på huvudet åt honom och satte sig vid bordet mittemot.

”Åh, jag är övertygad om att hon inte smittades igår kväll. Kammarjungfrun som städade rummen på hotellet i Bologna hostade och nös ganska förfärligt den dagen vi reste, och Diana insisterade på att ge henne några mynt; jag vågar påstå att hon smittades då och att det är först nu som tecknen visar sig. Skyll inte på dig själv ett ögonblick, Balford.”

Hennes ton var så saklig att Will inte kunde annat än att tro henne. ”Hon blev sjuk så snabbt”, sa han. ”Hon verkade må bra i morse, när vi stannade för att titta på vulkanen.”

”Sådan är influensan.” Marianne drack lite mer vin. ”Hon sov visserligen en stor del av eftermiddagen i vagnen.”

”Hur sjuk är hon?” Will kunde inte ge röst åt frågan han egentligen ville ställa; om han uttalade orden skulle de kännas mer som en möjlighet. Ändå kände han hur orden hängde i luften mellan dem. *Kommer hon att dö?*

”Jag tänker inte skräda orden, eller ge dig falska förhoppningar”, sa Marianne och såg honom rakt i ögonen. ”Hon är mycket sjuk, och vi vet båda att influensan kan vara dödlig. Även om detta är ett tillräckligt bekvämt värdshus, är det ingen plats att vårda henne på, så i morgon bitti kommer vi att göra henne så bekväm vi kan i vagnen och fortsätta.”

”Det är sexton kilometer till Florens, sexton kilometer på dessa bergsvägar, vilket kommer att ta timmar!”

"Jag är tillförlitligt informerad om att vägen är utmärkt härifrån. Vi kommer att vara där på under tre timmar, och Alex kommer att rida i förväg för att låta personalen förbereda ett sjukrum för vår ankomst."

Det fanns inte mycket Will kunde säga; Marianne hade uppenbarligen fattat sitt beslut och han hade inget inflytande över det. Han bestämde sig omedelbart för att han skulle vara där för att eskortera damerna på morgonen och sa det, vilket Marianne tackade honom för.

"Då är det bäst att du försöker få lite vila", sa hon och tömde det sista av sitt vin och ställde ner bägaren. "Vi ger oss av så tidigt vi kan."

Will nickade, medveten om att hon hade rätt. Han borde gå och lägga sig och försöka sova.

Han visste också att han inte skulle göra annat än att stirra upp i taket tills morgonen kom.

# KAPITEL ARTON

DE GAV SIG INTE av så tidigt som Marianne hade velat, men ett par timmar efter gryningen kallade hon upp Will för att bära ner Diana till vagnen. Inlindad i en filt såg hon blek ut, men feberrosor brann scharlakansröda på hennes kinder och hennes ögon var matta.

"Det här är ett sådant besvär", sa hon när Will lyfte upp henne i sina armar. "Jag är säker på att jag kommer att må bra om en dag eller två."

"Det hoppas jag verkligen." Hon kändes liten och lätt när Will försiktigt bar henne nerför trappan och ut till den väntande vagnen. Hennes huvud föll mot hans axel som om hon kämpade mot sömnen, och hennes ögonlock gled igen.

Det var besvärligt att klättra in i vagnen med henne, men kammarjungfrun Jean väntade därinne och hjälpte till att få Diana på plats på det framåtvända sätet, med kuddar och dynor staplade på hög för att göra det bekvämt för henne.

Både Marianne och Clarissa såg ut som om de sovit dåligt, men de lyckades båda le mot Will när han hjälpte dem upp i vagnen. De två nunnorna från klostret stod vid sidan av och såg på. Will tog sig tid att gå fram och tacka dem översvallande för deras hjälp innan han steg upp på sin häst och följde efter vagnen när den skramlade ut från värdshusgården.

Will blev mycket lättad när han upptäckte att Mariannes information om vägen till Florens stämde: en mycket kort tid efter att de lämnat Le Maschere övergick den bergiga vägen till en mycket mjukare väg som slingrade sig genom låga kullar innan den öppnade sig mot den vackra Arnodalen, med bördiga fält, olivlundar och vingårdar runtomkring och magnifika palats och villor överallt man såg.

De åkte inte in i själva Florens utan runt staden på norra sidan för att nå Villa Ginori, där Alex faster bodde. Villan, som låg på en tätt skogbevuxen sluttning, var en oansenlig, lång byggnad i tre våningar som visade sig vara betydligt större än den såg ut vid första anblicken, då de upptäckte att den var byggd i en kvadrat och därmed fyra gånger större än den först gett intryck av.

Alex faster Elizabeth, Contessa Ginori, väntade på dem tillsammans med Alex mor Lady Glenkellie och en veritabel armé av tjänare. Will fick ingen möjlighet att erbjuda sig att bära in Diana; hon hade svepts bort innan han ens hunnit sitta av, och han fick följa efter sällskapet in. En tyst, gråhårig man i en mycket fin kostym hälsade på honom och visade sig vara Conte Ginori, husets ägare.

”Lord Glenkellie följde med en av mina tjänare för att hämta doktorn”, förklarade greven och visade in Will i ett vackert möblerat bibliotek. ”Vi har avsatt norra flygeln av huset för ert sällskaps bruk. Det är en otäck influensa som har härjat i höst. Jag hoppas att den unga damen tillfrisknar snabbt."

"Tack", sa Will och nickade när greven lyfte ett glas och en karaff mot honom med höjda ögonbryn. Klockan var inte ens tolv, men han tog ändå emot glaset med konjak och svepte det, njutande av den brännande känslan i halsen. "Jag är ... Lady Diana är mig mycket kär. Allt som kan göras ..."

Greven nickade, och ett förstående uttryck syntes i hans ansikte. "Jag förstår. Var förvissad om att hon kommer att få all den vård och uppmärksamhet vi kan erbjuda."

"Tack." Till sin skam kände Will tårarna sticka bakom ögonen. "Tack så mycket."

"Ni ser utmattad ut." En vänlig hand lades på hans axel. "Jag ska låta en tjänare visa er till ert rum ... och visa er var Lady Dianas rum är. Bekymra er inte om att umgås med oss; inta era måltider på ert rum om ni vill, tills hon är bättre."

Den äldre mannens vänlighet och förståelse gav Will en klump i halsen. Oförmögen att tala utan att hemfalla åt ett mycket omanligt känsloyttring nickade han bara och gav ifrån sig ett hummande ljud, men han var ganska säker på att greven förstod vad han menade. Med ännu ett milt leende gick Ginori till dörren och kallade in en lakej som väntade utanför.

Diana hade aldrig känt sig så sjuk i hela sitt liv. Hon hade känt sig trött och vagt illamående när de reste till värdshuset i Le Maschere, men det var inte förrän de satt sig för att äta och hon inte hade någon aptit ens för den läckra maten som dukats fram, som hon insåg att hon faktiskt kunde vara sjuk. Hon hade tänkt dra sig tillbaka tidigt, men rummet snurrade högst oroande när hon försökte resa sig, och det nästa hon visste var att hon svagt var medveten om att Will lade ner henne på en säng och sa något om att hämta hjälp.

Världen löstes upp i en het, suddig dimma av obehag. Hennes hud kändes spänd och het, hennes huvud värkte och hon var öm i halsen. Hon började hosta och kunde inte sluta.

Svagt medveten om att Marianne, Clarissa och Jean pysslade om henne, klädde av henne och fick på henne ett nattlinne, och att Clarissa grät när hon baddade Dianas panna med svala trasor, trodde Diana att hon drömde när två nunnor dök upp klädda i mörka dräkter och vita dok. En av dem kikade in i hennes ögon medan den andra pratade italienska alldeles för snabbt för att hon skulle hänga med, men lyckades på något sätt förmedla sin mening till Jean, som satte igång och hjälpte till att förbereda ett te.

Teet var sött, tjockt av honung, och smakade citron och ingefära, även om inte ens det kunde dölja den underliggande bitterheten av pilbark. Nunnorna hjälpte Diana att sitta upp och fick henne att dricka allt. När koppen var tom kunde hon inte hålla ögonen öppna och de lät henne lägga sig ner och sova.

Hon kände sig faktiskt lite bättre när morgonen kom, särskilt efter att nunnorna gett henne ytterligare en kopp av sitt helande te. Marianne förklarade att de planerade att fortsätta till Villa Ginori där de kunde få en läkare att titta på Diana och göra det bekvämare för henne; hon var inte i stånd att protestera även om hon hade velat.

Will såg blek och orolig ut när han kom in för att bära ner henne. Hon blev plötsligt medveten om att hon fortfarande bar sitt nattlinne, även om hon också hade en morgonrock på sig och var tätt inlindad i en filt. Hennes bara fötter stack fram nedtill, och hon kände sig märkligt sårbar när han höll henne tätt mot sitt bröst. Hon var ganska säker på att han inte var medveten om att han rörde vid hennes ansikte med handen i en öm gest när han satte henne på sätet i vagnen, men hon bevarade den beröringen nära sitt hjärta långt efteråt och dröjde vid den även i djupet av febern som rasade under de följande dagarna. Hon höll hårt i hoppet om att han kanske faktiskt brydde sig om henne.

Vagnfärden till Villa Ginori var eländig, varje gupp i vägen förvärrade värken i hennes kropp och smärtan i hennes huvud, men den varade inte alltför länge och snart låg hon i en ljuvligt bekväm fjädersäng i ett ljust, luftigt rum, med tjänare som pysslade om henne. Marianne uppmanade henne att dricka mer av nunnornas te, och hon svalde det lydigt, trots att hennes ömma hals gjorde det svårt att svälja.

Clarissa berättade för henne efteråt att hon hade sovit i nästan hela fem dagar, även om Diana mindes lite av det. En dag vaknade hon dock och fann sig på en okänd plats, med Clarissa hopkurad och sovande på en extrasäng bredvid hennes säng, och en kammarjungfru som sydde i en stol vid fönstret.

Halsen kändes fortfarande raspig och öm, men huvudet var klart. Diana såg sig omkring och tog in rummet, de gula brokadgardinerna som var uppbundna vid fönstren, med utsikt över en grön sluttning utanför. Olivlundar, tänkte hon, grågröna under en mulen, grå himmel.

Inne i rummet var det varmt, en brasa sprakade i den öppna spisen. Diana undrade vad klockan var; det syntes ingen sol, men hon visste inte ens åt vilket håll hennes fönster vette. Hon försökte harkla sig försiktigt; kammarjungfrun hoppade till och tappade sitt sömnadsarbete, skyndade sig fram till sängen och levererade en skur av italienska lite för snabbt för Diana att uppfatta i det ögonblicket.

Kammarjungfruns pladder väckte dock Clarissa, som genast hoppade upp och gav ifrån sig ett lättat rop när hon såg Diana vaken, och föll över henne i en innerlig omfamning.

Diana blev förskräckt när hon fick veta att Marianne hade insjuknat ungefär två dagar efter henne och blivit sängliggande; även om hon lyckligtvis inte hade varit lika sjuk som

Diana, vilade hon fortfarande under Alex stränga övervakning.

"Och Balford har stått utanför din dörr varje dag och bett om en uppdatering om ditt tillstånd", sa Clarissa illmarigt och iakttog Dianas min när hon sakta smuttade på en kopp kycklingbuljong. "Han har varit helt utom sig av oro."

Diana övervägde och förkastade ett antal svar på sin systers retsamma kommentar innan hon bestämde sig för att spara på krafterna. Det var ju trots allt inte som om Clarissa faktiskt hade ställt henne en fråga.

"Han har bara lämnat villan en enda gång sedan vi anlände, tror jag", fortsatte Clarissa och iakttog henne fortfarande noga. "Han åkte in till Florens för att hitta en bank och lösa in en bankväxel."

Diana kunde inte se varför den informationen var det minsta intressant och ryckte på axlarna.

"Det visar sig att han spenderade varenda öre han hade på sig i Le Maschere. Han gav en donation till klostret där han fann nunnorna som kom för att ta hand om dig. De blev helt förbluffade. Det var lika mycket pengar som de normalt skulle få in på ett halvår."

Det fick Dianas ögon att vidgas, och hon undrade om hon kunde skylla den avslöjande rodnaden som kröp uppför hennes kinder på att febern var på väg tillbaka. Hon gömde så mycket av sitt ansikte hon kunde genom att ta en till klunk av buljongen.

Kammarjungfrun hoppade upp för att öppna när det knackade på dörren. Hon höll den på glänt så att den som stod utanför inte kunde se in i rummet.

Clarissa skyndade sig också upp, tog tag i en sjal som låg över en stolsrygg och svepte den om Dianas axlar. Hon slätade till Dianas hår, men Diana kunde se på den missnöjda minen på Clarissas mun att det inte fanns mycket att göra med det; om hon hade varit sängliggande i fem dagar skulle det inte finnas det minsta spår av lockar kvar i hennes naturligt spikraka hår.

"Låt bli, Clarry. Och våga inte nypa mig i kinderna!" väste hon.

"Du är lika blek som ditt sänglinne! Åh, nåväl." Clarissa flinade åt henne. "Jag är helt säker på att han inte kommer att bry sig."

"Du tänker väl inte släppa in honom!" Diana lade en hand över munnen för att kväva ett litet skrik när Clarissa gick fram till kammarjungfrun vid dörren, sa några ord till kvinnan innan hon svängde upp dörren på vid gavel och släppte in Will i rummet.

Han tog tre snabba steg mot sängen innan han hejdade sig och stannade tvärt. Hans händer knöts vid sidorna, fingrarna spändes, och hans överkropp lutade sig framåt som om han desperat ville fortsätta fram till hennes sida. För att ta henne i sina armar? Diana sa till sig själv att hon var fantasifull.

"Balford", sa hon, medveten om den stirrande kammarjungfrun vid dörren. "Jag förstår att jag har er att tacka för att ni hämtade de goda systrarna för att ta hand om mig den första natten."

Han skakade på huvudet. "Det var ingenting. Jag är ... det är skönt att se dig vaken och se så mycket bättre ut. Du skrämde oss rejält."

"Det var helt oavsiktligt", försökte hon säga, men en hostattack kom över henne mitt i meningen.

Clarissa skyndade oroligt tillbaka till hennes sida, men Diana viftade bort henne.

"Du måste vila", sa Will medan hon försökte hämta andan för att kunna tala igen. "Jag ber om ursäkt för att jag tränger mig på, min oro ... nåväl. Jag är ledsen. Jag ser er utan tvivel när ni är på fötter igen." Han bugade sig, mycket korrekt, och backade undan innan hon hann tänka ut något att säga för att få honom att stanna.

Det fanns förstås inget hon hade kunnat säga i alla fall, insåg Diana när han hade gått och hon låg tillbakalutad mot kuddarna, utmattad av att bara ha suttit upp en så kort stund. Att Clarissa hade släppt in honom i hennes rum, om än bara för ett så kort ögonblick, var långt utanför anständighetens gränser, något Will måste ha vetat. Om Clarissa berättade för någon – eller om kammarjungfrun skvallrade! – kunde Will tvingas att fria till Diana för att undvika att hennes rykte blev irreparabelt skadat, något hon var säker på att han skulle göra, då hon hade lärt känna hur djupt hederlig han var under deras vänskaps utveckling.

Diana var ärlig nog att erkänna, om så bara för sig själv, att hon inte skulle bli alltför förtvivlad om Will fann sig tvingad att fria till henne. Däremot, tänkte hon när hon kurade ner sig igen i den varma sängen och slöt sina tunga ögonlock, skulle hon oändligt mycket hellre se att han friade till henne för att han ville det. För att hans känslor för henne var så intensiva att han inte kunde tänka sig att gifta sig med någon annan.

Med andra ord, för att han älskade henne som hon älskade honom.

# KAPITEL NITTON

Även om Diana kände sig mycket bättre sedan den första dagen hon vaknade, upptäckte hon snart att hon inte var så stark som hon trodde. Clarissa ville inte höra talas om att hon skulle stiga upp ur sängen förrän tidigast nästa dag och även då vägrade hon blankt att låta kammarjungfrun hämta en klänning som Diana kunde ta på sig.

"Om du kan gå till stolen vid fönstret på egen hand blir jag mycket förvånad", sa Clarissa och pekade.

Det kunde inte vara tio steg till den angivna stolen, och Diana fnös, svingade ner fötterna från sängen och tog det första steget.

Hon var bara halvvägs dit när hennes ben började kännas mycket underliga och vek sig under henne på ett ganska alarmerande sätt. Lyckligtvis var Clarissa beredd på det och slog en stödjande arm om hennes midja för att hjälpa henne när hon stapplade till stolen och sjönk ner i den.

"Säg inte 'vad var det jag sa', är du snäll", sa Diana när hon lyckats få tillräckligt med luft för att få fram orden.

"Jaha då." Clarissa log snett när hon svepte en tjock filt över Dianas knän. "Contessa Ginori varnade mig, måste jag erkänna. Hon sa att ni skulle vara mycket svag och trött i flera dagar till."

"Jag har sällan känt mig så fullkomligt förfärlig", erkände Diana. Hon vilade huvudet mot stolens vadderade ryggstöd. "Men jag känner åtminstone inte att jag kommer att somna när som helst. Vilken vacker utsikt det här är! Har du haft möjlighet att se dig omkring, Clarry? Säg mig att du inte har suttit vid min sängkant hela tiden."

"Självklart inte", sa Clarissa. "Jag har varit i min egen säng här bredvid ganska regelbundet." Hon skrattade när Diana rynkade pannan åt henne. "Jag skulle ändå inte vilja gå på upptäcktsfärd utan dig, Di. Du blir snart bättre och då kan vi gå tillsammans. Med Balford, som är ivrig att eskortera oss, eftersom morbror Alex är upptagen med moster Marianne." Hon lutade sig närmare med en förtrolig min. "Jag tror att moster Marianne kanske väntar barn. Jag hörde doktorn prata med morbror Alex och han gav helt andra instruktioner för hennes vård än för din."

"Jag trodde du sa att hon inte var lika sjuk som jag har varit?"

"Det är hon inte, men morbror Alex är ändå fast besluten att linda in henne i bomull!" Clarissa log brett. "Vi låter dem berätta för oss när de själva är redo, eller hur?"

Det dröjde inte länge förrän uttråkningen började göra sig påmind för Diana; hon var uppenbarligen inte stark nog att klä på sig och gå ner, men att vara instängd på sitt rum gnagde på henne. Inte ens när Clarissa hämtade hennes teckningsmaterial och uppmuntrade henne att rita den vackra utsikten från fönstret kunde det hålla kvar hennes uppmärksamhet särskilt länge.

Till sist, under ett av sina dagliga besök i villan, förklarade doktorn henne fullt återställd, och Diana tilläts ta på sig en klänning och gå ner, där hon slutligen träffade deras värd, en gemytlig, farfarsliknande man som klappade hennes hand och sa åt henne att inte ägna det en tanke när hon bad om ursäkt för besväret att ha dykt upp i hans hus svårt sjuk.

Lady Ginori och änkegrevinnan Glenkellie välkomnade henne med öppna armar och förklarade att de hade smitt planer för en mängd underhållning för att Diana och Clarissa skulle få träffa "alla deras charmiga unga vänner!" och var så förtjusta över att de nu kunde skrida till verket.

Att protestera hade varit fullständigt lönlöst, så Diana log, tackade dem behagfullt och sa att hon hoppades att de inte planerade något alltför ansträngande ännu, eftersom hon trodde att hon kunde bli trött snabbare än hon skulle önska.

Dörren till salongen där de äldre damerna höll hov svängde upp och släppte in en lång gestalt som rörde sig lite för hastigt för att det skulle se elegant ut; Will kom in i rummet och stannade tvärt när allas blickar vändes mot honom. Han hejdade sig, samlade sig uppenbarligen och bugade sedan.

"Ursäkta att jag tränger mig på, mina damer. Jag hörde ett rykte om att lady Diana var uppe på benen och var tvungen att se efter själv."

”Så roande”, mumlade lady Glenkellie, och båda de äldre damerna vände sig om för att titta på Diana, som återigen fick kämpa för att hejda rodnaden.

”Som ni ser, ers nåd, är jag helt återställd. Jag tackar er för er omtanke.”

”Verkligen.” Will stod stilla ett ögonblick, uppenbart obeslutsam, innan han klev fram och drog fram en stol bredvid henne. ”Nåväl, jag är mycket glad att se det. Jag har saknat ert sällskap. Och ert också, förstås, lady Clarissa”, tillade han, en uppenbar eftertanke som fick Clarissa att fnissa bakom handen.

”Har ni sett mycket av Florens än?” frågade Diana glatt i ett försök att styra in samtalet på oskyldigare spår och förekomma de spekulationer hon såg växa i de äldre damernas ansikten. ”Jag är mycket ivrig att se Galleria dell'Accademia och Michelangelo Buonarrotis staty av David; även de konstnärer som har gjort skisser säger att de inte kan göra dess skönhet rättvisa med penna och bläck.”

”Jag har hittills begränsat mina upptäcktsfärder till promenader runt Villa Ginori.” Will bugade lätt i contessans riktning. ”Även om greven har försett mig med en lång lista över sevärdheter att besöka, och även ställt en vagn och kusk till vårt förfogande. Så snart ni känner er frisk nog att gå ut ska vi besöka Gallerian och ni får betrakta David så mycket ni bara vill.”

”Kanske en mindre ambitiös utflykt skulle räcka till att börja med”, föreslog lady Ginori, ”varför eskorterar ni inte lady Diana på en kort promenad i trädgården, Balford? Stanna ni här, fröken”, sa hon till Clarissa. ”Jag har några frågor till er, om vad precis era föräldrar tänkte på när de lät en flicka i er ålder flacka runt i Europa! Om ni vore min dotter skulle ni fortfarande vara i skolrummet!"

Diana anade att lady Ginori inte menade ett ord av vad hon sa till Clarissa, som log tillbaka mot den äldre kvinnan, obesvärad. Det verkade faktiskt mycket uppenbart att de skapade ett tillfälle för henne att vara ensam med Will. Hon tvekade, men det gjorde inte han, utan reste sig genast.

"Ska jag skicka en piga att hämta er kappa och hatt, lady Diana?"

Eftersom hon inte hade den blekaste aning om var hennes kappa och hatt kunde förvaras, nickade hon och följde med honom ut i hallen, där sakerna snart införskaffades, tillsammans med Wills slängkappa och höga hatt.

"Du måste tala om för mig så fort du börjar bli trött", sa Will när de lämnade villan och gick ner för fyra breda trappsteg till en krattad grusgång.

"Det ska jag", sa Diana, utan att nämna att hon redan var ganska trött. Hon kunde gå en bit, resonerade hon, och Will verkade benägen att gå långsamt. Stödjande sig på hans arm andades hon in den svala, friska höstluften och log, vände hon ansiktet mot solen.

Hon var för blek, tänkte Will, och hon hade gått ner betydligt i vikt; hennes klänning verkade lös på henne. Fräknarna hon hade fått under den heta italienska sommaren framträdde skarpt i hennes vita ansikte, men hennes bruna ögon lyste åtminstone klart, och leendet i hennes ansikte var en lättnad att se. Han hade varit sjuk av oro för henne; att Diana blev sjuk precis när han erkände sina känslor för henne hade fått honom att inse precis hur mycket han älskade henne.

Will hade ägnat den senaste veckan åt att öva in flera olika versioner av passionerade tal där han förklarade sig för Diana och bad henne att gifta sig med honom, men när de gick tillsammans i Villa Ginoris trädgårdar kunde han för sitt liv inte minnas ett enda ord av något av dem.

Istället fann han sig själv rabbla meningslösa plattityder om vädret och trädgårdarna. Diana nickade instämmande och sa inte mycket förrän de kom ut mellan några höga häckar till en liten glänta. En fontän i mitten gav ifrån sig ett mjukt porlande av vatten.

”Åh, så charmigt”, sa Diana mjukt, och när Will fick syn på en bänk frågade han om hon kanske ville sitta en stund.

”Ja, tack. Inte för att jag är trött”, tillade hon, tyckte han, lite för hastigt. ”Men det här är en väldigt vacker plats. Titta på fontänen; vem tror du att den gudinnan ska föreställa?”

”Med pil och båge?” Vattnet strömmade fram från pilens spets, och sprutade även i fina strålar runt den vita marmorgudinnans fötter. ”Hon kan förstås inte vara någon annan än din namne, Diana.”

Hon rodnade lite. ”Det skulle kunna vara den grekiska gudinnan, Artemis.”

”I Italien?” Han höjde på ögonbrynen. ”Förmena inte damen hennes rätt.”

Diana skrattade, tittade bort och sedan tillbaka på statyn. ”Det är faktiskt en vacker skulptur. Värdig att stå på ett museum eller galleri. Det verkar nästan synd att hon står här i en privat trädgård; jag undrar hur många som någonsin har sett henne? Titta på hennes pil och båge också; brons, tror du?”

”Verkligen”, instämde han, och tänkte att metallen var välpolerad trots vattnet som ständigt rann över den. Han misstänkte att det fanns åtminstone en av trädgårdsmästarna vars jobb inkluderade att noggrant rengöra och polera statyn minst en gång i veckan.

”Det verkar som om det vid varje vändning i Italien finns ett nytt underbart konstverk att uppskatta. Och det är när landskapet i sig inte är bedövande vackert för ögat.” Hon viftade med en hand och inneslöt sluttningen som steg bortom trädgårdarna, med Apenninerna som tornade upp sig gråa i fjärran. ”Jag måste ta med mig mitt skissblock hit ut”, mumlade hon, nästan för sig själv, och Will undrade om hon ens hade glömt att han var där.

"Allt handlar om hur man ser på det", sa han, och Diana vände sig mot honom med rynkad panna.

"Vad menar du?"

"Någon annan skulle kanske titta på det här och tycka att det är ganska ordinärt, bara ännu en fontän i en trädgård, men du tar dig tid att titta lite längre, och dina ögon hittar något speciellt."

"Exakt!" Hon log strålande mot honom.

"Det påminner mig faktiskt om dig."

Hon rynkade pannan åt honom igen, uppenbart förbryllad.

"Jag tror att jag kanske är taktlös igen", sa Will, medveten om att han var det, eftersom varje ord av hans inövade vackra tal helt hade undgått honom och han hittade på detta medan han talade, "men hur ofta har du inte sagt till mig att du tycker att du är alldaglig, inget speciellt med dig?"

"Tja, men det är jag ju", sa Diana med ett litet skratt, "det är inte alls taktlöst av dig, bara observant."

Han skakade på huvudet. "Jag håller absolut inte med. Under dessa senaste månader i ditt sällskap har jag kommit att inse att du är den i särklass mest extraordinära dam jag har bekantskap med."

Hon såg förvånad ut, och rodnade sedan och slog ner blicken. "Vad vänligt av dig att säga så. Jag värderar vår vänskap mycket högt, Will; ärligt talat, jag kunde aldrig ha föreställt mig när jag såg dig i Venedig och blev så förskräckt över att känna igen dig, hur nära vi skulle bli.”

”Jag har aldrig haft en kvinnlig vän förut”, erkände Will, ”men även jag värderar vår vänskap.”

”Det är synd att vi inte kan fortsätta som vi har gjort när vi återvänder till England.” Hon gav honom ett sorgset litet leende. ”Vi kommer att vara mycket mer begränsade; du av kraven på din rang och jag av allt som förväntas av en ogift ung dam som ännu inte har gjort ett gott parti. Om jag gör mer än att erkänna dig som en bekant kommer jag att stämplas som lättsinnig, eller kritiseras för att jag jagar dig och siktar mycket högre än en jarls dotter borde våga se.”

”Jag trodde att du inte planerade att återvända till England?” sa Will, tillfälligt distraherad från sin tankegång av hennes tal. ”Jag trodde du planerade att hitta en make här i Florens?”

Diana tittade bort, tillbaka på statyn av gudinnan. ”Diana, jägarinnan”, sa hon mjukt. ”Kanske hon skulle kunna gå ut och jaga en make, men jag tror inte att jag har det i mig. Kanske jag bara borde åka hem till England och låta mina föräldrar välja, när allt kommer omkring. De älskar mig, det är jag säker på; de kommer att välja noggrant och ta hänsyn till mina önskemål.”

”Gör det inte”, sa han, förskräckt.

”Inte åka hem?” Hon log vemodigt. ”Jag kan knappast stanna i Italien för alltid och tränga mig på hos avlägsna släktingar tills jag har nött ut min välkomst.”

”Det var inte det jag menade.” Han sträckte ut handen, tog hennes handskbeklädda hand i sin, och flätade samman deras fingrar. ”Följ med mig.”

Hon tittade nyfiket på honom med fint välvda ögonbryn. ”Vart? Har du planer på att resa längre bort?”

”Nej, jag har varit borta länge nog”, erkände Will. ”Det väntade brev på mig när jag anlände till Florens, från min styvmor, som klargjorde att jag måste återvända hem, och snart. Faktum är att det ligger ett av Royal Navys fartyg i hamnen just nu, med en kusin till mig som kapten, som uppmanar mig att vara ombord när han seglar i slutet av veckan.”

”Jaha.” Hon sänkte blicken. ”Och det skulle finnas hytter tillgängliga för vårt sällskap också?”

”Det är jag säker på att det skulle, men jag talar bara om dig, Diana.” Han klämde försiktigt hennes fingrar. ”Jag klantar till det här fruktansvärt, men sanningen är... Jag står inte ut med tanken på att lämna dig kvar. Vi kan gifta oss på ambassaden innan vi åker, hålla en mottagning när vi anländer till London...”

Han tystnade, för hennes mun hade fallit upp och hon stirrade på honom i vad som helt klart var total överraskning. Innan hon hann tala fann han sin röst och lyckades äntligen säga vad han tänkte, berätta sanningen han hade hållit inom sig i veckor.

”Jag vill inte åka hem utan dig. Jag kan inte föreställa mig mitt liv utan dig i det, Diana; säg att du gifter dig med mig.”

# KAPITEL TJUGO

DIANA KUNDE INTE FÅ fram ett enda ljud. Chocken höll henne orörlig, och hon stirrade på Will, som varsamt höll hennes hand mellan sina och innerligt såg på henne medan han väntade på hennes svar.

"Jag ser att jag har varit ännu sämre på att visa dig hur mycket jag tycker om dig än jag själv insett", sa han slutligen med ett bittert leende på läpparna, "för det är uppenbart av din reaktion att döma att du inte alls hade förväntat dig mitt frieri."

"Jag vågade aldrig drömma", lyckades hon viska till slut och skakade på huvudet.

"Jag tror att jag blev kär i dig redan innan vi lämnade Venedig", erkände Will.

Diana förde en darrande hand till munnen, och tårarna började välla fram i hennes ögon. "Åh, *Will*", flämtade hon, och han stönade högt, lutade sig fram, flyttade hennes hand från munnen och kysste henne.

En salig evighet passerade, eller kanske var det bara en minut eller två, innan Will lyfte på huvudet och såg ner på henne. Diana klängde sig fast vid honom med ögonen fortfarande slutna, och hon ville inte släppa taget av rädsla för att den underbara drömmen skulle ta slut.

"Sa du ja?" frågade han med låg och lite hes röst.

Hon skrattade och öppnade till slut ögonen. "Inte än, men jag trodde nog att den kyssen gjorde saken självklar? Men ja, om du behöver höra mig säga det. Vi måste dock be min morbror om lov ..."

"Det har jag redan fått", erkände Will.

Diana kände hur ögonbrynen for i höjden. "Frågade du honom?"

"Faktiskt inte, men jag tror nog att alla utom du har en ganska klar uppfattning om mina känslor för dig. Långt innan jag själv hade det. Lord Glenkellie klargjorde för mig för några dagar sedan att han inte skulle ha några invändningar om jag bad om din hand och du valde att tacka ja." Han kupade ömt hennes kind i sin stora hand. "Han sa också till mig att valet skulle vara ditt, att varken han eller lady Glenkellie hade för avsikt att pressa dig att tacka ja till mig. Eller ens, om du skulle tacka nej till mitt frieri, låta någon utanför vårt sällskap få veta att erbjudandet hade gjorts."

Diana blinkade bort tårarna och insåg hur stor tilltro Alex och Marianne hade till hennes omdöme. "Jag tror att de också hade en ganska klar uppfattning om hur jag kände för dig", erkände hon, "även om jag har försökt att undertrycka det. Jag ville fortsätta att ogilla dig; det skulle ha varit så mycket lättare om du verkligen var den tanklösa, arroganta tölp jag först trodde att du var!"

"Jag var tanklös och arrogant", erkände han, "åtminstone tills du visade mig hur fel jag hade."

Hon skakade på huvudet, trädde sin hand genom hans armkrok och drog försiktigt i honom för att få honom att gå med henne tillbaka mot huset. "Du sörjde din far och försökte undvika att kastas in i en situation du inte var redo för, och jag var det bokstavliga förkroppsligandet av dina rädslor. Jag har för länge sedan förlåtit dig för dina handlingar."

"Du är för god." Han lyfte hennes hand och tryckte en kyss mot hennes handskbeklädda fingertoppar. Den kärleksfulla värmen i hans ögon fick henne att darra till, beviset på hans känslor var en chock när hon så länge hade hållit sina egna känslor inom sig.

"Vad händer nu?" frågade hon när de gick uppför trappan för att åter gå in i villan.

"Vem ska vi berätta för först, menar du? Jag vågar påstå att de äldre damerna såg varje sekund av vår interaktion från salongsfönstren."

Diana rodnade vid blotta tanken på att deras kyss hade bevittnats, och hennes steg vacklade. Ett ögonblick senare slogs en dörr upp i närheten, följt av ett snabbt tassande av fötter, och Clarissa kom rusande runt hörnet i en högst odamlig fart innan hon kastade sig om halsen på Diana och omfamnade henne.

"Jag visste det, jag visste att han skulle fråga! Det tog dig lång tid", sa hon och gav Will en förebrående blick innan hon kramade Diana hårt igen. "Är du lycklig?"

"Lycklig är ett alldeles för milt ord för hur jag känner mig", skrattade Diana och besvarade Clarissas entusiastiska omfamning. "Jag är överlycklig, extatisk, i sjunde himlen."

"Vi måste gå upp och berätta för moster Marianne", sa Clarissa, grep tag i hennes hand och drog i henne. "Skynda dig! Nej, vänta, gör inte det, du vill inte bli trött för fort. Balford, varför bär du inte upp henne för trappan?"

"Självklart", sa han godlynt och lyfte lätt upp Diana från golvet. "Och eftersom vi ska bli bror och syster tycker jag att du ska börja kalla mig Will."

"Då måste du kalla mig Clarry." Clarissa log strålande mot honom innan hon började gå uppför trappan före dem. "Jag springer upp och ser om moster Marianne tar emot besök!"

"Hon kommer inte att ta emot mig, så jag ska ta ett litet snack med din morbror", konstaterade Will tyst medan han följde efter Clarissa uppåt. "Det var för övrigt han som undersökte hur vi lagligt skulle kunna gifta oss här. Men jag erkänner att jag, sedan vi anlände hit till Florens, har tagit mig tid att ta reda på namnet på kaplanen vid den brittiska ambassaden och skriva till honom. Jag fick svar igår att han mer än gärna viger engelska medborgare och förser oss med ett intyg som vi kan ta med till Doctors' Commons när vi återvänder till London."

"Du har verkligen tänkt igenom allt det här", sa Diana förundrat.

"Diana, jag har försökt komma på ett sätt att be dig gifta dig med mig sedan innan vi nådde Bardolino. Att se

Mario försöka uppvakta dig var en ren tortyr, särskilt när jag trodde att du faktiskt kunde välkomna hans uppmärksamhet!”

”Åh, nej.” Hon skrattade tyst och lutade huvudet mot hans axel. ”Jag hade omöjligt kunnat tacka ja till honom … inte när mitt hjärta redan tillhörde dig.”

”Om vi inte var halvvägs uppför en trappa skulle jag kyssa dig igen för det där”, konstaterade han, vilket fick henne att fnittra.

De kom fram till dörren till den svit som paret Glenkellie använde, vilken stod öppen; Alex stod precis innanför med armarna i kors och ett brett leende på läpparna.

”Det tog dig lång tid”, sa han till Will, som stönade när han försiktigt satte ner Diana på fötterna.

”Inte du också! Jag kunde väl knappast storma in hos henne när hon låg sjuk och fria!”

”Låt honom vara, morbror Alex”, tillrättavisade Diana. ”Han kom till saken till slut, även om han just har erkänt för mig att det har gått nästan två månader sedan han bestämde sig.”

Will slog ut med händerna och skrattade. ”Jag erkänner; jag är en segskalle som borde ha lyssnat på er alla tidigare!”

”Bara du inser det”, sa Diana näpet, innan hon klämde hans arm och smet iväg genom den andra dörren in i sovrummet på Alex gest.

Marianne var uppe ur sängen, såg Diana med glädje, och satt i en fåtölj vid brasan med en filt över knäna. Hennes röda hår var samlat i en lös fläta som hängde över axeln och hon var lite blek, men leendet hon gav Diana när hon kom in var strålande. Hon sträckte ut handen mot Diana och sa med en aning hes röst:

”Kära lilla flicka ... jag erkänner att Alex såg dig och Will från fönstret, så jag har redan en aning om varför du är här.”

”Åh, nej.” Diana sjönk ner på en fotpall vid Mariannes fåtölj och täckte sitt rodnande ansikte med händerna. ”Såg *alla* oss?”

”Jag misstänker att du blev skickad till just den delen av trädgården av en anledning.”

Diana gav ifrån sig ett olyckligt kvackande ljud i händerna, vilket fick Marianne att skrocka och klappa henne lätt på håret. ”Det skulle bara vara ett problem om du inte ville gifta dig med Balford, min kära ...”

”Men det vill jag!” utropade Diana genast och lyfte ansiktet för att se upp på sin moster. ”Jag älskar honom innerligt.”

”Att se er två bli kära i varandra har varit höjdpunkten på den här resan.” Marianne rörde ömt vid Dianas kind. ”Han är allt jag kunde ha önskat dig, och jag tror att han kommer att göra dig mycket lycklig.”

Diana kände tårarna rinna nerför kinderna. Hon fiskade upp sin näsduk ur fickan och torkade bort dem. ”Han är en god man", viskade hon. "Jag hade fel om honom i början."

"Alla kan missförstå varandra, särskilt efter ett första möte som gick så katastrofalt som ert. Det är ett bevis på era båda karaktärer att ni var villiga att lyssna och förstå varandra när ni tvingades umgås igen; det hade varit lätt att hålla fast vid ert agg som sura barn, men det gjorde ni inte. Jag är mycket stolt över hur du agerade, Diana. Du kommer att bli en magnifik hertiginna."

"Det är det enda jag inte riktigt har kommit till ro med än", erkände Diana. "Hertiginnedelen."

Marianne, tidigare grevinna och nu markisinna, log mot henne. "Jag är inte orolig alls. Av allt jag har observerat om att vara hertiginna, gör man helt enkelt som man vill och ingen vågar kritisera en i alla fall."

"Det skulle vara trevligt, om det är sant!" Diana funderade på det. De enda hertiginnor hon hade träffat, insåg hon, var Wills styvmor – och det mycket kort, på den katastrofala balen där hon hade svimmat vid Wills fötter – och här i Italien, de tre generationerna Franchetti-hertiginnor, av vilka endast Valentina hade en levande hertig. Och ja, tänkte Diana, alla dessa hertiginnor gjorde precis som de ville, utan att verka bry sig om vad någon i deras omgivning kunde tycka om deras handlingar. Till och med Valentina, som var en helt ny hertiginna, var fullständigt obekymrad över andras åsikter.

"Jag tror verkligen inte att någon har vågat säga något kritiskt om mig sedan jag blev markisinna", konstaterade

Marianne. "Även om det kan ha något att göra med att Alex ser skrämmande ut mot alla som skulle våga!"

"Eller kanske ryktena om att du verkligen utkrävde gudomlig hämnd på min far genom att låta en svan attackera honom efter att han hade varit oförskämd mot dig", sa Diana med oberörd min, och Marianne såg chockad ut för ett ögonblick innan hon brast ut i gapskratt.

"Folk säger väl inte så på riktigt? Å, herregud!"

Diana bestämde sig för att inte nämna att hon hade hört ryktet upprepas i salonger vid minst tre tillfällen innan hennes familj lämnade London. Istället skrockade hon med Marianne ... och funderade på hur rang medförde privilegier som en smart kvinna kunde använda till sin fördel.

Mariannes skratt avbröts så småningom av en hostattack, som lindrades med några klunkar vatten. "Du borde gå ner", sa hon till Diana när hon kunde tala igen. "Annars kanske du upptäcker att min svärmor och lady Ginori har arrangerat ditt bröllop efter eget tycke och du kommer inte att ha något att säga till om alls."

"Det gör mig faktiskt inget", erkände Diana och fann till sin förvåning att det var sanningen. Som de flesta unga kvinnor hade hon alltid haft vaga drömmar om ett storslaget bröllop med en vacker klänning och en beundrande folkmassa, men nu när brudgummen var bestämd, insåg hon att inget av det andra spelade någon roll. Ja, hon skulle vilja ha en vacker ny klänning och Clarissa vid sin sida, men om nödvändigt skulle hon gifta sig med Will klädd i trasor, på kajen framför skeppet som skulle ta dem tillbaka till England.

"Det gläder mig att höra", sa Marianne med en skarp blick. "Enligt min erfarenhet har unga kvinnor som fastnar i detaljerna kring bröllopet oftast inte tänkt så mycket på själva äktenskapet, som varar mycket längre."

"Jag har tänkt mycket på hur det skulle vara att vara gift med Will", erkände Diana.

"Har du, minsann?" Marianne höjde på ögonbrynen. "Nåväl, en dag snart ska vi ha ett samtal om äktenskapet."

Diana rodnade en aning och förstod att hennes moster talade om äktenskapssängen. "Det skulle jag uppskatta", sa hon. "Min mor berättade inte mycket för mig. Bara vad jag skulle se upp för när det gällde att undvika rucklare!"

"Användbar kunskap, men inte allt du behöver veta." Marianne strök henne över kinden igen. "Det finns inget du egentligen behöver oroa dig för, min kära. Will älskar dig, och jag är fullständigt övertygad om att han kommer att behandla dig med den kärleksfulla respekt du förtjänar."

# KAPITEL TJUGOETT

NÄR DIANA BEGAV SIG nerför  trappan fann hon lady Ginori och den äldre lady Glenkellie mycket riktigt fullt upptagna med att planera bröllopet, med Clarissa som villig medhjälpare. Will satt bredvid och såg en aning förbryllad men inte missnöjd ut. Han reste sig när Diana kom in i rummet och gick emot henne med ett så förtjust ansiktsuttryck att hon kände sig varm i hela kroppen.

”Där är du ju. Är din moster glad för vår skull?”

”Överlycklig.” Hon tog emot hans erbjudna händer och klämde dem lätt medan hon blickade upp i hans vackra ansikte. Det var en sådan lättnad att kunna visa sina känslor, att inte behöva dölja dem bakom en enbart vänskaplig fasad.

Hovmästaren kom in för att anmäla en besökare, som visade sig vara kapten Fordham från Hans Majestäts skepp *Swiftsure*. Wills kusin, upptäckte Diana snart när Will presenterade henne som sin fästmö och Fordham såg kortvarigt chockad ut innan han bugade sig vördnadsfullt över hennes hand.

Diana såg kapten Fordham snegla på henne i smyg lite senare medan han samtalade med Will, med pannan veckad i uppenbar förvirring. Hon fick den fruktansvärda känslan att han frågade ut Will om vad exakt det var som gjorde Diana lämplig att bli nästa hertiginna av Balford, och av kaptenens min att döma verkade det uppenbart att han sannerligen inte var imponerad av hennes utseende.

Euforin hon hade känt efter frieriet höll på att avta för att ersättas av en vag känsla av panik. Kapten Fordham var bara den första av Wills högt uppsatta släktingar som skulle se på henne på det där förvirrade sättet och undra vad exakt Will såg i henne, varför han skulle välja henne när han kunde gifta sig med bokstavligen vilken dam han ville.

En kyla for genom Diana och hon gned sig över armarna. Ögonblicket därpå var Will vid hennes sida, tog en sjal från ryggstödet på en schäslong och lade den om hennes axlar. ”Du får inte bli förkyld igen”, mumlade han lågt. ”Den här dagen har varit mycket för dig, med tanke på att du precis har lämnat sjukbädden. Jag har begärt för mycket av dig.”

Clarissa var på väg mot dem med en bekymrad min, och Diana lät sig övertalas att gå upp och vila före middagen. Hon var dock fast besluten att återvända till sällskapet för måltiden och insisterade på att Clarissa skulle hjälpa henne att ta på sig en vacker klänning och sätta upp hennes hår.

Will kom tillbaka till hennes sida så fort hon kom in i salongen, med ett brett leende. Han bar på något i sina händer, såg hon, en vackert intarsia-prydd träask.

"Den här är till dig", sa han. "En förlovningsgåva, även om jag måste erkänna att jag köpte den i Venedig med dig i åtanke ... kanske kan den här hjälpa dig att tro på att du har funnits i mitt hjärta hela tiden."

Hon tog emot asken från hans händer, öppnade den och gapade när hon såg vad som låg inbäddat i remsor av finstrimlat papper, en blågrön och silverfärgad glasdelfin. Den hade exakt samma färg som örhängena hon just då bar och kunde bara komma från glasbruket i Murano som de hade besökt, den dagen då de hade stått på bron över kanalen och han hade föreslagit att de skulle resa med deras sällskap.

"Åh, Will", viskade hon, full av vördnad. "Har du verkligen beundrat mig ... ända sedan dess?"

"Längre." Han strök ömt en fingertopp mot hennes kind så att den snuddade vid hennes örhänge. "Om din moster inte hade köpt de här åt dig, skulle jag ha gjort det och listat ut ett sätt att ge dem till dig."

"Så du köpte den här till mig istället?" Hon såg nyfiket upp på honom. "Vad skulle du ha gjort med den om jag hade gift mig med Mario?"

"Krossat den i ett raseriutbrott, skulle jag tro", sa han med ett snopet leende.

Instinktivt höll Diana asken närmare sig. "Nå, jag är väldigt glad att du inte gjorde det!"

"Vad har du där, Diana?" mullrade Alex, kom fram och lutade sig över hennes axel för att titta. "Men se där, den är väldigt vacker!" Med en glimt i ögat noterade han att den fina skulpturen var en perfekt matchning till hennes örhängen. "Du har burit den lång väg, Balford."

Will såg generad ut, men mötte Alex blick stadigt. "Någon del av mig visste, redan i Venedig", sa han, "att mitt hjärta oundvikligen var hennes."

"Om ni bara hade skrivit till hennes nåd hertiginnan och låtit henne veta det", sa kapten Fordham torrt och kom fram till dem. "Hon har varit upptagen med att väcka societetens aptit och talat om för alla att den kommande säsongen är den då ni kommer att välja en brud. Varje dam med en dotter som ska göra debut smider planer på att fånga er. De kommer att rasa när ni återvänder till England redan gift."

Will bara ryckte på axlarna och visade fullkomlig likgiltighet. Diana ryggade tillbaka vid tanken på det troliga mottagandet i London. Alla de besvikna mödrarna skulle utgöra en väldigt ovänlig välkomstkommitté.

Kapten Fordham verkade intresserad av att lära känna henne, eller snarare att fråga ut henne om hennes familjebakgrund. Hon hävdade sig, hoppades hon, men att vara en earls dotter var sannerligen inget att skämmas för, även om hennes far nyligen hade ärvt titeln efter sin farbrors bortgång.

"Jag har inte träffat den nye earlen", konstaterade Fordham. "Blev er far uppfostrad som arvinge, då, eftersom den förre earlen inte hade någon son?"

”Nej, den förre earlen hoppades ända fram till sin död fortfarande på att avla en son.” Diana smög en ursäktande blick på Alex, som log uppmuntrande mot henne. ”Min far utbildade sig vid Cambridge och studerade juridik, innan han praktiserade som advokat i Durham. Han hade inga förväntningar på titeln.”

”Jag förstår.” Fordham snörpte på munnen. Hon kunde nästan höra honom tänka: *en advokats dotter, uppfostrad till att bli hertiginna?*

”Men ni vet ju hur det är”, sa Diana med ett frågande leende. ”Endast en direkt arvtagare kan unna sig lyxen av ett liv utan att behöva skapa sin egen väg. *Kapten*.”

Fordhams ögon vidgades, och sedan bugade han sig lätt för henne och erkände träffen. I ögonvrån såg Diana Wills stolta leende. Hon uppskattade också att han inte hade ingripit, utan låtit henne hantera Fordhams sonderingar själv. Att ha lyckats med det stärkte hennes självförtroende avsevärt.

Kaptenen stannade på middag och kom efteråt för att sitta bredvid Diana i salongen. Han var ganska trevlig den kvällen, tyckte hon, och lättade upp lite för att prata om sitt fartyg när hon frågade honom om det.

”Och när måste ni segla till England?” frågade hon.

”Senast i slutet av veckan.” Han gav henne en allvarlig blick. ”Jag tror att min kusin hoppas att åtminstone ni och han kommer att vara ombord, om han lyckas hitta en kaplan som kan förrätta vigselceremonin för er innan dess.”

”Åh, den saken har vi redan löst”, avbröt lady Ginori dem. ”Ambassadören är en god vän till oss. Ginori skickade redan en not till honom för att be om kaplanens tjänster. Vi har blivit informerade om att fredag morgon passar alldeles utmärkt för oss alla att besöka kapellet och se kära Balford och Diana gifta sig. Om ni inte har något emot det, förstås, min kära”, sa hon till Diana, uppenbarligen som en eftertanke.

”Jag är tacksam för er hjälp och ert inflytande i saken, mylady, och fredag morgon passar mig alldeles utmärkt”, sa Diana sanningsenligt.

Lady Ginori strålade glatt mot henne. ”Jag är helt *förtvivlad* över att vi inte har tid att ordna en brudutstyrsel åt er, men lady Glenkellie och jag ska besöka ett par sidenmagasin och hitta några sidestyger som ni kan ta med er tillbaka till England, så att ni kan låta sy upp några nya saker när ni anländer. Nej, nej, jag vill inte höra några invändningar”, hon höll upp en hand när Diana började protestera. ”Jag tvivlar inte på att Balford med glädje kommer att skämma bort er, men ni måste ha åtminstone ett par saker som ingen annan i London kommer att kunna matcha!”

Diana hade inget annat val än att tacka och ta emot, samtidigt som hon försökte förlika sig med tidsramen för sitt bröllop, bara tre dagar bort. Och sedan skulle hon och Will gå ombord på *Swiftsure* för att återvända till England. När Diana insåg att hon inte ens visste om Marianne och Alex planerade att återvända tillsammans med dem, ursäktade hon sig och gick till andra sidan rummet för att sitta bredvid sin moster.

Marianne, som var i samtal med greven, sträckte ut handen, tog Dianas och klämde hennes fingrar. Den vänlige äldre gentlemannen, som såg att Diana uppenbarligen var ivrig att fråga sin moster något, tog sig bara ett ögonblick för att avsluta samtalet och gå vidare, och lämnade dem ensamma.

"Bröllopet är bestämt till på fredag, verkar det som", anförtrodde Diana henne.

"Jaså? Och är du glad över det? Det är väldigt snart", sa Marianne mjukt.

"Ja." Om det hyste hon inga som helst tvivel. "Men att återvända till England så snart ... det tycker jag är lite nervöst. Och jag undrade ... kommer ni att följa med oss?"

Marianne nynnade lite för sig själv och sneglade över rummet mot Clarissa som satt vid pianofortet och spelade en finstämd melodi för att underhålla sällskapet. "Alex och jag diskuterade det, men ... nej. Inte just nu. Jag tror att jag kan vara med barn", hon höll rösten mycket låg, "och mår alldeles fruktansvärt illa. Jag har blivit försäkrad om att det borde gå över om några veckor, men tanken på en sjöresa just nu är helt outhärdlig. Vi kommer att stanna i Florens i några veckor, åka till Rom på besök, och kanske se till att återvända till England i vår."

"Och Clarissa?" sa Diana, men hon visste redan svaret. Marianne skulle låta Clarissa välja själv, och Diana kunde inte föreställa sig att hennes syster skulle välja att återvända till England tidigare än hon var tvungen. Friheten de åtnjöt i Italien var för stor för att frivilligt ge upp för något mindre än den sortens kärlek Diana hade funnit med Will.

Följande morgon förebådade ett klatter av hovar och hjul utanför hennes fönster att en vagn kördes fram, och inom några minuter skyndade Clarissa in i Dianas rum med ett brett leende på läpparna.

"Skynda dig och klä på dig! Will säger att eftersom du snart ska resa, finns det ingen tid att förlora!"

"Tid att förlora?" frågade Diana och sträckte sig efter den närmaste klänningen som hängde i garderoben.

"För att se Florens, förstås. Vi ska besöka Uffizierna idag!"

Självklart skulle Will ta henne till Uffizierna. Han visste hur mycket hon hade sett fram emot att se den legendariska konstsamlingen där inne. Hon såg upp i hans ansikte när han hjälpte henne upp i vagnen och log, och hans kärleksfulla leende tillbaka kommunicerade att han visste exakt vad hon tänkte.

Med Clarissa som förkläde tillbringade de tre en underbar dag med att vandra genom Uffiziernas magnifika samling. Will betalade till och med intendenten för att de skulle få tillträde till Vasarikorridoren för att se ett antal konstverk som sällan sågs av allmänheten, och korsa Ponte Vecchio till Palazzo Pitti. Trötta och hungriga tog de sig tillbaka ner till bottenvåningen och letade efter ett ställe att äta, vilket de fann i en charmig trattoria nära bron.

De festade på ravioli fylld med spenat och mjukost, ringlad med smörsås, och ett utsökt rostat bröd toppat med grillade tomater, basilika och olivolja. Diana tyckte att hon aldrig hade njutit mer av en måltid, medan hon skrattade och pratade med Will och Clarissa, fullständigt bekväm i deras sällskap. Hon beklagade redan den kommande skilsmässan från sin syster, men eftersom hon visste hur förtjust Clarissa var över att få stanna i Italien, vägrade hon att låta sin syster veta hur mycket hon skulle sakna henne.

De gick tillbaka över Ponte Vecchio för att återförenas med sin vagn och stannade för att kika in i de små guldsmedsbutikerna, fyllda med bländande smycken. Will stannade vid ett fönster, tittade på en utställning av ringar, innan han sträckte sig efter Dianas hand.

”Skulle du vilja ha en ring? Ett tecken på min tillgivenhet för dig. Hela Balfords juvelskrin kommer att bli ditt när vi väl kommer hem, förstås, men ... den här är från *mig*.”

En personlig gåva, snarare än bara ett arvegods som följde med titeln som hertiginna och alla de plikter den innebar, förstod Diana. Hon log upp mot honom och sa ärligt: ”Det skulle jag väldigt gärna vilja ha.”

Juveleraren var förstås förtjust över att få hjälpa dem. Han försökte rikta Dianas uppmärksamhet mot några av de pråligare smyckena, men efter att ha sett över hans urval pekade hon istället på en enklare ring, med en djupt blå cabochonslipad safir i mitten, omgiven av blomblad av små diamanter.

”Ett utmärkt val”, sa juveleraren och dolde sin besvikelse dåligt, men han piggnade till när Will pekade på en trave tunga guldarmband och sa att han skulle ta två. Diana blev förvånad när han i vagnen tog fram armbanden och gav dem till Clarissa.

"Jag kommer inte längre att vara med dig för att se efter dig", sa han, "och även om jag är övertygad om att lord Glenkellie kommer att göra ett utmärkt jobb med det, som han har gjort i månader nu, så kommer du att vara min kära syster och jag vill att du ska bära en påtaglig påminnelse om det – och även vara säker på att du har något av värde på dig, om du skulle behöva det."

Diana kunde inte ha älskat honom mer, när Clarissa svalde och sköt armbanden på sig, beundrade deras mjuka sken innan hon kastade sig över vagnen för att ge Will en kram.

"Tack för det", viskade Diana till Will när Clarissa satte sig tillrätta i sitt säte igen.

Will klämde hennes hand och snuddade lätt med läpparna vid hennes hår. "Jag vet hur mycket du kommer att sakna henne", sa han mjukt, "och jag önskar att jag inte tog dig ifrån henne. Detta är det minsta jag kan göra, för att kanske lugna dig med att hon alltid kommer att ha resurser till hands om hon någonsin skulle behöva dem."

"Jag älskar dig *väldigt* mycket", sa Diana glödande, utan att bry sig om att Clarissa kunde höra dem, och Wills ögon tändes klart.

"Då får jag köpa henne lite fler smycken varje dag tills vi åker", sa han, i en lätt retfull ton, även om hans min var allt annat än det.

Diana kom på sig med att tänka att hon verkligen måste ha det där samtalet med sin moster om äktenskapssängen. Och snart.

# KAPITEL TJUGOTVÅ

## *Fyra veckor senare*

Om hon hade varit lagd åt att tro att dåligt väder i början av något var ett dåligt omen, tänkte Diana, hade hon mycket väl kunnat kräva att skeppet vände om just nu och tog dem tillbaka till Italien.

Knappt hade ropet från utkiken i *Swiftsures* märs om land i sikte ljudit, och därmed kungjort slutet på deras resa tillbaka till England, förrän himlen hade öppnat sig och regnet börjat ösa ner. Det hade inte heller slutat under de två dygn som gått sedan dess, medan de seglade uppför Engelska kanalen mot den väntande kajplatsen i Portsmouth.

Resan hade inte varit obekväm. Även om *Swiftsure* var ett örlogsfartyg snarare än ett fartyg byggt för passagerarkomfort hade det tidigare använts som flottans flaggskepp och var utrustat med hytter avsedda för en amiral, hytter som kapten Fordham med glädje hade ställt till hennes och Wills förfogande. Fyra veckor i trånga utrymmen med sin nye make hade bara bekräftat Dianas övertygelse om att hon var en särdeles lyckligt lottad kvinna.

"Vi lägger till vid piren nu", sa Will från sin plats på fönsterbänken, där han ivrigt hade iakttagit hur skeppet navigerade in i hamnen och till sin anvisade kajplats. "Min kusin sa att han skulle skicka en man direkt till George Hotel för att ordna rum åt oss, så när han återvänder kan vi gå i land."

"Det ska bli skönt att stå på mark som inte rör sig under fötterna på mig", erkände Diana och lade ner boken hon hade läst på bordet.

"Och att kunna teckna utan att ett plötsligt ryck får pennan att fara tvärs över papperet?" retades Will milt.

"Du vet ju att det är sant! Det är inte konstigt att marinmålningar nästan alltid verkar vara målade från en betraktares synvinkel på land!" skrattade Diana, men hon hade verkligen saknat att kunna teckna, och det visste Will. Nu sträckte han sig efter henne, lade varsamt fingrarna om hennes handled och drog henne ner för att sitta bredvid honom.

Redan kändes skeppet märkligt, gungandet som hade varit konstant så länge hade upphört. Oron vällde upp inom henne. Nu när de var tillbaka i England skulle hennes nya liv som hertiginna av Balford börja på riktigt. Eller åtminstone om några dagar, när de nådde Balford Priory, hertigdömets säte i Devonshire. Med bara fyra veckor kvar till jul trodde Will att hans styvmor redan hade begett sig till Priory över helgerna, och om de åkte till London skulle de sannolikt missa henne – eller ändå tvingas ge sig av nästan omedelbart igen. Därför skulle de stanna en dag eller två på George Hotel tills Will hade lyckats ordna en lämplig transport åt dem.

Piren utanför var en myllrande bikupa av aktivitet, med män som marscherade hit och dit. En vagn dånade in i synfältet och stannade så nära träpiren som möjligt.

"Den är nog till oss." Will lutade sig fram och tryckte en kyss mot hennes tinning. "Titta, där bär de dina koffertar till den. Är du redo?"

Boken hon hade läst tillhörde kapten Fordham, och det fanns inget annat kvar i hytten som tillhörde någon av dem, så hon nickade.

Kaptenen själv mötte dem när Will ledde upp Diana på däck och erbjöd dem ett paraply med ett leende. Han hade varit oerhört trevlig under hela resan, men även om Diana kände att hon och han nu hade etablerat något av en vänskap, misstänkte hon att han fortfarande hyste reservationer mot henne som hertiginna.

"Allt är ordnat för er på George", sa Fordham. "Jag reser till London i morgon bitti för att rapportera till amiralitetet. Jag ska titta förbi ert stadshus och se om hertiginnan fortfarande är där, och i så fall meddela henne att ni är på väg till Priory."

"Och kommer du att göra oss sällskap på Priory över jul?" frågade Will, tog emot paraplyet från sin kusin och höll det omsorgsfullt för att skydda Diana från regnet.

"Det beror helt och hållet på mina herrar och befälhavare vid amiralitetet, som du mycket väl vet, men jag hoppas kunna ansluta mig till er." Fordham bugade sig respektfullt för Diana. "Ers nåd, det har varit en ära att få föra er hem."

Diana undertryckte den instinktiva lusten att niga och böjde i stället majestätiskt på huvudet, medan hon intalade sig själv att det var dags att börja öva på attityden hos en hertiginna. "Det har varit ett nöje att segla med er och *Swiftsure*, Fordham, och jag delar Wills hopp om att snart få se er på Priory."

Han bugade sig en gång till innan han eskorterade dem från fartyget till den väntande vagnen. Ett ögonblick senare rullade de bort från hamnens larm och stoj, men de färdades bara i några minuter innan de stannade igen utanför en ståtlig vitkalkad byggnad.

Will använde återigen paraplyet för att eskortera Diana in, där de uppenbarligen var väntade, eftersom både hotellägaren och hans hustru väntade för att mycket fjäskande hälsa dem välkomna och ledsaga dem en trappa upp till den bästa gästsviten, där ett separat rum hade förberetts för var och en av dem. Fordham hade uppenbarligen också bett om att tjänstefolk skulle stå till deras förfogande, vilket Diana var tacksam för. Hon hade verkligen saknat en kammarjungfrus tjänster de senaste veckorna.

Ett hett bad, doftande av lavendel, väntade på henne, och hon sjönk ner i det med en mycket ohertiginnelik lättnadens stön. En kammarjungfru hjälpte till att tvätta hennes hår och virade det sedan i en handduk medan Diana njöt av det varma vattnet med slutna ögon.

"Finns det någon klänning ers nåd skulle vilja ha pressad till i kväll?" frågade kammarjungfrun blygt och lyfte på locket till Dianas koffert.

"Alla behöver tvättas", erkände Diana. "Den gula sidenklänningen är nog renast, tror jag. Det var för kallt ombord för att ha den på sig, men jag antar att vi inte kommer att ge oss ut i kväll."

"Åh nej, ers nåd, kocken håller på att förbereda en mycket fin middag för er och ers nåd. Det bästa George kan erbjuda. Det finns en privat matsal för er på nedervåningen, riktigt varm är den, med en rejäl brasa."

"Då blir den gula sidenklänningen bra. Den är säkert bedrövligt skrynklig, du hittar den längst ner."

"Det är vackert siden dock, ers nåd." Flickan hade hittat klänningen, höll upp den och skakade den försiktigt. "Jag springer ner med den till Elsie så kan hon pressa den medan ni badar färdigt."

"Tack", sa Diana, men kammarjungfrun hade redan skyndat ut.

*Jag skulle kunna vänja mig vid sådan hängiven service,* tänkte Diana, slöt ögonen och andades in den doftande ångan från sitt bad. Hon log snett för sig själv när det slog henne att när hon väl kom till Balford Priory skulle hon sannolikt bli överväldigad av tjänstefolkets uppmärksamhet. Hennes svärmor skulle utan tvekan anse att en enda kammarjungfru var en grav underbemanning för en hertiginnas följe, och skulle troligen slå händerna för ansiktet i fasa när hon upptäckte att Diana hade rest hela vägen hem från Italien utan ens det. Hon hade faktiskt varit den enda kvinnan ombord på *Swiftsure*.

När vattnet började svalna hade kammarjungfrun återvänt med hennes vackert pressade klänning. Hon hängde upp den, hjälpte Diana ur badet, svepte en morgonrock om henne och uppmanade henne att sitta vid den sprakande brasan för att få sitt våta hår utkammat.

Torr, ren och klädd i sin fräscha klänning överfölls Diana plötsligt av trötthet, och hon sneglade längtansfullt på den bekväma himmelssängen. En knackning på dörren förkunnade dock att Will kom för att ta med henne ner till middagen, och kurrandet i hennes mage övertygade henne om att äta innan hon lät sig falla i säng.

”Du ser magnifik ut”, utbrast Will så snart kammarjungfrun släppte in honom i rummet. ”Du har inte burit den där klänningen sedan ... Bardolino, tror jag.”

”Du är mycket observant”, anmärkte hon. ”Den var för fin för att ha på sig under resan och för sval när vi väl kom till Florens.”

”Den är vacker på dig.” Han rörde lätt vid en av hennes hårlockar som svängde mot hennes hals när hon vände på huvudet för att se upp på honom. ”Du är ljuvlig i gult. Som solsken. Det får mig att känna som om vi är tillbaka i Italien.”

Hon sa inte att hon önskade att de var det; hon visste redan hur mycket han beklagade att de var tvungna att lämna landet och återvända till England. I stället log hon och lade sin hand i hans armveck. ”Låt oss se om George kan bjuda på en middag fin nog att få oss att vara glada att vi är hemma i England i stället, då.”

Ljuvliga dofter steg uppför trappan när de gick ner, och Diana följde nästan näsan in i den allmänna matsalen, men hotellägaren hejdade dem och ledde dem, under mycket bugande, in i en privat matsal, liten men mycket elegant möblerad, med ännu en sprakande brasa som höll vinterkylan på avstånd.

Bordet hade kunnat rymma minst tio personer, och med ett kuvert i varje ände av det fick det Diana att se skeptiskt på det. Det var väl inte meningen att hon skulle sitta hela fyra meter från Will och skrika på honom för att kunna samtala? Will tittade på kuverten, brast ut i ett skratt och gick fram.

”Löjligt. Vissa människor förlorar allt sitt sunda förnuft när de hör ’hertig’ eller ’hertiginna’.” Han plockade upp knivar och gafflar och placerade om dem i andra änden, så att Diana kunde sitta bredvid honom.

Lättad satte hon sig och lät honom skjuta in hennes stol. Ett ögonblick senare öppnades dörren igen och hotellägaren kom in, följd av två lakejer och en kammarjungfru, var och en bärande på en täckt bricka. Diana noterade den ögonblickliga tvekan när de såg de omplacerade kuverten, men de återhämtade sig alla snabbt och började duka upp de olika rätterna som förberetts för deras middag.

Fisk i gräddsås, en svampragu, kalv- och skinkpaj, helstekt oxfilé, lammkotletter i myntasås, potatis duchesse, smörade morötter och ärtor, bakade äpplen fyllda med russin och socker, vaniljkrämspajer och en körsbärssmulpaj med tjock gul grädde att hälla över dukades fram, och Diana undertryckte lusten att skratta.

"Är allt det här bara till oss?" mumlade hon till Will när personalen tågade ut igen.

"I teorin, ja, men oroa dig inte." Will gav henne ett snett leende. "Inget av det kommer att gå till spillo. Jag är helt säker på att personalen kommer att avnjuta en sen middag när vi har tagit vad vi vill ha från de här faten."

Det föreföll fortfarande löjligt extravagant för Diana, men hon var hungrig och allt såg läckert ut. Hon provade fisken – en saftig färsk rödspätta – och nickade när Will lyfte vinflaskan som ställts fram åt dem och erbjöd sig att hälla upp ett glas åt henne.

Det var uppenbart för Will att hans hustru – och så ljuvligt det var att kunna tänka på Diana på det sättet! – kämpade för att hålla sig vaken. Hon slumrade nästan till när hon skedade i sig körsbärssmulpaj, och han sträckte sig fram mer än en gång under måltiden för att se till att hon inte välte sitt vinglas.

"Jag är så trött", mumlade hon och dolde en rejäl gäspning bakom handen när de reste sig från bordet. "Snälla, säg att vi inte behöver ge oss av i gryningen i morgon."

Will hade planerat just det, eftersom hotellägaren tidigare hade meddelat honom att en lämplig vagn, hästar och kusk hade anskaffats för hans bruk. Med ett överseende leende ändrade han dock sina planer. ”Självklart inte, min älskade. Sov så länge du vill. Jag ska se till att ingen stör dig förrän du ringer efter en kammarjungfru.”

”Kommer du att ... sova i ditt eget rum?” Hennes stora mörka ögon såg upp på honom, hon verkade tveksam, och han insåg varför. Det hade naturligtvis inte funnits några extra rum ombord på fartyget, de hade sovit tillsammans varje natt. Diana undrade förmodligen om han planerade att införa mer formella regler – och separata sovrum – nu när de var tillbaka på engelsk mark.

”Inte om du inte vill det, min älskade”, svarade han henne ärligt. ”Låt oss gå upp och göra oss i ordning för sängen. Själv ser jag fram emot att falla med ansiktet före ner i de där himmelskt utseende fjäderkuddarna!”

Hon skrattade, uppenbart nöjd, och klämde hans arm. Men när de närmade sig trappfoten ropade en röst från den allmänna matsalen på andra sidan hallen.

”Hör på, är det du, Balford?”

# KAPITEL TJUGOTRE

WILL STANNADE OCH VÄNDE på huvudet. ”Amberle?”

”Det *är* ju du!” Mannen som närmade sig var nästan lika lång som Will, ljushårig och med rödblommig hy. Han såg ut att vara i samma ålder som Will, och han var vagt bekant, även om Diana inte kunde placera det exakta tillfället då hon hade träffat honom tidigare. ”Jag hörde att du hade rymt till Italien för att slippa bli bojad ... åh.” När han såg Diana vid Wills arm tystnade han.

”Diana”, sa Will snabbt, ”låt mig presentera lord Amberle. Han och jag gick i skolan tillsammans. Amberle, min hustru, ers nåd hertiginnan av Balford.”

Eftersom Diana nu mycket väl visste att Will alltid valde sina ord med omsorg, noterade hon att han inte hade sagt att han och Amberle var vänner. Hon bjöd på ett artigt leende och en liten nick med huvudet, i hopp om att hon korrekt hade bedömt den grad av erkännande en hertiginna borde visa en baronet.

”Ers nåd”, sa Amberle efter ett ögonblicks uppenbart chockad tystnad. Han gav henne en proper bugning. ”Mina lyckönskningar till ert äktenskap.”

"Tack." Diana insåg att det skulle vara oartigt att bara gå, men kände sig ärligt talat för trött för att konversera, så hon klämde lätt på Wills arm. "Jag tror jag går upp och gör mig i ordning för natten nu. Varför tar inte du ett glas vin och pratar lite med din vän?"

Will såg ut som om han övervägde att tacka nej och följa med henne upp, men Amberle avbröt.

"Åh, strålande idé. Värdshusvärden tog just fram en flaska mycket gott portvin. Kom och håll mig sällskap ett slag, Balford, och berätta vad du har haft för dig. Jag far till Guernsey i morgon och jag är rädd att jag blir utan civiliserat sällskap ett bra tag framöver."

"Ett glas vin", gick Will med på och såg på henne. Hon log för att visa honom att hon verkligen inte hade något emot det. "Jag kommer strax upp", lovade han henne, och hon nickade.

"En ära att träffa ers nåd", sa Amberle med en bugning, och hon nickade och gav även honom ett leende.

"Vi får säkerligen tillfälle att bli bättre bekanta i framtiden, mylord. Jag ser fram emot det."

Hon vände sig bort från dem och gick uppför trappan, medan hon kvävde en gäspning med handen. Hon var verkligen otroligt trött och såg fram emot att sjunka ner i sängen och falla i en djup, salig sömn. Hennes steg släpade när hon långsamt gick uppför trappan, och hon antog att det var hennes eget fel att hon rörde sig så sakta, för lord Amberle trodde uppenbarligen att hon måste ha kommit utom hörhåll när han sa:

"Herregud, Balford, gifte du dig med Svimningsblomman? Vad hände, svimmade hon för dig igen?" Han brast ut i ett högt, skorrande skratt. "Jag trodde du rymde till Italien för att slippa bli bojad vid en av hennes sort! Följde hon efter dig dit?"

Dianas fötter kändes som fastfrusna. Hon stod högst upp i trappan, klamrade sig fast vid ledstången, och väntade med spänd förväntan på Wills svar. Långt borta tänkte hon på det gamla talesättet att den som tjuvlyssnar sällan hör något gott om sig själv, men hon var tvungen att veta vad Will skulle säga.

Glas klirrade, dörren stängdes, och Diana hade kunnat skrika av frustration när det låga mullret från Wills röst hördes, orden obegripliga genom den stängda dörren.

Hon kunde knappast marschera nerför trappan igen och lyssna vid dörren, eller storma in i rummet och kalla Amberle för en oförskämd tölp, hur stark lusten än var. Svimningsblomman, minsann! Diana kände sig lite illamående, och inte längre sömnig. Hon vände sig bort från trappan och gick mot sitt sovrum, undrandes om Will just i den stunden skrattade åt det fåniga smeknamnet tillsammans med den andre mannen.

"Jag vore tacksam om du höll en respektfull ton när du talar om min hustru, Amberle." Will var säker på att hans min liknade ett åskmoln, men Amberle var uppenbart berusad och fortsatte, omedveten.

"Åh, ingen respektlöshet menad, hon är mycket vacker, verkligen, jag gratulerar dig. Ganska rik också. Du kunde ha gjort mycket sämre ifrån dig. Jag förväntade mig bara inte att du skulle komma tillbaka från Italien bojad när du reste för att undvika just det! Sanningen att säga är det därför jag är på väg till Guernsey, för att gömma mig och leva lantliv ett tag. Min mor jagar mig igen, hon vill att jag ska gifta mig med någon hästansiktad snärta med en enorm hemgift för att återuppliva familjeförmögenheten." Amberle ryste teatraliskt. "Kan inte tänka mig något värre."

Will stod och stirrade på den berusade pajasen framför sig och undrade hur han någonsin kunnat ha något gemensamt med Amberle. Även om han inte skulle ha kallat den andre mannen för en särskild vän, hade de alltid kommit bra överens och deltagit i ett antal hyss och rackartyg under skoltiden. Will hade, verkade det som, vuxit upp under de mellanliggande åren, medan Amberle uppenbarligen inte hade gjort det.

"Nåväl, jag önskar dig lycka till med att undvika äktenskapet", sa han slutligen och tänkte att den unga dam som Amberles mor ville att han skulle gifta sig med hade en väldig tur som slapp. "För egen del finner jag att det passar mig alldeles utmärkt."

"Så länge hon inte svimmar vid tanken på äktenskapssängen, va!" Amberle gapskrattade igen.

Will drack ur vinglaset som en tyst kypare hade räckt honom i en enda klunk och satte ner det på bordet innan han reste sig igen. "För vår långa bekantskaps skull, lord Amberle, ska jag låtsas att du inte gjorde den anmärkningen", sa han isande, "men som jag sa, du ska visa respekt när du talar om min hertiginna."

Amberle öppnade munnen, troligen för att fälla en annan bondsk kommentar, men Will lyfte en hand för att stoppa honom.

"Annars kommer jag att se till att er mor snarast får reda på vilken av era många egendomar ni har beslutat att besöka. Jag är säker på att hon – och er blivande brud – skulle bli förtjusta över att göra er sällskap på Guernsey."

Amberles förskräckta min var uppenbart oförställd, och Will kände en viss vild tillfredsställelse när han vände på klacken och stormade ut, i hopp om att Diana fortfarande skulle vara vaken när han nådde deras rum och förbittrad över de få minuter han hade tvingats spendera på att vara artig mot Amberle. Om det var bra för något att vara hertig, var det väl ändå att han kunde ignorera folk totalt om han kände för det och det fanns absolut ingenting de kunde göra åt det. Han hade absolut inget intresse av att spendera en sekund mer än nödvändigt i samtal med en juvenil pajas som Amberle, inte när han kunde spendera den tiden med Diana istället.

Rummet var mörkt och tyst när han smög in, endast upplyst av det svaga skenet från brasan, som förberetts för natten med ett gnistskydd framför. Diana var en orörlig knöl under täcket.

Med en suck avskedade Will betjänten som hade väntat utanför dörren, riglade den och började klä av sig så tyst han kunde. Han gled ner i sängen bredvid Diana och sträckte instinktivt ut armen för att lägga den om hennes midja och dra henne tätt intill sig, en sovställning de hade tvingats inta i den smala sängen de hade delat ombord på skeppet och som han mycket snabbt och glatt hade vant sig vid.

Han blev förvånad över att finna henne stel som en pinne, och hon ryggade undan hans beröring.

”Diana, mår du bra?” Will stödde sig på ena armbågen och sträckte sig efter hennes ansikte, förskräckt över att finna det vått. ”Diana! Varför gråter du?”

Hon vände ansiktet mot hans axel, uppenbarligen oförmögen att tala. Han höll henne tätt och vaggade henne varsamt mot sig, mumlade tröstande, meningslösa ord i hennes hår och kände hur hennes axlar skälvde, även om hennes snyftningar var tysta.

”Vad har hänt?” frågade han när hon slutligen blev stilla. ”Vad är det som gör dig så uppriven?”

”Jag hörde vad han sa”, mumlade hon mot hans axel. ”Innan dörren stängdes.”

Will kunde inte minnas exakt vad Amberle hade sagt först, men nästan varje ord ur dårfinkens mun hade varit ytterst stötande. Han morrade lågt.

”Hörde du när jag sa åt honom att hålla en respektfull ton, annars skulle jag ta bort den från honom?”

Hennes huvud for upp. ”Det gjorde du väl inte!”

”Jag kanske inte hotade med våld fullt så uttryckligen”, medgav Will, ”men jag gjorde det tydligt att jag inte skulle tolerera någon respektlöshet.”

”Jag förstår inte hur du ska kunna stoppa det. Jag kommer alltid att vara ... S-svimningsblomman för vissa av dem ...”

”Du kommer att vara den Gudomliga Hertiginnan, om jag har något att säga till om.”

Hon skrattade, som han hade avsett att hon skulle göra, även om ljudet var lite skakigt. Hennes armar smög sig om honom, och hon klamrade sig fast vid honom.

”Amberle är en motbjudande tölp, och han var full”, sa Will till henne, ”och inte ens han vågade säga sådana saker rakt i ansiktet på dig. Det finns en makt i din titel som du inte har lärt dig än. Tro mig när jag säger att Svimningsblomman kommer att vara helt bortglömd i den desperata kampen för att bli bjuden till vilket socialt evenemang du än väljer att anordna.”

”Tror du verkligen det?”

”Med tanke på det skandalösa beteende jag har sett min styvmor komma undan med under åren, så vet jag det”, sa Will torrt. ”Hon bestämde sig för länge sedan för att hon inte skulle bry sig ett dugg om vad någon tyckte om henne, säger och gör precis som hon vill utan hänsyn till någon annan – och blir feterad som en av societens största original.”

”Jag ska studera henne noga, men jag vet inte om jag någonsin kommer att kunna vara så bekymmerslös”, sa Diana lite vemodigt.

”Det faktum att du bryr dig så mycket om andra människors känslor är en del av det jag älskar så mycket hos dig”, mumlade han och översållade hennes kinder och näsa med mjuka kyssar. Han kände hennes leende mot sin kind, och en del av stelheten lämnade hennes kropp när hon mjuknade mot honom.

”Jag är rädd att jag kommer att göra en dålig insats som hertiginna”, bekände hon, en mjuk viskning mot hans hud.

”Du kommer att vara magnifik”, sa han med fullständig övertygelse. ”Min Gudomliga Hertiginna, minsann.”

Hon skrattade igen, ordentligt den här gången, innan hennes läppar sökte hans, och de talade inte mer om det den kvällen.

# KAPITEL TJUGOFYRA

Två dagar efter att *Swiftsure* seglat in i Portsmouth rullade den hyrvagn Will hade skaffat åt dem in mellan de två grå stenstugorna som markerade infarten till Balford Priorys ägor.

Diana slumrade med huvudet mot hans axel. De hade tillbringat en natt i Salisbury efter att inte ha lämnat Portsmouth förrän vid middagstid föregående dag, och sedan stigit upp tidigt och rest hela dagen för att nå Priory innan mörkret föll, något de inte riktigt hade lyckats med denna korta vinterdag. De hade stannat åtta kilometer bort för att tända vagnslyktorna och rullade nu uppför Priorys långa uppfart med bara en liten pöl av ljus omkring sig, eftersom stjärnorna och månen var helt täckta av moln.

"Vi är nästan framme", knuffade Will försiktigt till Diana när han fick en skymt av de första ljusen från Priorys fönster. Huset var misstänkt väl upplyst, och han suckade inombords och misstänkte att hans styvmor förmodligen hade huset fullt av gäster. Han hade verkligen hoppats att hon kanske inte hade kommit ner än och att han skulle få en chans att visa Diana runt hennes nya hem utan att granskande blickar följde varje hennes rörelse.

Diana vaknade och gnuggade sig sömndrucket i ögonen. "Åh, det är mörkt", mumlade hon och lutade sig fram när han pekade ut genom fönstret. "Är det Priory, Will? Herregud – så många fönster!"

"Och ljus i vartenda ett av dem", mumlade han, "vilket får mig att tro att min styvmor troligen har ett ganska stort sällskap."

"Åh." Hon svalde, men log tappert när han tog hennes hand i sin och klämde den.

"Fatta mod, min gudomliga hertiginna."

Hon skrattade lågt. "Tänker du fortsätta med det? Ska jag kalla dig min stilige hertig?"

"Om du så önskar. Jag är dock fast besluten att du aldrig ska identifieras med något annat smeknamn."

"Jag älskar dig så innerligt", sa hon med ögon som glittrade av lycka, och han lutade sig fram för att stjäla en kyss innan vagnen slutligen stannade nedanför trappan.

Det var när Diana steg ur vagnen, med handen säkert i Wills, som hon kände av hans egen spänning.

*Självklart*, tänkte hon. Han hade ju trots allt åkt till Italien för att slippa axla sin fars mantel, ta på sig hela ansvaret som hertig av Balford. Hans återkomst hade varit både oundviklig och nödvändig, men han var uppenbarligen fortfarande påverkad ... och gjorde lika uppenbart sitt bästa för att dölja det för hennes skull, medveten om hur nervös hon var.

En våg av kärlek sköljde över henne, och hon tryckte sig närmare hans sida och klämde hans arm när de gick uppför de breda stentrapporna som ledde upp till Priorys ytterdörr. Hon visste att herrgården hade renoverats och byggts ut flera gånger under årens lopp sedan Wills förfader hade fått den under Henrik VIII, men ytterdörren var fortfarande från den ursprungliga byggnaden, en väldig ekdörr beslagen och bunden med järn. Den svängde upp med ett illavarslande knarr, en scen som tagen ur en gotisk roman, tänkte hon nyckfullt.

”Ers nåd!” sa en chockad röst när en gestalt uppenbarade sig i foajén, en äldre man, minst sextio år, uppskattade Diana. ”Vi hade inte fått något meddelande ... välkommen hem!”

”Jenkins.” Ett leende veckade Wills ansikte. ”Butlern”, mumlade han i en viskning till Diana när han ledde henne in.

Jenkins stirrade på henne med uppspärrade ögon. ”Ers nåd?” sa han frågande.

”Ni har alldeles rätt, Jenkins. Hennes Nåd ... hertiginnan av Balford.” Will flinade, uppenbart förtjust över den gamle tjänarens chock.

Jenkins återhämtade sig dock snabbt och bugade djupt för Diana innan han ens stängde dörren.

”Ett nöje att träffa er, Jenkins, och att äntligen vara på Priory”, svarade hon på hans innerliga välkomnande.

”Får jag ta er hatt och kappa, ers nåd?” frågade han, och hon nickade och drog i bandet under hakan för att lossa sin hatt.

”Vem i allsin dar är det, Jenkins?” ropade en kvinnoröst. ”Vi väntar inga fler i kväll, och vi ska precis gå in till middagen – är det något jag måste ta hand om?”

”Bara om du vill välkomna min nya hustru och mig hem, Julianne”, sa Will.

Det blev en stunds chockad tystnad innan hans styvmor, änkehertiginnan antog Diana att hon nu var, kom till synes från en dörröppning vid sidan av den stora, marmorbelagda hallen.

”William?” sa Julianne med gapande mun, ”och din ... *hustru*?”

Diana kom väl ihåg hertiginnan från den ödesdigra balen där hon först hade träffat Will – och svimmat vid hans fötter – men det verkade som om Julianne inte alls kom ihåg henne, eftersom hertiginnan stirrade på henne utan den minsta tillstymmelse till igenkänning.

”Vi har träffats förut, ers nåd, men ni kanske inte minns”, sa hon och neg lätt.

”Diana är dotter till earlen av Creighton”, erbjöd Will.

Juliannes ögon vidgades. ”Den ... åh, jag *minns* er. När ... var ...”

”Sa du att det är Balford som har återvänt?” utropade en upphetsad röst bakom Julianne, och en dam kom ut i hallen, följd av en annan, och sedan två herrar, och en mycket vacker flicka på omkring sexton år som Diana misstänkte var Wills halvsyster Regina. Hon hade hans mörka hår och djupblå ögon, och samma smilgropar syntes på hakan när hon log förtjust.

Två mycket elegant klädda unga damer anslöt sig till den växande skaran, båda började genast kråma sig och närma sig Will och gav honom inbjudande leenden. Diana ryggade tillbaka inombords vid kontrasten mellan sitt trötta, resdammiga jag och deras fräscha glamour, men Will rörde sig inte ett steg från hennes sida.

”Jag tror kanske att vi alla borde gå tillbaka in i salongen”, sa han, ”så att jag kan säga något till alla, och sedan kanske du och Regina kan följa med oss till arbetsrummet – och Rebecca kanske också kan komma ner, för att välkomna oss hem?”

Julianne verkade vara i ett chocktillstånd; hon bara nickade och vände sig om för att följa Will när han ledde Diana in i en mycket storslagen salong. Hon såg sig omkring och försökte ta in allt; rummet var panelerat i en vacker gyllene ek, eleganta landskap i förgyllda ramar hängde på väggarna, smakfulla möbler klädda i blått och guld som matchade de tunga gardinerna som var fördragna mot mörkret utanför. Ljus strålade från minst ett dussin kandelabrar, vilket gjorde det alltför lätt att se de ivriga uttrycken i varje ansikte som var vänt mot dem.

Det var omkring tjugo personer i rummet, uppskattade Diana, alla klädda enligt högsta mode och varenda en av dem stirrade på henne, uppenbarligen undrande vem hon var och varför hon höll Will i armen. Hon kunde nästan känna trycket från alla dessa ögon, tyngden av deras bedömning när de granskade hennes kläder och hennes person.

"Kära familj och vänner", började Will när Regina stängde dörren, "innan jag hälsar på er alla och berättar hur glad jag är att vara hemma, tillåt mig att presentera min hustru, Diana, hertiginnan av Balford."

Orden var som en sten som släpps i en stilla damm; total tystnad och sedan ursinniga viskningar som spred sig som ringar på vattnet. En av de eleganta unga damerna gav ifrån sig ett dramatiskt litet klagande och föll ihop i en svimning. Lyckligtvis satt hon i en soffa bredvid en ganska korpulent äldre dam, så hon fick en mjuk landning i den andra kvinnans knä.

Wills blick gled i sidled mot Diana, och han flinade.

Medan hon kämpade för att undertrycka ett plötsligt och fullkomligt opassande skratt, nöp hon honom lätt i handleden.

Regina var den första som nådde dem, sträckte sig för att kyssa Wills kind och sträckte ut handen för att ta Dianas händer med ett vänligt leende. "Jag är så oerhört glad för din skull, käre bror. Gratulerar. Och välkommen till vår familj, ers nåd."

”Diana, är du snäll”, sa hon snabbt, tacksam för Reginas varma välkomnande. ”Jag har redan tre systrar, men jag är förtjust över att få två till i dig och Rebecca. Will har berättat så mycket om er båda.”

”Tyvärr berättade han inte ett dugg om dig för oss, trots att han skickade regelbundna brev medan han var borta”, sa Regina med en klandrande blick på Will. ”Träffades ni i Italien?”

”Vi träffades för första gången i London, faktiskt, men stötte på varandra igen i Venedig när vi båda var gäster hos era Franchetti-kusiner”, svarade Will.

”*Känner ni* familjen Franchetti?” utropade Julianne till Diana. ”Hur då?”

”Hertiginnan Marietta är kusin till min mosters man”, sa Diana och insåg sedan att alla lyssnade ivrigt och bestämde sig för att nämna Alexs titel. ”Markisen av Glenkellie.”

”En familjekoppling, minsann, och även den nya hertiginnan, Valentina, och Diana har blivit särskilt goda vänner”, inflikade Will, som uppenbarligen bestämt sig för att också spela upp den italienska hertigliga kopplingen. ”Valentina hoppades faktiskt kunna arrangera ett parti för Diana med sin bror, greven di Bardolino, men jag är rädd att jag gäckade hennes planer genom att uppvakta Diana för egen del.”

Det var inte precis så det hade gått till, men Diana hade inget emot att Will ändrade lite i berättelsen. Att få det att låta som om Diana hade valt en hertig framför en greve skulle säkerligen glädja hennes mor mer, om historien skulle råka nå hennes öron, än sanningen; att Diana hade avvisat greven utan den svagaste aning om att Will brydde sig om henne.

"Nåväl." Julianne såg från Will till Diana och tillbaka igen, innan hon satte på sig ett ganska ansträngt leende och vände sig om. "Nå, nu har ni alla sett att min styvson verkligen lever och mår bra – och är hemma igen, med sin nya brud – är jag rädd att jag måste be er ursäkta oss, för att ha ett litet möte *en famille*. Middagen ska snart serveras, och jag ansluter till er igen efteråt. Lady Susan, kanske ni vill föra ordet vid bordet i mitt ställe?"

Hon gav den andra damen ingen möjlighet att vare sig acceptera eller avböja, samlade ihop Will, Diana och Regina och föste dem raskt ut ur rummet innan någon annan ens fick chansen att tala.

Will tog ledningen och eskorterade Diana längs hallen och nerför en sidopassage tills de kom in i ett arbetsrum, varmt upplyst och återigen påkostat möblerat. En flicka på omkring tretton år stod vid brasan; även hon hade Wills mörka hår och blå ögon, som lyste upp när hon såg dem.

"Will!" Hon nästan hoppade fram, men hennes entusiasm dämpades av Juliannes skarpa blick, men Will skrattade och sträckte sig ut för att ge henne en kram.

"Vad lång du har blivit, Rebecca! Jag vågar påstå att du måste vara lika lång som Regina!"

"Det är hon", sa Regina torrt, "och kommer nog snart att växa om mig, är jag säker på." Hennes leende var dock ömt, och Diana drog slutsatsen att det fanns gott om ömhet mellan systrarna.

Självklart var man tvungen att upprepa presentationerna för Rebeccas skull.

"Gift?" utropade Rebecca, "men varför? Du sa att du inte skulle gifta dig förrän du sett både Reggie och mig tryggt bortgifta!"

Will ryggade tillbaka och sneglade på Diana. "Nåväl. Det var planen. Men jag hade liksom inte räknat med att bli hejdlöst förälskad, ser du."

"Åh!" Både Regina och Rebecca tog sig för hjärtat och såg drömska ut; Diana noterade att Julianne såg betydligt mer cynisk ut.

"Jag gjorde ett fruktansvärt första intryck på Will, är jag rädd", sa hon och bestämde sig för att ta tjuren vid hornen, "och svimmade på honom vid vår första presentation i London, så vi hade en del historia att övervinna när vi träffades igen i Venedig."

"Jag är glad att kunna säga att det inte tog mig lång tid att erkänna alla dina mest beundransvärda egenskaper, även om jag var förskräckligt långsam med att erkänna för mig själv hur jag kände", medgav Will och hans fingrar krökte sig runt hennes.

"Ni måste vara trötta", sa Julianne slutligen, "och hungriga också, skulle jag tro. Eftersom vi missar middagen, låt mig ordna med brickor på våra rum ... åh." Hon tystnade. "Will ... jag bor fortfarande i husfruns gemak ..."

”Och det måste ni fortsätta att göra”, sa Diana snabbt. Hon och Will hade redan diskuterat saken under de ändlösa dagarna ombord på fartyget. ”Will säger att det finns en förtjusande rumssvit i anslutning till de som han för närvarande bor i; de kommer att duga alldeles utmärkt för mig.”

Will hade egentligen velat säga till Julianne att inte bekymra sig, eftersom Diana helt enkelt skulle dela hans tydligen ganska palatsliknande svit, men Diana hade inte velat chocka sin nya svärmor.

”Smaragdsviten?” Julianne snörpte på munnen. ”Lord och lady Altmere bor för närvarande i den.”

”Då får Diana helt enkelt dela med mig tills de har rest”, sa Will bestämt och lade armen om Dianas midja. ”Vi kommer just från att ha bott i betydligt trängre utrymmen ombord på fartyget, Julianne; vi kommer att ha det alldeles bekvämt i min svit.”

Julianne såg ganska bestört ut, men hon kastade snabba blickar på Regina och Rebecca och sa bara: ”Det kan vi diskutera senare.”

Will öppnade munnen, kanske för att säga något taktlöst, men Diana talade snabbt först.

”Jag erkänner att det har varit en lång dag, och jag skulle väldigt gärna vilja ha ett bad och en varm måltid. Jag ser fram emot att lära känna er alla bättre – men vi har all tid i världen för det, eller hur?” Hon log, så vänligt hon kunde. Både Regina och Rebecca besvarade det: Julianne snörpte lite högdraget på näsan, men nickade.

"Damerna samlas i det egyptiska rummet efter att ha ätit frukost på sina rum", noterade hon. "Kanske ni vill ansluta till oss."

"Vad vänligt, det gör jag med glädje", sa Diana.

"Du behöver inte hennes inbjudan till någonting här", muttrade Will tyst i hennes öra när de gick uppför trappan tillsammans några minuter senare. "Det är ditt hus nu."

"Will, du är taktlös", tillrättavisade hon honom milt. "Ge henne tid. Hur länge har hon varit husfru här? Ja, hon har pressat dig att ta en hustru, men hon förväntade sig inte bara att hjälpa dig välja den hustrun, utan också att ha en bestämd tidsram för att föra in henne i hushållet och utbilda henne som ersättare, i praktiken. Hon förväntade sig verkligen inte att du bara skulle dyka upp igen en dag och berätta för henne att hennes tjänster som värdinna inte längre behövdes."

"Det gjorde jag inte!" försvarade sig Will, men stannade och såg fåraktig ut när Diana gav honom en cynisk blick. "Jag kom lite för nära det, eller hur? Jag är så glad att jag har dig, Diana, för att hålla mig i schack när jag börjar bete mig som en arrogant hertig."

Hon skrattade och klämde hans arm. "Så länge du fortsätter att lyssna på mig. Jag behöver din styvmors välvilja; jag har inte den blekaste aning om hur man är en hertiginna, du vet."

"Du är en magnifik hertiginna", sa Will lojalt.

"Jag är en trött, smutsig och mycket hungrig hertiginna, så om du inte vill att jag ska bli en vresig hertiginna, får du börja röra på dig igen och leda mig till dina rum. Annars kommer jag att försöka gå själv och utan tvekan gå hopplöst vilse på detta väldiga ställe." Hon kunde redan förutse en katastrof i de långa korridorerna som alla verkade se likadana ut. Balford Priory var betydligt större än Creighton Hall, där hon hade lyckats gå vilse ett antal gånger de första månaderna efter att hennes familj flyttat in.

"Kom då." Will ledde henne till en svit i, trodde Diana, tornet som utgjorde ett hörn i den västra änden av husets fasad. Sovrummet var märkligt format, som en kvartscirkel med en lång böjd vägg som utgjorde två sidor, med höga smala fönster med blyinfattat glas insatta i den. Det var för mörkt för att se utsikten utanför, men hon såg fram emot att se den på morgonen.

En veritabel armé av tjänare väntade på dem; en piga höll raskt på att lägga in mer ved i brasan, fler pigor och betjänter ilade omkring med koffertar och hattaskar, en äldre man som Diana antog måste vara Wills betjänt bäddade ner sängen.

"Ers nåd." Betjänten bugade med ett leende som veckade hans ansikte. "Får jag säga vilket nöje det är att äntligen se er hemma."

"Det får du, Taylor." Will log, och en blick av skuld skymtade över hans ansikte. "Och får jag framföra min ursäkt för att jag smög iväg mitt i natten och lämnade dig kvar?

Jag tvivlar inte på att det var du som hittade min lapp och var tvungen att framföra nyheten till hertiginnan."

"Det var ett samtal jag helst skulle vilja glömma, ers nåd", sa Taylor med en plågad grimas.

"Diana, tillåt mig att presentera Taylor, som inte förtjänar att behöva stå ut med mig, men gör det ändå för att jag betalar honom utomordentligt bra", sa Will med ett ömt flin. "Taylor ... min hustru, lady Diana, den nya hertiginnan."

"Ers nåd." Taylor gjorde en elegant liten bugning för henne. "Från all personal här på Priory hoppas jag att ni tillåter mig att framföra våra mest innerliga gratulationer och önskningar om er framtida lycka." Han tystnade innan han finkänsligt frågade, "Tog ni med er en kammarjungfru, ers nåd?"

"Nej", medgav Diana, "det är jag rädd att jag inte gjorde. Jag följde med min moster och morbror i Italien och delade tjänsterna av min mosters kammarjungfru, ser ni ..."

"Du behöver inte förklara någonting, älskling." Will klämde lätt hennes hand. "Rådgör med husföreståndarinnan och be henne att anvisa några pigor för hennes Nåds personliga tjänst, tack, Taylor. Du kanske vill annonsera efter en kammarjungfru, eller söka rekommendationer – eller fanns det kanske en piga från din fars hushåll ...?"

Diana skakade på huvudet, men sedan slog det henne något. "Lord och lady Havers höll på att starta en utbildningsakademi för hushållstjänare och skickliga hantverkare. Jag skulle kunna skriva till lady Havers och se om hon har någon att rekommendera mig? Jag vet att moster Mariannes kammarjungfru Jean ursprungligen kom från familjen Havers hushåll och hon är så underbar.”

”Formidabel”, instämde Will, uppenbarligen med minnet av Jeans effektivitet och hennes hängivenhet att ta hand om sin matmor och de två Creighton-systrarna. ”Då borde du verkligen skriva till lady Havers.”

”Och under tiden tvivlar jag inte på att det kommer finnas gott om pigor som är angelägna om att passa upp på er, ers nåd”, sa Taylor med en nick. ”Om ni ursäktar mig, ska jag bara se till era bad, och de där brickorna borde vara här nu ... ah, här är de.”

Brickor bars verkligen in av en procession av pigor, och läckra dofter nådde Dianas näsa. Hon nästan stönade när det började vattnas i munnen på henne, och lät Will leda henne till ett litet bord vid fönstret med två stolar framför. Fler pigor och betjänter ilade förbi med kannor och krus med ångande vatten, uppenbarligen på väg för att fylla ett badkar, och även när hon tog den första tuggan av perfekt tillagat stekt lamm, fann Diana sig själv tänkandes att det skulle vara ganska lätt att vänja sig vid den lilla lyxen som följde med hennes nya ställning.

# KAPITEL TJUGOFEM

Diana vaknade ensam i det kyliga ljuset en frostig morgon, och svagt solljus strömmade in genom fönstren i Wills gemak. Wills kudde bredvid henne var sval, vilket skvallrade om att han hade varit borta ett tag. Han hade stigit upp tidigt för att ta hand om hertigdömets plikter, antog hon, och rullade över på rygg. Hon såg sig omkring i rummet och såg det för första gången i fullt dagsljus.

Hon tyckte om färgschemat, tänkte hon och strök varsamt med fingrarna längs kanten på täcket som låg över henne, ett fint irländskt damastlinne som troligen hade kostat lika mycket som den dyraste klänning hon någonsin ägt. Tapeten var blekblå med ett dämpat guldmönster, möblerna av mörk engelsk ek, men inte så tunga som många sådana möbler var. Stadiga, med fint detaljerade ornament som måste ha tagit lång tid att snida. Golvplankorna hade samma färg, den lilla del av dem som syntes; nästan hela golvet var täckt av en exceptionellt fin matta, helt i nyanser av blått och guld. Aubusson, misstänkte hon, och förmodligen värd mer än allt annat i rummet tillsammans.

En dörr knarrade, och hon såg en panel i tapeten öppnas på glänt. En lönndörr, och var det den enda i rummet? En ingång till tjänstefolkets gångar, uppenbarligen, då ett litet ansikte kikade fram och dörren öppnades bredare för att släppa in ett blygt strålande hembiträde en stund senare.

”Ni är vaken, ers nåd! Ni skulle ju ha ringt i klockan efter mig.”

Flickans West Country-dialekt var så tjock att det tog Diana en stund att förstå henne, men hon fick syn på klocksnöret som hängde bredvid sängen, som flickan gestikulerade mot, och nickade.

”Jag vaknade precis. Bekymra er inte.”

”Om ni är säker, frun. Ers nåd, menar jag!” Flickan såg för ett ögonblick förfärad ut över sin egen avvikelse från formaliteterna. ”Vad kan jag hämta till frukost, ers nåd?”

Diana tänkte längtansfullt på de läckra cappuccinos och frukostbakelser hon hade vant sig vid i Italien, men hon hade också blivit väldigt trött på de tråkiga måltiderna ombord på fartyget sedan dess. ”Te, tack”, bad hon, ”och rostat bröd, och vilken sylt som än görs lokalt. Björnbär, kanske?”

Fyra olika syltburkar levererades strax därefter tillsammans med vad Diana bedömde vara nästan en halv limpa perfekt rostat bröd och ett mycket fint te. Personalen var ivrig att vara till lags, misstänkte hon, eller kanske skräckslagna för Juliannes vrede om de på något sätt misslyckades med att imponera på den nya hertiginnan. När hon hade ätit färdigt hade en liten skara hembiträden effektivt bäddat sängen, gjort upp eld igen, lagt fram nya kläder åt henne och stod redo att rycka in för att uppfylla hennes minsta önskan.

Fast besluten att göra ett gott första intryck log Diana mot alla hembiträdena och frågade: "Nå, vem är duktig på hår? Mitt har inte blivit ordentligt uppsatt på flera veckor, och även om det tvättades igår kväll, är jag rädd att ni kan ha några tråkiga tovor att reda ut!"

Två av flickorna erbjöd sig, och Diana gick bort till sminkbordet i ett hörn. Det tog flickorna en ganska lång stund att försiktigt kamma ut alla tovor ur hennes hår och sätta upp det snyggt, och en av dem visade sig vara mycket skicklig med en locktång för att skapa några nätta små lockar som samlades vid hennes tinningar och kinder. Diana kände knappt igen sig själv när hon såg sig i spegeln. Klädd i en violett sidenklänning som hade varit en av Valentinas avskedsgåvor såg hon faktiskt ut som en hertiginna, tänkte hon. Tillräckligt bra för att inte skämma ut Will, åtminstone, även om hon visste att hon omedelbart skulle behöva börja beställa kläder för en ny garderob.

En av hembiträdena ledde henne till Egyptiska rummet, där Julianne redan höll hov för flera andra damer. Regina och Rebecca satt vid sidan av rummet med händerna prydligt vikta i knät, uppenbarligen där för att observera och lära sig hur unga damer skulle uppföra sig. Båda såg exceptionellt uttråkade ut, och Diana bestämde sig omedelbart för att hitta ett sätt för dem att komma undan förr snarare än senare.

Julianne hälsade hjärtligt på henne och presenterade henne för damerna: lady Altmere, lady Claire Court och lady Susan Macfarlane, som verkade vara en särskild vän till Julianne. Alla tre var i Juliannes ålder, runt fyrtio enligt Dianas uppskattning, och alla mycket vackra och ypperligt klädda i det finaste modet. De iakttog henne uppmärksamt, och Diana visste att de bedömde allt hos henne, från hennes ord till hennes kläder, och dömde henne.

Hon lät dem fråga ut henne i ungefär en halvtimme, beskrev sina resor i Italien – och såg till att nämna sin faster, markisinnan av Glenkellie, så ofta hon kunde – innan hon försiktigt styrde över samtalsämnet till nästa säsongs mode och satte sig med Regina och Rebecca.

”Och hur mår ni två denna vackra morgon?” frågade hon.

”Jag önskar att den var vacker”, muttrade Rebecca, ”då hade vi kunnat rida, men mor sa att det är för dimmigt och grått.”

Det krävdes inte mycket för att upptäcka att ridning var en av Rebeccas stora passioner. Diana erkände att hon inte var någon stor ryttare, men att hon ändå tyckte mycket om hästar.

”Vi ägde inga hästar förrän pappa ärvde earlskapet, men mor var fast besluten att vi skulle ha alla unga damers färdigheter, inklusive förmågan att rida. Jag erkänner dock att jag tycker mer om att teckna hästar än att rida dem.”

”Tecknar du?” Det var Reginas tur att lysa upp. ”Och målar?”

”Verkligen. Och du? Akvarell eller olja?”

”Åh, akvarell – även om jag väldigt gärna skulle vilja ha möjligheten att prova på olja.”

"Jag sa precis samma sak till din bror", anförtrodde Diana henne, "och han lovade genast att köpa mig all färg och duk jag kunde önska, och anlita en instruktör för att lära mig teknikerna. Jag är säker på att jag skulle kunna övertyga honom om att du borde få ta del av gåvan, om du skulle vilja?"

Reginas min var ren förtjusning.

"Ni verkar ha vunnit över mina döttrar", mumlade Julianne till Diana när de lämnade Egyptiska rummet ett par timmar senare och fortsatte till ännu ett rum som Diana ännu inte hade sett, där en lätt lunch skulle serveras.

"De är charmerande unga kvinnor och en heder för er", svarade Diana.

"Hm." Julianne gav henne en tankfull blick. "Ni är inte vad jag förväntade mig", sa hon rakt på sak. "Jag avfärdade er som en tomhövdad dummerjöns efter den där svimningsepisoden. Men Will skulle aldrig ha gift sig med er om ni var det, oavsett hur allvarlig komprometteringen var ..."

"Det fanns ingen kompromettering!" Diana rodnade scharlakansrött.

"Är det ett kärleksäktenskap, då?" Julianne såg inte tveksam ut. Bara förvånad. "Jag skulle inte ha trott att Will var typen som blir kär", erkände hon. "I London var han sannerligen extremt pragmatisk när jag presenterade en lista med potentiella brudar för honom att överväga."

Diana visste verkligen inte vad hon skulle svara på det. "Kanske ansträngde han sig för att verka så för att behaga er", föreslog hon slutligen, "men han flydde också bokstavligen talat landet när han inte kunde förmå sig att *pragmatiskt* välja en av era kandidater, gifta sig och axla sin fars mantel."

"Ni kan mycket väl ha rätt i det." Julianne böjde på huvudet, gav Diana en ny tankfull blick och gestikulerade sedan mot bordsänden.

Diana ryggade tillbaka. "Jag är inte redo att axla er mantel", sa hon och försökte le artigt.

"Det är jag rädd att ni borde ha tänkt på innan ni gifte er med Will och anlände hit som hertiginnan", återkom Julianne, knastertorrt. "Börja som ni tänker fortsätta, Diana. Det finns några mycket inflytelserika damer här som ser hur ni hanterar er själv. Om jag hade haft någon aning om att Will skulle återvända med en brud hade jag besparat er detta, men ingen av oss har något val nu. Ni *är* hertiginnan, och ni måste börja agera som det omedelbart."

Det fick Diana att stanna upp. Hon tog ett djupt andetag och pressade händerna mot magen, där en svärm fjärilar plötsligt hade bosatt sig.

"Jag finns här för er."

Hon blinkade förvånat mot Julianne.

"Det ligger knappast i mitt intresse att se er göra bort er", påpekade Julianne torrt. "Regina ska snart göra sin debut i societeten, och jag vill ge henne en bra start."

Och om Diana var en katastrof som hertiginna kunde Reginas och senare Rebeccas chanser påverkas allvarligt, förstod hon. Hon nickade.

"Vi kommer att ha tid för mig att hjälpa er. Att göra er bekant med allt ni behöver veta. Tyvärr", Julianne gav henne ett snett litet leende, "har ni anlänt vid ett mycket olämpligt tillfälle, och ni kommer att behöva le och klara er så gott ni kan tills denna bjudning är över."

Diana andades ut. "Jag vill inte svika Will. Eller er. Jag ska göra mitt bästa."

Juliannes leende var förvånansvärt varmt. "Det är allt vi kan begära." Hennes fingrar vidrörde undersidan av Dianas armbåge och styrde henne försiktigt. "Nå, hertiginna. Inta er plats."

Will och flera andra herrar anlände för att ansluta sig till dem precis när damerna hade satt sig. Will var naturligtvis tvungen att sitta vid den bortre änden av det långa bordet från Diana; hon iakttog honom i smyg och önskade att han var vid hennes sida med sin lugna, betryggande närvaro. Han såg rakt på henne, log och höjde sedan sitt glas mot henne i en tyst skål. Hon log tillbaka, och för ett ögonblick var det som om resten av rummet försvann och det bara var de två.

Och sedan lutade sig lady Susan Macfarlane, som satt på hennes vänstra sida, fram och ställde en fråga om hennes resor i Italien, och Diana rycktes bryskt tillbaka till verkligheten. Hon slet blicken från Will och vände sin uppmärksamhet mot den inflytelserika damen.

*Jag kan det här.*

Lunchen förflöt utan några större misstag – åtminstone vad Diana kunde bedöma – och efteråt förberedde hon sig på att återvända till salongen med damerna och mer utfrågning. Men Will hejdade henne precis utanför matsalen, tog hennes hand i sin, tryckte ett finger mot sina läppar för att uppmana henne att vara tyst och drog försiktigt i henne.

Leende följde hon honom utan att ifrågasätta genom en diskret placerad dörr i väggpanelen som visade sig leda in i vad som uppenbarligen var tjänstefolkets del av huset; korridoren var mycket mörkare och smalare.

”Vart är vi på väg?” viskade Diana när dörren stängdes bakom dem.

”Vi rymmer.” Wills min var konspiratorisk. ”Jag tyckte mig uppfatta en tydlig blick av desperation du skickade mig där inne. Eller var det inte en bön om att bli räddad?”

”Det var verkligen en bön om att bli räddad.” Hon klämde hans hand. ”Tack. Julianne har varit väldigt snäll och dina systrar är underbara, men jag kände mig snarare som ett, ett konstverk till salu i ett galleri. Kritiskt granskad, där alla diskuterar om det verkligen är värt det begärda priset.”

”Du är värd varenda krona, min ojämförliga, gudomliga hertiginna.” Han drog henne in i sin famn för en kyss, och hon smälte mot honom.

”Även om jag inte skulle vara helt emot att bara gömma mig i din svit”, log hon upp mot honom när han lyfte på huvudet, ”tror jag att du hade något annat i åtanke?”

”Verkligen. Det är en vacker eftermiddag och jag skulle vilja visa dig en av mina favoritplatser i hela världen.” Han tog hennes hand igen och ledde henne längs gången, som slutade i ett litet grovkök där kappor hängde på krokar och stövlar stod uppradade på hyllor.

Diana hittade ett par stövlar som passade hennes fötter och valde en kappa från en krok, och de smet ut genom sidodörren och korsade baksidan av den magnifika herrgården mot stallplanen.

”Stallen?” frågade Diana, halvt uppgiven. Hon visste att Will var förtjust i hästar, hade flera gånger nämnt det fina stallet med jakt- och kapplöpningshästar han underhöll.

”Nej”, han fortsatte att gå, hennes hand säkert i hans, och de passerade stallen och fortsatte längs en stig in i ett skogsområde som reste sig runt dem, där täta träd snabbt slukade dem.

Tunt höstsolsken sipprade genom ekarnas och bokarnas lövverk, och nedfallna löv låg som en tjock matta av rött och guld som knastrade under deras fötter när de gick. En gulbrun skymt bland de tjocka stammarna fick Diana att rycka till, och sedan flämta till när en hind rusade över stigen framför dem innan den försvann igen.

”Jag ser dem ofta här”, sa Will mjukt. ”Det finns en stor kronhjort som har fällt sina horn i en glänta precis här framme de senaste åren. Nio taggar på dem förra året.

Och nej, jag tänker inte låta någon skjuta honom. Han är flockens patriark."

# KAPITEL TJUGOSEX

Snart blev gläntan synlig, och tillsammans med den en liten stenbyggnad, uppförd i samma blekgrå sten som Priory.

”En stuga?” frågade Diana. ”Vem bor här, Will?”

”Ingen. Det är hertigens privata tillflyktsort.” Han log brett åt hennes min. ”Min farfar lät bygga den och min far använde den regelbundet. Jag var den enda som någonsin fick lov att störa honom här.”

Diana följde efter honom in när han sköt upp dörren och såg sig omkring för att upptäcka att stugan egentligen bara var ett enda rum – ett bekvämt möblerat sådant, givetvis, med en fladdrande brasa i den öppna spisen, en stor, mjuk soffa, öronlappsfåtöljer, hyllmeter efter hyllmeter med böcker, ett skrivbord och en skänk mot ena väggen med uppradade karaffer på, tillsammans med en fruktskål och några övertäckta fat.

”En elegant liten tillflyktsort”, mumlade hon och kunde inte motstå att gå och titta under locken där hon fann frasiga småfranskor med smör och sylt, och två olika sorters kakor. ”Fanns det alltid kakor här när du var barn?”

Hon gav honom en road blick över axeln. ”Om så är fallet förstår jag varför du tycker så mycket om stället.”

”Det gjorde det.” Will slängde sig i en av öronlappsfåtöljerna och log minnesvärt. ”Fast far insisterade alltid på att jag skulle äta ett äpple först, och dessutom fick jag inte komma hit förrän min informator var nöjd med det arbete jag hade gjort med dagens lektioner.”

”Var du en flitig elev?”

”Exceptionellt flitig, med lockelsen att få tillåtelse att komma hit!”

Diana gick bort till bokhyllorna och började granska titlarna och fann en brokig blandning av romaner och facklitteratur. Böckerna återspeglade nog fortfarande snarare hans fars smak än hans egen, tänkte hon, och sedan slog det henne.

”Har du varit här sedan din far gick bort?” frågade hon mjukt.

”En gång.” Han stirrade in i elden. ”Jag stod inte ut med att vara här ensam. Det var för tyst.”

Det var därför han hade tagit med henne hit, förstod Diana genast. Hon gick fram till honom, vände sig i sidled och slog sig ner i hans knä. Hon lade armarna om hans hals och log åt hans förvånade min. ”Tack för att du tog med mig hit”, sa hon uppriktigt. ”Jag lovar att jag inte kommer att tränga mig på utan din inbjudan, men jag hoppas att du snart en dag kan följa din fars exempel och ta med dina söner hit för hemliga kakor. Och kanske dina döttrar också? Faktum är att jag inte ser någon anledning till varför du inte skulle kunna öva nu. Rebecca är absolut fortfarande ung nog för att uppskatta ett äventyr med sin bror, kanske Regina också, och de kommer att vara gifta och bortresta illa kvickt. Njut av deras sällskap medan du har det.”

Will såg ut som om tanken slagit honom. ”Jag frågade pappa en gång varför han inte bjöd hit Regina ... Rebecca skulle ha varit för ung. Han svarade mig aldrig. Jag vet att han älskade dem, men de var döttrar. Jag tror faktiskt inte att han ansåg dem vara värda hans tid.”

Diana höjde på ögonbrynen mot honom.

”Jag ska göra bättre för *våra* döttrar”, sa Will snabbt, ”och jag ska försöka rätta till några av hans misstag med mina systrar, medan de ännu bor under mitt tak.”

”Bra, för de är båda förtjusande flickor. Du kommer inte att ångra att du tillbringar tid med dem.”

”Saknar du Clarissa?” frågade Will skarpsint när hon borrade in sig i hans famn och vilade sin kind mot hans axel.

”Lite grann”, medgav Diana. ”Vi har aldrig varit ifrån varandra i mer än ett par timmar under hela våra liv. Jag är van vid att berätta allt för henne.”

”Du vet att du kan berätta allt för *mig*, min älskade.”

”Jag vet.” Hon sträckte sig upp för att trycka en kyss på hans kind. ”Men jag håller fortfarande på att vänja mig vid tanken att du ska vara min främsta förtrogna nu. Och det finns vissa saker som helt enkelt ... inte är saker jag någonsin skulle kunna diskutera med en man, inte ens med dig, min käraste! Kanske kan Regina och jag bli nära vänner. Till och med Julianne. Hon var faktiskt väldigt snäll tidigare."

"Hon har en skräckinjagande fasad, men hon har verkligen ett hjärta av guld. Hon har alltid behandlat mig som sin egen son."

"Åh, det är tydligt att hon tycker mycket om dig. Hon vill ditt bästa." Diana grimaserade en aning. "Jag tror inte att hon är övertygad om att det är jag, men hon har bestämt sig för att hon ska försöka göra guld av gråsten."

"Guld av gråsten!" protesterade han högljutt. "Jämför dig aldrig mer med någon del av en gris, min gudomliga hertiginna!"

Hon skrattade utan att protestera när han fortsatte att insistera på att hon redan var perfekt, precis som hon var. Diana visste att hon var långt ifrån perfekt. Men hon visste också att Will trodde på henne, och det gav henne självförtroendet att tänka att kanske, en dag ... skulle hon kunna bli den hertiginna han redan tyckte att hon var.

Hon borrade in sig djupare i hans famn och suckade i fullständig belåtenhet. Hon hade aldrig kunnat föreställa sig, när hon svimmade vid hans fötter vid deras första möte, att hon inte bara skulle sluta gift med Will utan också vara saligt lycklig över det.

Ja, det skulle finnas hinder de var tvungna att övervinna. Dianas mor skulle sannolikt orsaka en hel del bråk och besvär och mycket troligt genera sin dotter en hel del när hon skröt om Dianas triumf att ha fångat en hertig. Det fanns gott om medlemmar av societeten som kanske skulle se ner på henne, och några unga sprättar som Lord Amberle som fortfarande skulle fnissa och kalla henne den svimmande blomman.

Tiden hade dock en tendens att få sådana saker att blekna bort, och Diana var klok nog att veta att titeln *hertiginna* skulle få alla utom de mest dumdristiga att se till att inga viskningar av motstånd någonsin nådde hennes öron, eller Wills. Särskilt om hon gjorde sin plikt mot hertigdömet och födde en arvinge ... och även om det fortfarande var tidigt, hade hon redan förhoppningar i den riktningen.

Med ett hemligt leende på läpparna gnuggade hon sin kind mot Wills axel och slöt ögonen.

Åtminstone tills han sa: "Så, angående de där kakorna ..."

Skrattande reste hon sig och gick tillbaka till skänken för att hämta fatet. "Så länge du lovar att dela med dig", sa hon och höll det retsamt precis utom hans räckhåll.

"Självklart!" Will såg sårad ut. "Jag ska till och med ge dig första valet", förklarade han storsint.

Det fanns fler av varje sorts kaka än någon av dem möjligen kunde äta, så hans erbjudande var nonsens, men Diana skrattade ändå och låtsades vara förtjust, valde en av godsakerna innan hon räckte över fatet. Hon såg ömt på när Will högg in och föreställde sig honom här i framtiden med deras barn, där han i smyg gav dem kakor och förstörde deras middag. Han skulle bli deras informatorers och guvernanters förtvivlan, för vem skulle kunna tillrättavisa en hertig?

”Vad fnittrar du åt?” frågade Will.

”Jag tänker bara på framtiden”, svarade Diana ärligt.

”Jag gillar att den tydligen roar dig så. Börjar du komma till insikt om att det inte kommer att vara så illa att vara hertiginna?”

”Att vara *en* hertiginna skulle nog vara förfärligt. Att vara *din* hertiginna? Det mest underbara i hela världen.”

Och hon menade det. Hon kunde aldrig ha föreställt sig, efter deras katastrofala första möte, att knappt ett år senare skulle hon vara både gift med Will och djupt förälskad i honom, men här var de, och Will tittade på henne med hjärtat i blicken.

Det skulle fortfarande komma prövningar, det visste Diana. Men hon och Will skulle möta dem tillsammans; han skulle hantera hennes pinsamma familj, troligen genom att anlägga sin högdragna hertigliga attityd och skrämma hennes mor till tystnad, och Diana skulle lära sig allt hon kunde om att vara den perfekta hertiginnan från Julianne. När Clarissa återvände till England skulle Diana vara bekvämt installerad i toppen av Londonsocieteten, kapabel att hjälpa sin syster att undvika deras mors intriger och gifta sig med den hon valde, snarare än att pressas in i ett äktenskap.

”Du ser eftertänksam ut, min älskade.” Färdig med kakorna lutade Will sig fram för att kyssa henne. ”Är det något som bekymrar dig?”

"Nej, jag tänker bara på Clarissa igen." Diana lade armarna om hans hals och kysste honom tillbaka. "Men jag är säker på att du kan få mig att glömma allt utanför den här stugan, älskling."

"Jag ska sannerligen försöka, min käraste!" Skrattande tog han upp henne i sina armar och bar henne till schäslongen. "Min gudomliga hertiginna", viskade han mot hennes hals, och hon glömde verkligen allt utanför stugan, för en ganska lång stund.

## *SLUT*

Jag hoppas att du tyckte om att läsa Will och Dianas historia. Om du inte redan har gjort det, kan du läsa Alex och Mariannes historia i *En markis för Marianne*, och berättelsen om Ellen och greve av Havers i *En greve för Ellen*.

Följ Clarissas historia i *En kapten för Clarissa*, bok 4 i serien **Rodnande unga damer**!

# FÖRFATTARENS EFTERORD
# – HISTORISK KORREKTHET
# OCH ETT MEA CULPA

Utgrävningarna av Grotte di Catullo slutfördes först senare på 1800-talet, efter den tid då denna berättelse utspelar sig, men med tanke på murarnas höjd måste åtminstone delar av det ha varit synligt över Gardasjön ända till Bardolino – där Castello Bardolino är helt och hållet mitt eget påhitt, är jag rädd. Jag hoppas att du kan förlåta min konstnärliga frihet när jag lät mitt sällskap utforska de romerska ruinerna, som är ett måste om du någonsin får chansen att besöka Gardasjön.

De flesta av platserna i Italien som Diana besöker är fortfarande tillgängliga idag, inklusive den fantastiska kyrkan San Giovanni Elemosinario, som ligger precis lika undangömd och är lika svår att hitta som jag har beskrivit den. Om du någonsin får chansen att besöka Venedig, se då till att ta dig tid att åka dit och se den. Jag lovar, den är värd besväret att hitta!

Vasaricorridoren (som blev ännu mer känd genom att vara med i Dan Browns *Inferno*) är tyvärr stängd för allmänheten för närvarande, men förväntas öppna igen inom en snar framtid. Och även om guldsmedsbutikerna fortfarande finns kvar på Ponte Vecchio rekommenderar jag verkligen inte att du handlar någonting där – de är sanslöst dyra!

Jag hoppas att du tyckte om att läsa Will och Dianas berättelse lika mycket som jag tyckte om att skriva den! Håll utkik efter mer romantik från förr, för snart är det dags för Dianas frispråkiga syster Clarissa att finna sitt eget lyckliga slut i *En kapten för Clarissa.*

# FLER BÖCKER AV CATHERINE BILSON

**Rodnande unga damer**

En greve för Ellen

En markis för Marianne

En hertig för Diana

En kapten för Clarissa

**Fröknarna från Belle Haven**

En brud för Belle Haven(gratis förhistoria)

Fröken Molly och kavallerimajoren

Fröken Clara och markisen

Fröken Annas misstag

Fröken Eliza tar kommandot

Fröken Charlotte ställer till det (kommer snart)

Fröken Laura förälskar sig (kommer snart)

Fröken Louise lägger sig i (kommer snart)

## Kärlek på Gränsen

Lärarinnan och Cowboyen

Ranchägarens Dotter och Bankägaren

## Bokhandelns Skönheter (med Ebony Oaten)

Matthews Villiga Änka(gratis förhistoria)

Estelles Eldiga Beundrare

Maries Glada Herre

Louises Julhjälte

Bernadettes Stiliga Läkare

## Exklusivt för nyhetsbrevsprenumeranter

St. George och Besten i Floden

Upptäck alla Shenanigans Press-utgivningar på vår webbplats(https://www.shenaniganspress .com/se) !

Eller följ oss på sociala medier — vi finns på Facebook och Instagram (@ShenanigansPressSvenska).

Och glöm inte att prenumerera på vårt nyhetsbrev för att få veta mer om nya släpp, erbjudanden, utlottningar och mycket mer!

www.ingramcontent.com/pod-product-compliance
Lightning Source LLC
Chambersburg PA
CBHW062010190726
48283CB00002BA/633